U0886702

读客® 知识小说文库

读小说，学知识

山海经密码

一部带您重返中国一切神话、传说与文明源头的奇妙小说

阿菩 著

凤凰出版传媒集团
凤 凰 出 版 社

图书在版编目（CIP）数据

山海经密码 / 阿菩著 . -- 南京：凤凰出版社，2011.4
ISBN 978-7-5506-0468-1

Ⅰ . ①山… Ⅱ . ①阿… Ⅲ . ①长篇小说 - 中国 - 当代 Ⅳ . ① I247.5

中国版本图书馆 CIP 数据核字 (2011) 第 048824 号

书 名 山海经密码

作　　者 阿 菩
责任编辑 陈 欣
特约编辑 王唯径　王 澍
策　　划 读客图书
版　　权 读客图书
封面设计 读客图书　021-33608311
出版发行 凤凰出版传媒集团　凤凰出版社
出　　品 凤凰出版传媒集团　北京凤凰天下文化发展有限公司
集团网址 凤凰出版传媒网　http://www.ppm.cn
印　　刷 北京嘉业印刷厂

开　　本 680mm x 990mm 1/16
印　　张 18.75
字　　数 263 千
版　　次 2011 年 7 月第 1 版　2011 年 7 月第 1 次印刷
标准书号 ISBN 978-7-5506-0468-1
定　　价 29.90 元

如有印装质量问题，请致电 021-33608311

目录

第四章　大夏王朝的气数 /138

青龙道："但我看他却十分危险：如果他是一个普通人，徘徊于善恶之际，也没什么大不了的；但他的运色中却有天子九五之征，这样的人若居高位，一旦恶念占据上风，那非涂炭天下不可。保险起见，杀了他吧。"

江离吓了一跳，踌躇道："杀他？他都还没犯下该杀的罪行呢。"

"大夏目前大有低落之势，有这样的人存在，以后……只怕想杀也未必杀得了他。"

第五章　火神祝融的家族神迹 /191

古道到了尽头。再过去，就是西南边境，已不是祝融城的势力范围——甚至连大夏王的威严在那里也大打折扣。从六百年前开始，始祖大夏王威震神州，诛异己，封边鄙，对巴国(现在的重庆)驰封尊位，巴国国主自知无力与之争夺天下共主的高位，拱手臣服，成为天下八大方伯(霸主)之一。

第六章　深藏巴国的秘密 /236

只见有莘羖(gǔ)背后一头巨大的怪兽悄无声息地掩来，一个巨头，两个蛇身，四翼六腿。桑谷隽惊呼道："肥遗！"有莘羖蓦地回头，似乎还没来得及反应，已被一口吞下。

有莘不破怒吼一声，纵身扑上，拔出鬼王刀，劈头就斩，人与刀还在十余丈外，刀风已经劈到了肥遗的巨头。肥遗头一摆，用角挡住了这凌空一刀，巨口一张，喷出一片淡绿色的毒雾。毒雾过处，连石头也被腐蚀得七零八落。

第一章
箭神后羿的血脉子孙

大荒之原遇魌（kuí）怪

天苍苍而地远，海茫茫而生烟。

上古神州大地经历了上千年的演化，但人、神、兽之间的纠葛仍没有止息。大小部落之间征战不休、互相吞并，最终形成了东西两大既合作又对抗的部落联盟。

西方部落联盟又经数百年磨合，进化为国家组织，大禹治水建立大功，获得部落拥戴，成为首领，之后他改变了尧舜推选天下共主的禅让制，将帝位传给了儿子夏启，所谓“禹传启，家天下”。天下本是所有人的天下，现在突然成了一个人的天下，这当然引起东方各族的强烈不满，他们时刻在寻找反抗机会。

约公元前21世纪，大禹死后，面对东方各族的对抗情绪，夏启弓马纵横，凭借强大的军事力量东征，在甘[①]大胜东部强族有扈（hù）氏[②]

① 甘：古地名，今天的河南洛阳西南。

② 有扈氏：古部落名，曾企图挑战夏的霸权，被夏所灭。

之后，终于征服了东方大大小小的部族，一举奠定了大夏作为天下共主的基础。

中国历史上的第一个奴隶制王朝——夏王朝由此而诞生了。

甘之战过去四百余年，被征服的东方部落中仍有一些人心存反抗，在有扈氏故地，另外一个古老的东方部落有莘（shēn）氏[①]建立了一座新的城池——空桑城[②]。在三十年前一场血火之战中，这座城池被大夏王下令屠城，有莘一族的男丁全部殉族，但在三十年后的今天，却有一个自称有莘不破的少年踏沙而行，出现在了夏王朝东南部的边境——有穷国[③]大荒之原的边缘。

“终于到了！”有莘不破望着面前的荒原，露出了少年人独有的爽朗笑容。

“过了这个荒原，我就自由了！”

有莘不破大叫了一声。他是从夏王朝的附属国——商国的首都一路向南逃出来的。他知道，只要越过这片荒原，他就真正脱离了商国的势力范围。

商王国的国王是夏王朝八大方伯（bà）[④]之一，是整个夏王朝除了夏王以外最有权势的人，三十年前灭国的有莘氏、三百年前灭国的有穷氏和四百年前灭国的有扈氏，这些被夏朝灭国的东方部落的遗民都流入商国，成为商国的隐形力量。经过几代人的发展，代表东方民族的商王成汤已经拥有了直逼共主大夏王的实力，但他的性格却很平和，这造就了他统治下的国土举世罕有的安宁。对外人来说，商国是一片乐土，但对生长在商国的有莘不破来说，平静的岁月他早已过得不耐烦了。

有莘不破梦想中的天地，应该是外面那个血光四起的世界，那个高

---

① 有莘氏：古部落名，现今山东曲阜一带。

② 空桑城：现在的山东曲阜。空桑是传说中的山名，据《山海经·东山经》记载：“东次二山之首曰空桑之山，北临食水。”空桑城依空桑山建成。

③ 有穷国：有穷氏所建的国家，现今山东半岛。有穷氏是夏朝东夷族中一个善射的部族。后羿是他们的首领。

④ 方伯：“伯”同“霸”，夏商时期诸侯中的领袖。

手争雄的世界，那个充满无数爱情故事和冒险故事的世界。那才是男儿大展雄风的地方，那才是男儿追求梦想的地方。

经过几个月的准备，他瞒过了他的祖父和师父从家里逃了出来，改名有莘不破，一直逃到有穷荒原的北端。

眼前就是隔绝夏王朝与南蛮部落的大荒原，东西千余里，南北数百里。夏天百毒孳生，魔兽横行；冬天则变成一片寸草不长的死域，一切都笼罩在茫茫苍苍的白雪中。

当有莘不破即将踏进这片荒原时，一个边界外小店的老店主试图劝阻他："这个大荒原的上空有一个缺口，是当年女娲娘娘补天时遗补的地方，每隔一百年就会有天火降下，将大地烧成一片精赤。荒原里面又不知潜伏了多少怪兽，尤其是有一种叫魈[①]长着一只手一只脚的精怪，能够让人产生迷幻，不知不觉地就将人诱入死地，除了有穷氏的鹰眼铜车商队，从来没有人敢单独挑战这个荒原——特别是在冬天。"

但是，老店主的话根本无法阻止踌躇满志的有莘不破。少年不顾老人家的叹息，义无反顾地踏入了这片隔绝华夷的禁地。

有莘不破不知道自己踏入荒原的那一瞬间，老店主忽然消失了，接着，一头隐形的魈就跟在了他身后，用它那肉眼看不见的独手遮住了有莘不破的双眼，让弯曲的道路在少年眼中变得平直遥远。他腰间佩戴的那株迷穀（gǔ）[②]光芒闪了几下，便慢慢地熄灭了……

有莘不破对此却丝毫无觉，他走了一天又一天，却一直走不出这片荒原，也不知道走了多久，走了多远。上是天，下是地，前后左右是一望无际的雪被子。在他不远处，一只橐𩇯（tuó féi）鸟[③]在一蹦一跳。

---

① 魈：《山海经》中只有一只脚一只手的人头兽身怪兽。据《山海经·西山经》中记载"其状人面兽身，一足一手，其音如钦"。

② 迷穀：《山海经》中类似于指南针的植物，人佩戴就不会迷路。《山海经·南山经》记载："有木焉，其状如穀而黑理，其华四照，其名曰迷穀，佩之不迷。"

③ 橐𩇯鸟：《山海经》中一种长着人脸，只有一只脚的怪鸟，人吃了它的肉就不害怕打雷。据《山海经·西山经》记载："有鸟焉，其状如枭，人面而一足，曰橐𩇯，冬见夏蛰，服之不畏雷。"

终于，当他第四次看见那个只能覆盖住一个人的雪包子时，他确信自己已经兜了四个圈子，迷路了。可是眼前的路怎么还是直的呢？有莘不破气愤地挥出一拳，不想一拳挥出，眼前突然变样，一个怪影一掠即逝。有莘不破知道受精怪所惑，却没有办法，现在口粮已经耗尽，只剩下半壶烈酒。他的腿已经开始发软。空中，一只秃鹰在他头上已经盘旋半天了。

难道是在等我倒下，好来啄食我的尸体？想起有人跟他提起秃鹰只啄食尸体的事，有莘不破突然扑倒在雪包子上，准备装死，企图把这头秃鹰诱下来。虽然鹰肉粗糙，鹰血却能带来热量和力气。

他慢慢陷进积雪中，鹰还没被诱惑下来，他却感到了"雪包子"的异样。积雪之下，本应该是一抔泥土或一块石头，他却挖出一个人来。淡青色的绸缎，裹着一个水晶一样的少年，容貌五官长得比精灵还要秀美。商国数十年承平，教化普衍，人物俊秀，但有莘不破却从来没见过长得这么隽美的人。

"难道是怪兽吗？"但就算是怪兽，这个怪兽也长得太漂亮了。有莘不破伸手想探一下这个人是否还有心跳，却摸到了一团软绵绵的东西——这个人的胸膛上，睡着一只娇小的九尾狐[1]。有莘不破又伸出食指，试了他太阳穴下的大动脉。良久，才感觉到一次细微的跳动：这个人还活着！也许正是那只九尾灵狐，护住了这个陌生人的心脉。

"我要不要救他呢？"

他知道自己已经迷路了，自己一个人能否走出这个荒原都已经是个问题，如果再加上一个负担，生存的几率将会很低。

"如果我把他背上，一天以后，不过是让这个荒原多出一个比这个'雪包子'高一倍的'雪包子'罢了。我才没那么傻呢。"

有莘不破甩甩手，走了。

一炷香之后，他又绕到这个"雪包子"面前，不过这次不是迷路，

---

① 九尾狐：《山海经》中的吃人怪兽，吃了它的肉就不受迷惑。据《山海经·南山经》记载："有兽焉，其状如狐而九尾，其音如婴儿，能食人，食者不蛊。"

而是主动回来。

“阿衡[1]师父和我讲的做人道理，我当时应对如流，难道一到生死关头就全抛开了？”

“不过话说回来，”犹豫了很久，他又想，“这些道理又不能当饭吃。”他喝了一口酒，再一次大踏步走开了。

头顶上白色的太阳移过了一个指头大的位置，有莘不破又回到了这里。他挠挠头，自言自语：“我要是不理他，还算个男人么？要是让爷爷知道，非给他老人家打死不可……不过说实在的，对他老人家来说，究竟是孙子的性命重要，还是一个陌生人的性命重要？”经过一番犹豫，这个年轻人第三次掉头而去。

当有莘不破第四次面对这个不知死活的人时，他已经分不清楚自己是迷路，还是刻意绕回来了。这一次他什么也没说，什么也没想，背起人就走。

就在他背起那俊秀少年的一瞬间，一直跟在他背后的异物发出一声人类听不见的惊呼，消失了。

两天后，在大荒原的边缘，有莘不破倒下了。如果他知道再走四五里，就能望见荒原边缘的枯桃树，也许能鼓舞自己继续走下去。如果那半壶酒没有灌进陌生人的口中，而是他自己喝了，也许他现在已经在荒原外面逍遥了。就在有莘不破倒下之际，那头秃鹰忽然坠星般落在了有莘不破的身边……

箭神后羿的后人

车行辚辚。

有穷国的铜车商队慢慢走出大荒原。三十六头超大型犣（mǐn）[2]

① 阿衡：商代官名，辅佐国君的官。

② 犣：《山海经》中的牛兽。据《山海经·西山经》中记载：“有兽焉，其状如牛，而苍黑大目，其名曰犣。”

牛，拽着三十六驾超大型的铜车，踏雪匝匝，七十二骑来回策应，一头秃鹰在六十丈高空中来回盘旋——这就是通行天下的三十六商会之一有穷商会行商的景象。

商会第一领袖称台首，那时三十六商会势力甚大，世俗尊称其为“台侯”。有穷商队的台侯便是天下闻名的大箭师羿之斯[①]。台侯之下，设四大长老：苍、昊、旻、上。四老之下，设六使者，使者御银角风马兽，掌六车、六骑。六使者之下，设车长。车长御铁尾风马兽，掌管一辆铜皮车。每一车附骑士一名，轻骑软甲；设御者一名，持鞭和长矛，腰束短兵，驱御犨牛，犨牛之力，能拽八千斤；设甲士一名，铜戟、短兵、软甲具备；设箭手三名，配短兵，有穷箭手，号称三十六商队第一。

有穷商队主车车内，羿之斯正襟危坐，他的左下首，四大长老盘膝而坐。

苍长老半侧身子，向羿之斯躬身，羿之斯稳坐鞠躬：这是元老和台侯相见之礼。其时东方各国文化鼎盛，虽在日常，礼节不失。

“台侯，商队规矩：路遇病、弱、疲、难等需救助者，解衣衣之，推食活之，但不得开车门纳之，以防奸细。如今我们身处盗贼如毛之地，而为了两个来历不明的少年，迁延三十里，还救人上车——这不是坏了我有穷商队的规矩么？”

“商队有规矩，但处事有权变。”羿之斯微微一笑，继续说，“我从少年起来回经过这大荒原，也有三十多年了，几位长老自然更久。”

苍长老不由欷歔：“五十六年，快一甲子了……”

“数十年间，不知多少人冒险进入，但凡结伴遇险的，临危相害，不知多少，而自始至终能够互相扶持的，四公见过多少？”

苍长老默思良久，才慢慢说道：“见过两次，三十三年前一次，十

---

① 羿：箭神后羿，“羿”是名但“后”不是姓，后羿属有穷氏部落。中古时期“后”是王的妻子，但在上古“后”就是“王”，“后羿”就是“羿王”的意思。后羿在夏朝太康王时期一度篡夺了夏朝的政权，但没多久就被反叛的部下杀死，他的后人有一支逃回东方，以羿为姓，羿之斯就是他们的后人。

年前一次。”

“五十六年两见，可知稀罕。那么为救一个路人而自陷危难，始终不弃，这样的人苍公见过多少？”

“一个也没有。”

“这个少年却是为了救一个陌生人而令自己陷身死地！”羿之斯顿了一顿说，“所以，我认为救这样一个孩子，别说绕道三十里，就是绕道三百里也值得。”

“若他是在伪装呢？”

“伪装？”羿之斯笑了，“量他也逃不过我的眼去。”羿之斯深沉的眼神中，到底还看见了多少旁人没有看见的事情？

“这人也就罢了。”苍长老说道，“但被他救起的那年轻人，实在不像一个人。”他回头望了望昊长老，侧回身子。

昊长老半侧身子，面向羿之斯，说：“那个穿青色缎子的年轻人，胸伏九尾狐。九尾狐生在青丘国[①]，出现在这里，十分蹊跷。另外，在这天寒地冻的时节，他竟然只穿了内外两层薄衫，而且长得也太俊了——虽然没有脂粉气，但静睡之中，仍俊美得让人惊心动魄，只怕是个怪兽。”

羿之斯笑道：“这年轻人大有来历是一定的了。但怪兽却绝对不是。”羿之斯说不是怪兽，便不是怪兽。四长老都知道，妖物要在羿之斯的鹰眼之下遁形隐性，除非有上万年的修行。“如果他有那么深厚的修为，也不必混进来了，从外部攻入，我们也抵挡不住。”

“爹爹，”一个青年躬身进车，向四长老问安后，报告说，“那两个人醒了。”

苍长老问：“醒后情形如何？”

“那身穿白袍的小子一醒来就嚷饿，不吃饭，先让人上酒，把我们都当他下人似的，好无礼。”

---

① 青丘国：《山海经》中的古国，盛产九尾狐，这里的人十分尊敬狐狸，很多狐狸都跑到这里修道，就是现在的山东连云港，也有说就是现今的日本。

“那青衣少年呢？”

“那白袍的小子没喝几口酒，就闹得满车酒气。然后那穿青衫的小哥就捂着鼻子醒了。”

“令平，客人既然醒了，便请他们过来一叙。”

帐子掀起，羿令平走了进来，坐在父亲的右下首。这商队主车看上去简直不像一辆车子，而是一间铜皮包裹而成的房子，六个人依次列坐，非但丝毫不觉局促，还剩下很多空间。

帐子再次掀起，一个身穿白袍的大男子带着一阵风走了进来。帐子还没落下，一个青衫少年跟着进车，在白袍后面对羿之斯和四长老躬身行礼，便静静退在一侧。

白袍年轻人大咧咧向各人望了一眼，对主人拱手说：“您是这商队的台侯羿之斯吧，我叫有莘不破，谢谢你的酒了。”向四个长老唱了个喏，在羿之斯对面坐下了。

“无礼之至！”四老均想。

羿之斯一笑，问那青衫少年：“这位小兄弟却不知如何称呼？”

“我叫江离。”青衫少年轻轻说，突然好像想起了什么，呆呆出神。那是多年前的一个场景了——

“你叫什么名字？”

小男孩抬头，他年纪很小，小得还不是很懂怎么说话。眼前问话的这人，整个身体似乎笼罩着一团光、一层雾，让人看不清楚他的模样。但小男孩还是觉得这人很亲切，哪怕只是第一次见到，就能感觉到对方很喜欢自己。

他轻轻地把男孩子抱起来，两人离得很近，但男孩子还是瞧不清楚他的模样。

“好漂亮的孩子。以后，你就叫做江离吧。”

从这句话开始，这个男孩有了这个名字，也有了这个师父。

江离有了师父以后，开始过着一种和人间若即若离的生活。在他眼中，师父就和神仙一样神通广大，也和神仙一样不可捉摸。

“你本来有个师兄，唉，如果他还在我身边，我也许不会再收弟子。他被人间的事情迷住了，忘记了当初的追求。江离，你这个师兄是很值得你尊敬的，但你千万不能学他。要知道，纷繁的人间俗务，是永远理不完的。人世间的情感，也是永远纠缠不清的。我们必须把这一切看破，才能进入那个无穷境界，那个天外的境界。”

当时这些话江离并不是很懂，只是点点头。师父这么说，总没错吧。不过他的心灵第一次放进除了师父以外的另一个人，那个人是他的师兄。

然而师父却没有多提师兄的事情。师徒两个人传道授业，在苍茫云海间驰骋来去。师父那些呼风唤雨、移山倒海的本领，江离也一点一滴地学着。

慢慢地，江离长大了。

“江离，这是你作为徒弟的最后一关，过了这一关，你就正式成为我的传人，我将会把去天外天的路径告诉你。”

天外天……

江离知道，师父的归宿就在那个地方。据说，那是一个极其神秘也极其完美的地方，是师父在一片虚无缥缈中创造出来的一个完美境界。

“我们师门中的每一代掌门人都有属于自己的虚无缥缈境界。江离，你将来也要造出这样一个境界来。那是完全属于自己的、完美无瑕的境界。当你能够造出这样一个境界时，你就满师了。如果你的师兄当初没有走，或许现在已经达到这个境界了，那我对本门的责任也便算完成了——这或许是我在这个世界上最后的牵挂吧。

“不过，在能够造出自己的境界之前，你先要知道有这样一个境界，认识师父的境界。

“江离，你在雪里待着吧。如果你耐得住长眠的寂寞，九十九天以后，你的龙息九转应该也就完成了。到那一天，这个大荒原，将会有百年一见的大灾劫，灾劫过后我再来找你。到时你将成为我的衣钵传人。

我会带你到天外天，传你本门最深的奥秘。”

江离并没有问“如果我失败了怎么办？”因为他知道他不会失败的。他的信心和师父对他的信心一样强烈。

然而，意外发生了，全都因为眼前这个身穿白袍的有莘不破。

“你怎么知道我三次徘徊？你当时在哪里？难道你躲在雪里？”有莘不破等着羿之斯回答。

“哈哈哈哈……”众人一齐大笑。

羿令平得意地说：“我爹爹当时不是在雪里，他在天上。”

“天上？可当时天上只有一只秃鹰啊。难道……”车外突然传来一声鸟鸣，有莘不破打开车窗，果然看见那只自己想诱下来充饥的秃鹰。“原来这鹰是你们养的啊！”

有穷商队的首领羿之斯，拥有和那龙爪秃鹰通灵的本事，能够看到那头龙爪秃鹰看到的一切。

“就是这个人把我挖出来的。”看着有莘不破的背脊，江离心想，“而且也是这个男人弄得一车酒气，把我熏醒的。”他一醒来知道自己没有在雪里耐过九十九天，也没有等到天劫的到来，不由得一片惶惶。

他并不怨恨有莘不破，因为他不认为这样一个男人能够扭转自己的命运。这一切，难道是天意？

但是师父呢？这一关没有过，他是否会出另外一道题目来考验自己？还是从此消失在自己的生命中不再相见？这些问题当初江离没有问，因为他认为自己一定会成功的。

可惜一个多管闲事的有莘不破出现了。

江离回过神来，因为他突然发现一直和蔼的羿之斯变得英锐起来。这个绝代箭手突然站起，高声喝道：“警戒！”

“警戒——”

随着一声令下，大荒原外出现一道奇景。三十六驾铜车就像一条长蛇突然首尾相接，形成一个圆圈。每一驾车犟牛的头朝内，车尾向外。

每驾车从上下左右各伸展出一块一丈来长的铜板：车与车之间板板相扣，围成一道圆形铜墙；向下伸展的铜板封死了车底的空隙，向上伸展的铜板形成三个箭垛。箭手跨车而上，甲士持戟待命，弓试弦，剑出鞘，七十二骑勒缰警惕。片刻之间，荒原外就如同多出了一座周长百丈的城堡。

有莘不破、江离和羿令平、四长老跟着羿之斯，登上了西南方的车顶。远远望去，一片平川之上，稀稀落落几株枯树，除了偶尔一阵狂风吹落树上积雪，并没有什么特别的动静。

“没什么事情啊。”有莘不破话一出口，周围的人马上报以轻蔑的眼神。整个商队都知道，他们的台侯是不会错的。

江离皱了皱鼻子，道：“好重的杀气。怕有七百骑。”羿之斯讶异地看了他一眼，点了点头。

“我怎么闻不到？”有莘不破说。

江离道：“天地间的气息，本不是为迟钝的人而设。”

“嘿！”有莘不破说，“只怕是你附会取宠。”

江离皱了皱眉头说：“谁附会谁？谁取宠谁？”

有莘不破道：“当然是你附会了：你见商队警戒，便随便臆测出一个数字来，让人佩服你一下。嘿嘿，还装得神秘兮兮的，人多人少哪里是鼻子闻得出来的？”

江离目光闪动，道：“若真有七百骑呢？”

“那是你撞上的！”

这时远处渐渐有了异动，有莘不破也知道确实有事发生。江离深深一吸，道：“我若能说出更具体的情况呢？”

“怎么个具体法？”

“七百人以上，三四百是铜角马，一百多是银角马，其他是杂兽，领头的那人坐骑是紫色的。”

有莘不破放声大笑，说：“如果真像你说的那样，我跳下去让他们踩。”回头对羿之斯道：“我就不信鼻子连颜色都能闻出……”他的话戛然而止，因为发现羿之斯脸色微变，不由得有点紧张，心想不会给那江离蒙中了吧。

两人谈论间，地平线上渐渐尘嚣雪飞，继而轰轰声响，就像远方在打雷一样。渐渐连地面也开始微微震动。

那一团沙尘越来越近，离车百余丈，这才慢慢减速，大队在百丈外停住：当先的是百来号银角马，银角马左右是数百铜角马，这两拨摆定阵势以后，又有数百杂兽陆陆续续地跟上来，分布在铜角马两边。杂兽中有像熊却长着象鼻子的猛豹[1]，有像豹却长着五条尾巴、叫声如敲击巨石的狰兽[2]——它们或仰天长啸，或刨地大吼，样子十分吓人。喧嚣的族群中推出一杆大旗，旗上绘着一头猛兽：身像牛，脚像马，却长着龙头！旗下拥出一人一骑，虽远在百丈外，仍能感到这人身上发出一股杀气。他的座下，正是旗上所绘的那头怪兽，竟然真的是紫色的！

有莘不破结舌良久，却也服气，道："罢了罢了，算我孤陋寡闻，原来颜色竟然可以用鼻子闻出来。江兄……"

江离纠正说："我不姓江，只是叫江离罢了。"

"哦，江离兄，呵呵！就叫江离你不见怪吧。看天听地来估测敌人的远近数目，这我是听说过的。但用鼻子闻出数目我还是第一次听说。用鼻子闻出颜色来我连想都没想过。这中间的道理，你给我说说。"

江离见他居然服输服得这么爽快，倒也有点意外，道："杀气我确实是闻到了，但数目我是看天看出来的。至于颜色，我是猜出来的。"

"猜出来的？你连看都没看，怎么猜？"

"既然看出了数目，这方圆三百里以内，能动用这么大阵势的强盗可就只此一家——除了三天子鄣山[3]上臭名远扬的窫窳（yá yú）[4]怪，

① 猛豹：《山海经》中长着象鼻子的怪兽。据《山海经·西山经》记载："丹水出焉，北流注于渭。兽多猛豹，鸟多尸鸠。"

② 狰兽：《山海经》中长着五条尾巴的怪兽。据《山海经·西山经》记载："有兽焉，其状如赤豹，五尾一角，其音如击石，其名曰狰"。

③ 三天子鄣山：《山海经》中的古山，就是我们现今的旅游胜地江西庐山。

④ 窫窳：《山海经》中的一种长着龙头的吃人怪兽。据《山海经·海内经》记载："有窫窳，龙首，是食人。"

估计也没第二拨人了。”

“窦窳怪？”有莘不破问道，“是他那头怪物的名字么？”

“对，听说他十多年前收服了这头畜生，开山立寨，就以这怪兽为名号，在强盗里面算是很有名气的了。”

他们两个人在随口应答，恍若无事，其他人可没这么轻松。窦窳魔王札罗的恶名，天下间行商的人无不知晓。有穷商队每次走近三天子鄣山百里范围之内，无不惕然，幸而十几年来相安无事。这次本来也没走三天子鄣山一线，谁知他们竟然远隔数百里跨境而来，而且这阵势，七百之数，只怕有多没少，看来窦窳寨是精锐尽出，今番志在必得。

“我们总共还不足三百人，打得过吗？”

“就算靠着车城打赢了，不知要死伤多少人。”

“这次真是出师不利，刚走出家门口就遇上大对头。”

……这些话没有人说出口，但却在大部分人心中盘旋着。当然，他们还有最后也最可靠的希望——他们的首领、威震四方的羿之斯。

江离感到周围的人神色有异，显然都十分紧张，也就不再多说话。有莘不破神经却有些迟钝，想了想又说：“你这个紫色固然猜得有理，但这险也未免冒得太过了。虽然能出动这么多人的只此一家，但如果他是派属下来，嘿嘿，可就让人见笑了。”

江离看了羿之斯一眼，道：“要来动有穷商队，自然非窦窳怪亲自出手不可。”

羿令平突然跳了起来，怒道：“此刻大家生死一线，你们还在这里有一句没一句地胡说八道，我们怎么就救了你们这样的人？”

羿之斯喝道：“令平，怎能对客人如此无礼？”

江离轻轻一笑，说：“谁让你们把我搬上车来的？我自在雪里面好好的，要你们多管闲事！”羿令平听他这么说，心想自己亲自背上车的这人非但不感恩，还要怨人，气得呆了。

江离转过头对有莘不破说：“特别是你，我好好在荒原里睡觉，你把我挖出来干什么？”

这句话一出口，众人无不愕然。

有莘不破说：“你在睡觉？在雪里睡觉，不是被困在雪原里？”

“我是笨蛋么？是没出过门的毛头小子么？这么小一个荒原也走不出来？”

有莘不破听了，脸上微微一红。他是从小被围簇着服侍着的人，走不出大荒原倒不是因为体力不堪，而是囿于荒原中的种种幻象，等到幻象破除，体力却消耗得差不多了。

“我师父让我在雪里睡足九十九天，差了一天也不行，无缘无故地，你干吗把我挖出来？如今我不但九十九天的考验未满，连人也不见了，我师父见到了会怎么想？如果他因此以为我没出息，不再认我这个徒弟，你拿什么赔我？”江离一开始是讥讽的语气，说着说着，加了三分怒气，说到最后，又多了一点酸苦味。

有莘不破苦笑道：“是是是！我是笨蛋，一个没出过门、自以为伟大又喜欢多管闲事的毛头小伙子，行了吧？”

江离刚才这番说法本是气话，但气话说出来以后才发现其实也是真话。想起和师父后会难期，不禁忧形于色。

有莘不破见他色苦，忙道：“别担心，我会跟你一起去找你师父，我亲自帮你向他解释。”

江离破颜笑道：“亲自？大少爷，你是什么大人物？再说，我师父也不会见你的。”

有莘不破问道：“为什么？”

江离还没回答，突然对阵一声狂嘶，声如牛鸣，响过虎吼，有穷商队的这三十六头犛牛乃是洪荒巨兽，听到这叫声也同时腿软。窫窳旗下，银角马放蹄冲来。有穷商队虽然都身经百战，但近两年见到的也多是牛毛匪患，罕有这样近乎军队的气势。数百人心中无不一紧，一百零八张弓同时瞄准来敌。

羿令平张弓搭箭，对准了冲在最前面的骑士，只等父亲一声令下。他眼睛余光一扫：江离悠悠自叹，魂游天外，不知在想些什么；有莘不破神色木然，盯着冲来的数百强盗，就像盯着一群牛羊。羿令平心中大怒："你们自恃有我们的保护，定然无恙，竟然把这场大难全当做别人的事情。"心念一转，讥刺说："刚才不知道谁说输了要下去给马踩的？"

有莘不破一愣，说："啊，差点忘了。"顺手抢过一个甲士的长戟，呼地跳了下去，连羿之斯也来不及阻止。

雪沙满弓刀

冬将尽。

雪与沙同飞。

有穷南疆大荒原外，一边是铜墙铁壁，利箭上弦；一边是兽嘶马鸣，千蹄践雪。两者之间，一个渺小的人影横戟独立。

"有穷商队出来了一个疯子。"冲在最前面的骑士想。突然耳边一声熟悉的怪叫，左边一匹银角马抢先了一个马头。接着右边一声狂吼，又一匹银角马抢先了半个马头。"想抢我头功，没那么容易！"双腿一紧，三人争了一个平头。

"踩死他！"

"踩死他！"

"踩死他！"

"那孩子！台侯救上车的那孩子！"

"好！有种！"

"可怜。要报恩也不用这样去送死啊。"

矛盾甲盔齐全的银角马群已经冲进有穷箭手的射程，但羿之斯仍未下令。

羿令平心中微微一颤，他只是一时气起，没想到有莘不破真的跳下去了，心中不由得有些内疚。他想起了许多事情：想起以前见过的被强盗杀死的路人；想起有莘不破刚才还在那里大大咧咧的嘴脸；想起了哥哥的豪气，如果他在这里……他突然想起父亲的严厉，不由得有些害怕，自己一句话断送了一条性命，父亲会怎么责备自己？偷眼看去，羿之斯神色肃然，也看不出他半点想法。

江离却仿佛对冲过来的上千人马全没放在眼里。当有莘不破跳下车时他也没有阻挡，眼睁睁看有莘不破向敌群奔去，看有莘不破巍然屹立，看有莘不破横戟待敌。

江离就像看着一头调皮的老虎闯进羊群意图不轨。眼见圆车阵铜墙外，马蹄乱飞，踏得积雪随风飞扬。他轻撮嘴唇，用别人听不到的声音喃喃道："这夕阳红得倒有点可怕，他一人挡千马，也算是一幅不错的图画。如果天灾刚好是今天来，那就更好看了。"

风乍起，吹乱了江离的头发。

强盗的先锋越来越兴奋，阵前那不知死活的小子离得很近了。十丈，五丈！三个冲在最前面的骑士仿佛已经看到片刻后的未来：刀下鲜艳的红光，蹄下翻滚的躯体，土里模糊的肉团……他们的眼睛开始发红，他们的坐骑开始发狂。

"啊呜呜……"中间的骑士在怒吼中又抢先了一头，却见前面那白袍的小子突然发一声喊，冲了上来，转眼到了马前。他，铁蹄扬起，铜锤砸下。

"他死了吧。"那一瞬间他想，然后马上感到一阵晃动，身体某处一凉，整个人飞了起来。在落下来那一弹指间，他看见底下一片乱哄哄的景象：马头、马血、人头、人血……冲过来的队伍就像潮水，到了这个地方被一个漩涡搅成一片烂泥浆。

有穷商队的箭手、甲士、驭者无不开始对有莘不破产生一种莫名的敬畏。这个少年站在那里，每一戟扬起就是一次死亡：人的死亡或马的死亡。到后来，人看不见了；再后来，戟也看不见了。只有敌人持续的死亡证明这个年轻人还活着。

"幸亏他是我们这边的人。"不知谁说了一句。

所有人心中都一齐叫了一声："幸好！"

令旗扬起。

“射！”

盗群就像一个竹笋，有穷一百零八张硬弓每一声齐响，它便被剥掉了一层。这个竹笋能不能在它被剥完之前滚到这道铜墙脚下？

战场依旧，地上几匹驳（bó）[①]依旧在带箭挣扎，虎一样锋利的爪子刨着大地；空中几只人面鸮（xiāo）[②]依旧在盘旋，狗一样的尾巴在天空中晃动不已……

窫窳旗下，响起了鸣金之声。

还活着的人不一时退得一干二净。让他们产生这么高撤退效率的并不是来自后方的撤退信号，而是来自那个在血污中跳舞的少年，来自他身上发出的死亡恐怖。

盗党尽退，有莘不破这才倒拽长矛，大摇大摆地往回走。戟早就断了，这根矛是临阵抢来的。他跳上车来，第一句话就问江离：“怎样？”

江离没等他说完这两个字，早已捏着鼻子远远避开，只丢下两个字：“好臭！”

有穷商队的三十六铜车中，只有六驾没有运载货物的任务，第九车“松抱”就是其中之一。这是有穷商队的客车。车长是羿普三，但大家还是习惯叫他阿三，一是因为羿普三是他不久前才有的称谓，二是因为大家觉得这样叫太绕口。

一场大战过后，阿三通常会产生恐惧、哀伤、庆幸等诸般情绪，但今天他却只剩下疲累过后的闲情。

阿三本是一个没有姓氏的奴隶。由于车驾得好，得到羿之斯的赏

---

① 驳：《山海经》中的怪兽，形状像普通的马，却长着白色的身体和黑色的尾巴，头顶有一只角，牙齿和爪子像老虎的一样锋利，发出的声音如击鼓的声音。据《山海经·西山经》记载：“其状如马，而白身黑尾，一角，虎牙爪，音如鼓。”

② 人面鸮：《山海经》中的怪兽，形状像一般的猫头鹰，长着人面、猴身和狗尾巴，它在哪里出现哪里就会有大旱。据《山海经·西山经》记载：“有鸟焉，其状如鸮而人面，蜼身犬尾，其名自号也，见则其邑大旱。”

识，二十五岁成了有穷车队第九车的御者。在最近一次意外中他奋勇救了第九车车长一条性命，竟让本来胆小的他成了有穷商队众口交誉的勇士。那趟生意结束后，断了右臂的第九车车长引退前向羿之斯推荐阿三做了他的继任人。更显荣耀的是，羿之斯允许他用羿的姓。

这只是几个月前的事情，如今，刚刚养好伤的阿三三十三岁，御铁尾风马兽，掌第九号铜车，这是他第一次以有穷商队第九车车长的身份出商。副手庞流，御者阿采，箭手莫罗、莫音、莫其三胞胎兄弟和甲士矮子龙，他们是阿三以前的战友、现在的手下，更是他最重要的伙伴。当然，这一刻他最挂在心上的，是他第九车上的两个客人。

“幸好有他在。”阿三虽然没说出口，可是对有莘不破这个客人却充满感激。面对窫窳寨这样强大的对手，经历了如此惨烈的大战，整个有穷车队居然是零伤亡，这是以前所不能想象的事情。如果不是有莘不破，如果让窫窳强盗冲到跟前，莫罗三兄弟的作用便要退居二线，而他、庞流和矮子龙便得上前和敌人血战。

“和那样一群强盗……”一想起他们狰狞的面目，他的头不禁又缩了缩。

“幸亏有他在。”

两个客人当中，江离是被阿三看不起的。这个小子光是长得好看，在大战的时候，连一分力气也没出，但当台侯让他和有莘不破依旧一起住在“松抱”时，他却一脸不情愿的样子，仿佛委屈了他似的。当然，像阿三这样贫苦出身的人，是很难理解洁癖这种毛病的。

江离有很严重的洁癖。本来他是打死也不肯和满身血污汗臭的有莘不破同居一车的，但无奈，有穷商队的客车，只有这一驾。

羿令平说：“要不，你到我的车上来。”他是六使者之一，主车是第十三车“反顾”。对于江离，他一直较有好感，不像对有莘不破那样憎恶。

“算了，”江离说，“我只是一个暂时寄宿的客人而已，乱了商队的规矩，不太好。”

其实江离除了洁癖以外还有很严重的“人癖”。他最敏感的器官是他的鼻子，但是如果要让他和自己看不上眼的人相处，那比一般人和人鱼[①]在一起还难受。“我还是想法子把有莘不破这家伙弄干净吧。”

羿令平听了目光闪了两闪，没再说什么。

可是，江离要怎么将有莘不破弄干净呢？

服常[②]和狌狌[③]，是大荒原的两头极其难惹的怪兽。服常是一种食肉的植物妖，这种怪兽长着三个人头，能够把根系延伸到地底深处，吸出地下水和地下火。大荒原最大的那只服常已经有上百年的修为，虽是植物妖，却已经修炼到能够自由移动的地步。狌狌是一种长着人脸的怪兽，有双白耳朵，皮坚毛硬，刀枪不入，水火难伤，只要被它盯上就难逃厄运。

每一次经过大荒原，四大长老总要叮咛一番：荒原中有六种不能惹的东西。而服常和狌狌就名列这份短短的名单之上。有一次在商队经过荒原时，阿三就亲眼看见一头犛被狌狌撕裂吞吃的惨状——这令他当晚被噩梦惊醒了三次。幸好，这些怪兽慑于羿之斯的力量，只要不去惹它们，它们轻易也不会来找有穷车队的麻烦。

阿三送走少主以后，突然闻到一股奇怪的气味。然后，他发现身边多了两个庞然大物。仰头望去，他几乎不相信自己的眼睛：眼前是一株高达十丈的服常和一头张牙舞爪的狌狌，和他相距不到三尺。阿三呆了呆，面皮抽动地笑着说：“无缘无故又做噩梦。”他抽了自己一个耳光。

---

① 人鱼：《山海经》中的怪鱼，像鱼却长人头，有四只脚，叫声如婴儿不停啼哭，也就是现今的娃娃鱼。据《山海经·北山经》记载：“决决之水出焉，而东流注于河。其中多人鱼，其状如鱼，四足，其音如婴儿，食之无痴疾。”

② 服常：《山海经》中的奇怪植物，树上长着三头人。据《海外西经》记载：“服常树，其上有三头人，伺琅玕树。”

③ 狌狌：《山海经》中的长着白耳、会直立行走的一种怪兽，吃了它的肉走路奇快。据《山海经·南山经》记载：“有兽焉，其状如禺而白耳，伏行人走，其名曰狌狌，食之善走。”

“好疼。”那两头怪兽还在那里。

“啊——”

在阿三吓得屁滚尿流的惊叫中，商队所有人都警戒起来，莫罗三兄弟搭箭上弦，瞄准了这两头本不该出现的怪兽。

有莘不破好奇地走到阿三身边，看着这两头怪物说：“好奇怪的东西啊。”

“别，别碰他们，千万别惹他们，我去、去请台侯。”阿三上气不接下气地说要去请羿之斯，却吓得连一步也走不动，瘫痪在地上。

江离走过来用一种驱奴唤仆的口气，指着有莘不破对服常和狌狌说：“把这家伙弄干净，你们就可以回去了。”

那两头怪兽，竟然真的听江离的话。

服常展开一片丈来长的大叶子，形成缸状；扎下深根，鼓起花苞形状的血盆大口，陡然间喷出一股水箭射在叶缸上，形成了一个小池子。天气虽然寒冷，但来自地底的水，却是热腾腾的。

有莘不破大喜道：“妙极！”拔掉腰间那株迷穀，三两下脱个精光，跳进了叶缸中。

“好烫！好爽！”

狌狌伸出两只又粗又长的巨手，在有莘不破全身上下揉搓着。狌狌的利牙和血口就在头顶不远处，但他却仍笑嘻嘻的，就像对着自己养熟了的一头宠物。狌狌又伸出灵巧的尾巴，把他脱下来的衣服放到另一个叶缸里搓洗。

阿三张大了嘴看着眼前的一切，如在梦中。

“这，这简直不成体统！”苍长老愤怒地向有穷商队主车——鹰眼大步冲去。那两个他原本就不赞成留下的人此刻又做出骇人听闻的事情了。羿令平跟在四长老后面，心中惴惴不安。他并不喜欢有莘不破，但这次令长老愤怒的却是江离。

“台侯！”苍长老侧身说话，虽怒火中烧，礼节未失，“那个江离也太不像话了，竟然把荒原妖兽召进了车城！”他怒冲冲地叙述了事情的始末，却见羿之斯眼光茫然，好像没有在听的模样。

“台侯！”苍长老高声叫了一句。

羿之斯回过神来缓缓道：“这件小事先搁着。”他顿了顿，待车中诸人定了神，才又缓缓地说道：“有穷之海不见了。”

当苍长老看见江离使唤妖兽，与其说是愤怒，不如说是震惊。无论是服常还是狌狌，显然都不是江离的守护兽，但这两头野性十足的怪物到了这个看起来斯斯文文的小伙子面前，立即变得十分温驯——以苍长老数十年的老辣，自然看得出这种温驯不是真正的温驯，而是一种畏服。这个少年身上，竟然有如此强大的力量！他马上想到：留这么一个人物在商队，是一个很危险的变数。

但是这一切和有穷之海的丢失比起来，已经不算什么了。

有穷之海不仅仅是羿家族的传家之宝，更是有穷商会的镇会至宝，甚至算得上有穷国的镇国之宝。它是有穷的象征，也是有穷商队上下的精神维系物。“只要有穷之海还在，就算整个商队都被抢光了，亏光了，丢光了，我们还是可以东山再起。”这件至宝自有它不可思议的神奇力量，但对有穷商队的决策层来说，更重要的显然是它对商队上下的凝聚力。

“这件事情不能让第七个人知道。”这是四大长老的第一个共识。如果这件事情传出去，四老也没法估计商队会产生什么样的动荡。

“要马上彻查，尽量在大多数人不知道的情况下找回有穷之海。”这是四大长老的第二个共识。

剩下的，就是如何行动。

“车城布开，外人难入，既是丢失不久，那一定是内鬼。”有穷之海无疑是窫窳怪札罗最大的目标之一，但连他也讨不了好去，可见唯一的办法，就是从内部动手。

“但肯定不是内部人偷的。”因为有穷商队的成员，甚至有穷国的国民，对有穷之海都有一种顶礼膜拜式的情结，而羿之斯一家则是他们不可替代的守护神。对他们来讲，有穷之海属于羿家族，这层关系和有穷之海本身一样神圣。

“但外人要混进商队也不大可能。”有穷商队是自上而下的子弟兵，成分极为纯粹，从六使者到车长、御者、甲士、箭手，从小到大，从大到老，几乎都是四长老看着长大的。他们不但是同伴，更是亲人。“外人想要混进来，绝无可能。”

于是，窃贼的身份，已经呼之欲出了。

“我早说过，这两人不能留在商队之中！”苍长老大声道。

服常已经给有莘不破换了七次水。第一次时，水里还加了可治疥消毒的黄藋（huán）[①]，有莘不破觉得十分爽。第二次时，也还觉得舒服。第三次他开始在叶缸中放声高歌——尽管江离屡次打断他：“别鬼叫了！”然后他准备起来，谁知道江离又强迫他洗第四次。到了第五次，连屈服在江离淫威之下的狌狌也有些不耐烦了，毛茸茸的巨手在有莘不破身上乱蹭，被发恼的有莘不破一拳打了一个跟头。到了第六次，有莘不破几乎是把自己当做一个被江离扯住了线的木偶，任由摆布了。“我干吗要听这小子的话？”他想着，觉得十分奇怪。当第七次地底温泉当头浇下时，连原本一脸艳羡的阿三也一脸同情。

“两位，家父有请。”

“好啊！”有莘不破跳了起来，他从来没有像现在这样喜欢过这个羿之斯的儿子。这小子来得真是时候。他如释重负地跨出叶缸，急忙穿上早已在寒风中晾干了的衣服。他并没有注意到羿令平正在打量他，也没有发现羿令平的吃惊。因为有莘不破身上一丝伤痕都没有。“难道傍晚那场大斗，他竟没有受过一点伤？那么多血，全是别人的？”

“今天请两位来，”苍长老说，“是因为鄗商会丢了一点东西。”

有莘不破皱眉。苍长老的话很直接，神情也很直接。他甩了甩手，

① 黄藋：《山海经》中的一种植物，用它来洗澡，可以治皮肤病。据《山海经·西山经》记载：“有草焉，其名曰黄藋，其状如樗，其叶如麻，白华而赤实，其状如赭，浴之已疥，又可以已胕。”

问羿之斯："你看我像偷东西的人吗？"

羿之斯微微一笑。

苍长老喝道："若是寻常东西，那就罢了，但是……"

江离接口道："但若是有穷之海，那又另当别论。"

苍长老面露喜色，随即转为怒色："是你拿了。"

江离耸耸肩，若无其事地说："久闻其名，却没见过。"

苍长老怒道："那你怎么知道是有穷之海丢了？"

他冷笑一声说："自从丢失到现在，本来只有六人知晓。"说着望了一眼羿令平，羿令平急忙说："孩儿并未露出半句口风。"

苍长老冷笑："除了那个窃贼，这件事没有第七个人知道。你这是不打自招！"

江离淡淡道："我猜的。"

"猜？"

"这有什么难猜？虽然羿台侯不说话，但我看他神色之间，对我们两人总算瞧得起。若不是紧要事物，断不会怀疑到我们身上，就算是你们怀疑，他也一定加以排解。有穷只是商国的附属，东南一个边鄙小国，除了有穷之海，哪有什么紧要之物？"

四长老听他语气中略带不屑，均有怒意，羿之斯却颇有赞许之意。

"自从遇上你们之后，先是撞上窫窳怪，后是有穷之海失窃，可谓祸事不断。"苍长老咆哮道，"这两人就算不是窃贼，也是祸胎！"

羿之斯沉吟了一会儿，说道："我看札罗的来路，再计算一下他出现的时间，只怕……"

四长老齐声问："只怕怎样？"

"只怕我们按照原来的路线走出荒原，正好掉进他们的埋伏。"

四长老一齐变色。

"所以，我们绕道三十里，虽是我一时心动救人，却反而让我们躲过了一场大难。"

一阵沉默后，苍长老道："但窫窳怪怎么会知道我们的路线？"说了这句话以后，连他自己也出了一身冷汗。商队行走的路线，向来只有羿之斯和四长老知晓。难道内奸竟然出在我们五人当中？这个念头刚刚起来，马上被自己打消。四大长老风雨同舟数十年，亲如骨肉，如果彼此也要怀疑，这个世界还有什么人可以相信？

“路线的事情，以后再说。”羿之斯看着两个客人，温言道，“但两位却不宜再留在我们商队，请恕我逐客了。”

四长老听说要放人无不扬眉，但台侯话已出口，一时却不便驳劝。

有莘不破却忽然说：“我不走。”

“哦？”

“要是这里太平，我绝不会死皮赖脸赖在你们这里，现在既然被你们怀疑，便不能走了。至少也要等抓住了那个小偷再说。”

羿之斯转头问江离：“你呢？”

江离看了看有莘不破。

有莘不破抢着说：“你当然也不走，是不是？”

江离板起脸来，说：“谁说我不走！”有莘不破一愣，江离又说：“我想走的，可惜又害怕。”

有莘不破问：“怕什么？”

“我怕走出十丈开外，嗖地一箭射来，登时呜乎哀哉。”

众人愕然，唯独羿之斯放声大笑。

江离道：“明人不说暗话，台侯，你虽然猜想有穷之海不是我们偷的，但还是要试我们一试。刚才的逐客，其实也是一种试探，对吧？”

羿之斯微笑道：“没错，不过对手是你的话，一箭也未必奏效。”

“谢了，”江离说，“话说回来，羿家箭术，天下驰名，我枉自在此做客，又曾共临大敌，却至今没见识一箭落日的神技，未免有憾。”

羿之斯道：“你想试试？”

江离吐了吐舌头说：“我胆子小，算了吧。等抓到小偷，你再演给我看，只是等得让人心慌。”

羿之斯笑了笑，说：“等倒不必。”忽然起身，走出车外。众人随后下车。这时东方已白，诸使者、车长、御者均已备好车马，只待台侯下令出发。

羿之斯叹了一口气，说："落日落日，江湖传言罢了，真有这般力量的人，定要遭鬼神所忌。"手一反，已多了一张弓。他的整个人也突然因这张弓而凌厉起来，搭箭，拉弦，箭对准了苍穹顶心，与地面垂直。凌厉有如风雷，流畅恰似流水，虽只有简简单单几个动作，却已看得江离心旷神怡。江离正暗中赞叹，陡然间一声破空之响疾刺耳膜，声音凄厉，惊飞了栖息的数斯[1]，吓走了服常与狌狌。再看时，羿之斯手中的箭早已不见了。他挥了挥手，羿令平传下令去，片刻间，车队由圆变直，重新踏上旅途。

车马过尽，羿之斯射出去的箭犹未落下。

踏进末日之城

大荒原的南部并不像北部那样，有一条人兽分明的钦原界线[2]。所谓南北数百里，到底有多长，其实没有统一的说法，仅仅因为这三百里是妖魔鬼怪、蛇虫魍魉的聚居地。不过越往南，人越多而妖越少罢了。既然常常往来于大荒原的有穷商队把那一线零零散散的百里桃树生长区域认做大荒原的南端，别人也就渐渐接受了这个看法。即便按这个概念，真正人烟密集的地方，也远在这片桃树的五百里以外。

但是，就在这极其荒凉的五百里旷野的中心，伫立着一座畸形繁荣的城池——寿华城[3]——一座被欲望掩盖了的城池。

---

① 数斯：《山海经》中身子像鹰，长着人脚的怪兽，吃了它的肉可以治癞痫。据《山海经·西山经》记载："有鸟焉，其状如鸱而人足，名曰数斯，食之已瘿。"

② 钦原界线：钦原，《山海经》中的一种鸟，样子像蜂，但是和鸳鸯一样大，能蛰死鸟兽。据《山海经·西山经》记载："有鸟焉，其状如蜂，大如鸳鸯，名曰钦原。"钦原界线是大荒原上由钦原鸟组成的分开人兽的界线。

③ 寿华城：《山海经》中的古地名，在现今的昆仑山东面。据《山海经·海外南经》记载："羿与凿齿战于寿华之野，羿射杀之。在昆仑墟东。"据记载，凿齿，是一种人形兽，长着三尺长的牙，一手持戈，一手拿盾，他和后羿在寿华大战，被后羿射死。

寿华城南尽蛮荒；西北接葛国[①]，过昆吾[②]而通夏都；东极于海。故蛮南奇货，昆吾兵甲，大夏文物，乃至海外子虚乌有之产，在此形成一个集散地。自有穷商队开通大荒原一路，东北一脉的土产也就跟着聚于此。因此有穷商队每次驻临寿华城，就会自然而然地形成寿华城三个最繁荣的交易季节之一。

"寿华城内，不得使用暴力！"这是寿华城唯一的规矩，只要不犯这条规矩，无论是豪强巨贾，还是强盗小偷，这里都为他们敞开。但无论是谁，若敢触犯这条规矩，他就要面对寿华城主的暴力。在旷野中筑起城池，唯有暴力才能维持和平。而这里也因此成为强盗们、杀手们、商人们、杂工们可以睡一个安稳觉的地方。

通畅的商路，平宁的市井，造就了一个交易量极其巨大的买卖场。一群群被欲望驱使的男人，拼命地往这个买卖场赶。这群人一聚，不但需要吃喝，还需要淫欲。积年而下，使寿华城不但成为一个最繁华的生意场，也成为一个最淫侈的销金窟。在这里，有奇货让你买，有巧技让你玩，有豪局让你赌，有女人让你嫖。

寿华城的女人，也分三六九等。据说，寿华城最好的女人，藏在寿华城的内城——大风堡中，但大多数人既然看不到，便不在那些好事者的口水议论之中，反正寿华城外城的女人，已经有足够的风骚来满足他们的谈资。近来最受欢迎的话题，是嬗变的银环和多刺的石雁，谁该排在寿华花榜第一位。

和风光无限的石雁、银环不同，金织不是被人经常谈起的女人，尽管石雁就住在她的隔壁，尽管银环经常在她门前晃荡，但她还是显得默默无闻——当然也许正因为这两个特别出名的女人常在身边，便自然而

---

① 葛国：夏代封国之一，首都在现今河南省商丘市附近，《山海经·中山经》记载的"葛山"就在它境内。

② 昆吾：《山海经》中的古国，在现今河南濮阳西南。国民善于制造陶器和铸造铜器，夏启曾命人在那里铸鼎，后来被商汤所灭。《山海经·中山经》记载："又西二百里曰昆吾之山，其上多赤铜。"昆吾山在昆吾国境内。

然把她给掩盖掉了。不过她也安于这种状况，反正这份营生，也不可能是一个女人一辈子的宿命。

但还是有一个男人经常记得她。那个男人叫阿三，可惜这个男人太没出息了，跑了这么多年的江湖，也没攒下什么家当，来了这么多次寿华城，每次也只够花钱在她这里睡一晚。有穷商队每年来一次，这个男人也就每年来一次。他来了第五次以后，金织开始在镜子中发现自己暗藏在眉角的皱纹。阿三第九次在她身边打呼噜的时候，她忽然起了一个念头：下半辈子，不如就跟他吧。这个念头当初只是一闪，但这个男人走了以后，当其他男人毫不迟疑地爬上她的床时，她这个念头越来越强烈，半年以后，简直变成一种让她自己也觉得可笑的相思。

“有穷商队进城了！”对寿华城内所有人来说，又一个狂欢到了。金织突然关紧门窗，掀开床板，搬出两床铺盖，扯出十几套旧衣服，露出一个黑黝黝的陶瓮，伸手进去，小心翼翼地拿出一个破旧匣子。她又四处望了望，这才打开匣子，数了数里面那些不贵不贱的首饰。这是一个老资格妓女给自己准备的嫁妆，也是她下半辈子的美梦。

像金织这样的人，只能住在寿华城外城厮混。当红的妓女如石雁、银环，才有机会进入内城大风堡，但做完营生以后，还得回到自己外城的窝。

大风堡，是极有身份的人才能进去的地方，也是看起来比外城干净的地方，所以江离进城以后，几乎脚也没沾外城的地面，就让驾车的阿采驱车跟随鹰眼直入堡内。但有莘不破却跳了下来，越是鱼龙混杂、乱七八糟的地方，他越喜欢。这和富家子弟吃惯了山珍海味，到了乡下便想尝尝青菜萝卜的道理一样。

“这个地方的女人啊……啧啧……”一路上，阿三不停地向有莘不破吹嘘着，一直吹嘘到金织的门前。“奇怪，怎么关着门？”他踢了一脚缩在门边、犹如烂泥一般的东西，问，“金织姑娘出去了吗？不会搬了吧？”那满脸胡须的东西摇了摇头，缩到更加阴暗的墙角去了。呀地一声响，两扇木门分开，有莘不破只见一个满脸涂粉的女人故作风情地走了出来，一袖子打在阿三色眯眯的脸上，嗲声说：“死鬼，才来。”

江离一路打量着大风堡的格局。和外城的土木结构不同，这是一座罕见的石头城。看阴暗处积年苔痕，多半有数十年的历史了，但一百年只怕还够不上。“看来这座城堡不是上一次天劫之前留下来的，不知道它这一次能不能扛得住。”这些天来，他算过夏历，已经知道了自己沉睡的时间，按照师父所叮嘱的计算，再过三天就是自己入睡以后的第一百天，也就是千里天火降临之日。

在整个寿华城中，也许只有他一个人知道这座城池的末日。

有莘不破坐在金织房间里，听着阿三肉麻的言语，如坐针毡。“如果江离见到这个地方，知道我来过，多半又要让我连洗七次澡。”想到这里，他马上站了起来，胡乱丢下一句话，夺门而逃，脚刚跨出门，突然觉得周身一寒，依着感觉寻去，便见到一双充满怨悔的眼睛。这双眼睛，属于刚才被阿三踢走的那团东西。“原来是一个人。”有莘不破想，“但他干吗这样看我？不对，他看的不是我。”他循着那眼光转头，一个真正风情万种的女人站在他面前。

“好结实啊，小哥。”

“我叫银环，你呢？”看着她轻咬舌头，双眼如滴，有莘不破早酥了半截；再被她右手轻轻盘住脖子，连魂也丢了——他自幼长在规规矩矩的地方，哪见过这种风情、这种阵势，结结巴巴地说：“有、有莘不破。”突然后心的寒意比方才更甚，转头看时，缩在墙角的人双眼喷火。“原来是个男人。”有莘不破心想。

“别管他，”银环软在有莘不破怀里，说，“到我房间去，我让你知道女人的好处……”

银环的房间里，到处摆放着对男人阳刚之性充满刺激的东西。

“公子器宇非凡，想必是世家子弟。”

“我呀，只不过是一个逃出来的囚犯罢了。”

“囚犯？”银环的神色登时冷了三分，“小兄弟说笑了。从有穷商队客车上下来的，就算是囚犯，想必也是一个大有身份、身怀异宝的人物了。”

“呵呵，我没有异宝，身上只有几个贝币。不过羿前辈对我的为人倒还是蛮看重的。”

“为人？”

于是有莘不破开始叙述自己如何在雪原中救起一个陌生人，一路不离不弃。他还没讲完，银环已经开始打哈欠了。

“对不起，我们改天再聊吧，虽然你的故事挺好听的，真的。”她仿佛连笑也懒得拿出来卖了，语气也马上变得冷冰冰的。

被扫地出门以后，门也跟着关上。

有莘不破愣愣地站在门外，这才发觉结实也好，义勇也好，实在不能替自己增加多少吸引女人的魅力。

对这些女人来说，最重要的似乎只有一件东西：钱。

“羿兄，一别经年，万事安好？”

江离打量着眼前这个男人，支撑起整个寿华城的男人，寿华城的城主、大风堡的堡主葛阗：尽管此时脸露微笑，却仍不减他的威严。

“妻死子亡的人，哪有什么好的？”

听到羿之斯的话，葛阗忙说：“令符贤侄天纵奇才，他入大荒原报仇降妖，必然无恙。来来来，今天来了不少大有名望的人物，快随我入厅，待我引见。”

这是羿令平第四次踏足大风堡的无争厅，他一进门脸就变了颜色，窫窳盗札罗竟然位列上座。羿令平大喝一声，就要冲上去，却被左右两个侍者拦住。

“令平，怎么这么没有规矩？”羿之斯冷笑道，“这是大风堡，咱们入乡随俗，且待出了城再算旧账。”

江离偷眼看羿之斯的神色，那两声冷笑过后，这个男人便恢复原本的神态。葛阗眼光一闪，却也不插话。只要客人不闹事，他们之间的恩怨他既不想管，也不想知道。

“来，我向大家介绍——想必各位也已经猜出来了——这位就是大名鼎鼎、威扬天下的有穷商会台侯，当世有名的大箭手——羿之斯！”

此话一出，厅中坐着的二十四个人中，倒有二十三个站了起来。

葛阒把在座的二十四个人一个个给羿之斯引见，到了札罗前面，也说了一句：“这位是三天子鄣山窫窳寨札罗寨主。”羿令平哼了一声，羿之斯却依礼和札罗拱手相见。

在座的二十四人，大抵不出商、官、侠、盗之流。引见毕，葛阒目光转向江离，问道：“这位小兄骨骼清奇，是商队的新秀么？”

羿之斯打个哈哈，说：“若我商队能延揽到如此人物，这一路也就没什么可忧的了。这是我在道上偶遇的贵客，虽年纪尚小，但甚是不俗。江离公子，这位就是威震天下的寿华城葛阒城主。”

葛阒原本以为江离只是羿之斯子侄徒弟辈，哪知羿之斯言语间如此推重，便拱了拱手，算是平辈相见。众人见葛阒这般礼下，无不惊讶，心想江离非谦逊不可，哪知他也只是拱拱手，客气话也不多说一句，无不想：“这小子好没礼貌。羿之斯怎么带了这样一个人来？”

蛇女的爱情传说

有莘不破想回去找江离，但走到大风堡城门前，却被挡住了，连请人进去通传一声的门路都没有。他往城东走了一圈，却一个熟人也不见。这时肚子已经开始咕咕响，不禁有些后悔，看看天空，又自己想开了：以前我可连饿肚子的自由都没有啊，现在多好，一个人自由自在的。他遥望暮色中渐渐显现的星星，兴奋地畅想着未来：我且黏着江离，跟他去找他师父，这小子这么神气，又把他师父说得那么神秘，多半不是那么好找的——越难找越好，这一路一定很好玩。

这时，有穷商会四大长老已经在西城张罗着寿华城的第一个夜市，他们是这个交易旺季的主角，人流自然往那边涌，东城便显得冷冷清清。在一个角落里，一个行吟盲者正在讲述一个大荒原英雄的故事。他讲得很动情，但周围却一个听众都没有。

当有莘不破听到“羿令符”这个名字的时候不由一怔。那是商国近年呼声最高、名气最大的少年英雄。有莘不破和他本有几次会面的机会，却都因各种原因擦肩而过。在羿令符失踪以后，有莘不破常常因两人失之交臂而引为恨事，没想到却在这里听到这个人的消息。于是，他停了下来，凑在行吟盲者跟前听着。

“在天下亿万武者当中，除了那个已经被大夏王禁止提起名字的男人以外，有三个传说中的人物登上了武道的巅峰。排在第一位的，当然是那个虚无缥缈的血剑宗。他的人和他的剑，只存在于传说当中。如果不是那座荒弃了数十年的空桑城，如果不是那堆高耸如山的枯骨，也许现在不会有人相信这样一个人的存在，这样一柄剑的存在。

“能和他并驾齐驱的，是号称防守力最强的大侠客季丹洛明和攻击力最强的箭神有穷饶乌。混迹于江湖中很少有人见过这两个传说中的大高手，但他们越是神秘，传闻越多。特别是有穷饶乌，更被传颂得出离常理。月亮缺了一角，就有人说是被有穷饶乌拿去试箭了；星星少了几颗，就有人说让有穷饶乌射来下酒了。

“在这个弓马纵横的年代，能够和有穷门下扯上一点关系，就可以混个神箭手的声名。”

“羿之斯是神箭手中的神箭手……”

有莘不破没想到行吟盲者竟然会讲到羿之斯，想到身边有一个传说中的英雄人物，他不禁感到一阵兴奋，又想着：自己什么时候也能像他们一样，被人传唱呢？

他正想着却听行吟盲者继续唱道：“有人说，羿之斯的箭术就是有穷饶乌亲传。羿令符是羿之斯的长子。他的脾气就像火，他的性子就像风。整个有穷国没有人敢碰他的弦，因为他的弦就像刀刃一样锋利；整个大荒原没有妖兽不害怕他的箭，因为他的箭就像闪电一样迅疾。

“这一天，他在有穷国南部荒原中，射杀了一头彘（zhì）[1]。彘轰

① 彘：《山海经》中像老虎却长着牛尾巴的吃人怪兽，它的叫声像狗。据《山海经·南山经》记载：“有兽焉，其状如虎而牛尾，其音如吠（fèi）犬，其名曰彘，是食人。”

然倒下后，他看见了一个少女绸缎一般的肌肤，听见了一个少女幽咽的呻吟。

“然而，羿令符是否知道有个女人正挺着大肚子在等他呢？一个月前，她这个年轻的丈夫说好是七天就回家的。可是到现在，他的妻子还没见到他回来。女人祈祷着：‘天神地祇啊，请保佑他。孩子就快出生了。我不要他为我带来什么珍禽异兽，我只要他平平安安地回来。’

“然而这个时候的羿令符却正抱着他从怪兽口中救下来的少女——那个叫银环的绝色美女。”

有莘不破怔了，银环？自己不是才从她的房间里出来么？但他随即失笑，觉得应该只是同名。

行吟盲者的声调变了：“羿令符怀里这个赤裸的身体和妻子完全不一样。他有点不安地望着北方，但当银环柔若无骨的手腕盘住他的脖子，火热的双唇沿着胸膛、脖子、耳根一直滑到了他的唇齿之间，在一种昏热之中，他的思绪又开始迷茫。这个他在兽吻下救出来的少女带给他的销魂感觉，即使是怀孕前的妻子也远远不能相比。水草间的翻滚，迷雾中的风流，让他觉得在家里的床上简直就是按章办事。

“当腹下的热火熄灭以后，银环问我们的少年英雄：‘你在惦念她？’羿令符点了点头。银环又问：‘你要回去？’少年英雄说：‘她快临盆了，我得待在她身边。我已经很对不起她了。’银环很痛苦地说：‘可是，我不要离开你。’”

行吟盲者描述着：“银环的脸贴着他宽广的胸脯，右手穿过他的腋下，沿着他的背部，摩挲着他的后颈，左手如梳，轻抚他胸口毛绒绒的体毛。银环的身体慢慢热了起来，羿令符的呼吸也渐渐急促……”

年轻的有莘不破脸上一红，心想原来民间的俗调是这样子的呀。

“‘你……不要这样。’羿令符拒绝着，但他的声音却如同呻吟。他告诉银环：‘我一定要回去的。’银环说：‘那你就带我回去！’可是羿令符却拒绝道：‘不！不行。’

“少女银环颤抖起来，连声音也充满了激动：‘为什么？我并不是要去和她争夺什么，我只是要和你在一起。你可以把我藏起来。白天、傍晚，你有空的时候，我们……’她又开始呻吟，而羿令符的呼吸也因为银环的呻吟而急促起来。不过，他还是忍住大声说：‘不……不行！’

“‘为什么？’她第二次这样问。羿令符犹豫了一下，终于说出了一句令人震惊的话来。”

行吟盲者讲到这里停了下来，不再开口。有莘不破忍不住问道：“为什么呢？”

旁边一个卖酒的笑道：“讲古人口渴了。”有莘不破马上醒悟过来，买了一壶好酒送给行吟盲者，又在他面前的盘子上扔下一个贝币。

行吟盲者喝了酒，继续讲故事：“羿令符犹豫了一下，终于说：‘我知道你不是人，而是妖！我知道的。我们父子俩，都有一双鹰的眼睛，能够窥破任何妖魔的真面目……如果我把你带回家，被我父亲遇见，你一定会被他识破，难逃一死。’

“然而，血气方刚的少年最终还是抵挡不住妖女银环的痴缠，决定把她带回去悄悄地藏起来。妖女为什么一定要缠着羿令符带她进有穷国呢？答案就在这道边境上。在我们有穷国和大荒原的边境，满布着钦原的巢穴。数百年来，有穷国的人民对这些巢穴都小心翼翼地供养和守护着，对钦原这种鸟类也敬若神明。这些神鸟是妖虫之类的天敌。五百里大荒原妖兽遍布，如果没有这一线五百里鸟居，有穷国的居民只怕连一天安宁日子都没有。

“带着银环来到有穷国边境的羿令符，突然发现袍下的少女变得软弱无比，他安慰她说：‘别怕，待在我袍子底下，没事。’不过他却勒了勒缰绳，座下的风马在国境上犹豫着。他心里想：带她回去，到底是对，还是错？

“这时候，几头钦原鸟突然奋翅而起，向羿令符俯冲疾下。‘退开！’羿令符双目圆睁，如猛兽，如鬼神。钦原鸟被他这一喝之威所震慑，敛翅退散。羿令符双腿一夹，座下风马疾冲而过。可是他却不知道，在他的背后，一种人类听不见的声音在诡笑着。

“羿令符的妻子临盆的日子终于到了。这个可怜的女人握住婆婆的手，脸上又是痛苦，又是幸福。她的丈夫终于回来了，就守护在门外。

这令她很欣慰，并多多少少减轻了她分娩时的痛楚。然而就在那一刻，她的眼前忽然出现丈夫刚刚归来时的眼神。那眼神好奇怪，虽然温柔，但温柔得和以前很不一样。以前他的眼神总是硬邦邦的，现在却多了些让人不习惯的柔软感觉。‘是因为孩子就要出生，他就要做爹爹了吗？是的，一定是的。’女人这样宽慰着自己，她仿佛看到了不久以后那种迷迷离离的幸福未来，看到她身边的丈夫，看到她膝下的子女……

“这个时候，羿令符就在门外等候着，等候着婴儿的哭声。他七分兴奋当中夹杂着三分愧疚。他对银环的欲望越强烈，对妻子的愧疚就越深。但这种愧疚越深，他对银环的沉溺也就越严重。

“不管怎么样，他的儿子，或他的女儿，就快出世了，这份喜悦把这些日子来的种种复杂的情感都压了下去。整个家庭，都期待着那个新生命的出世。

“就在这时候，轰隆隆几声巨响——整个天突然黑了下来，没有风，没有雨，只有乌云和怒雷。羿令符有些惊讶，晴天霹雳在有穷国并不是一件常见的事情。虽然在外边护卫商队时，什么样的怪事也见过了，但在安宁的商国势力范围内，由于所有的妖魔鬼怪都被我们伟大的汤王和伟大的伊尹[①]吓得远远逃走，这种天变却是一个异象。

“突然天上一声怒响，九道紫色的闪电一齐劈下，劈在羿府的东南角。羿令符变了颜色。那是银环的藏身之处。他突然懂了，这是银环的天劫。他的脚抬了抬，却听见产房中传来的阵阵痛苦呼声，不由得又停住了脚步。

“‘着火了！着火了！’有人在东南方向惊呼。羿令符终于耐不住了，向东南方向冲过去。他的背后，是雷声中妻子的苦叫。在银环本应该在的房子里，羿令符看到的只有洞穿的屋顶和焦黑的地板，小屋内空无一物。

---

① 伊尹：商初大臣，被商王成汤委以国政，助汤灭夏，生于伊洛流域古有莘国的空桑涧，也就是现在的河南省洛阳市嵩县莘乐沟。在中国烹饪文化史上，伊尹占有重要地位，被尊为“烹调之圣”、“烹饪始祖”和“厨圣”。

“‘怪兽啊！怪兽啊！’西北方向传来惊呼！”

讲到这里，行吟盲者的语气突然由极度紧张变成和缓悲凉：“这一年，有穷国的桃花开得很艳丽。不过，桃花的季节就快结束了。而这天的雷声，也渐渐歇了。

“在产房内，羿令符看到的是一幅血淋淋的图画。倒在地上的，是他的母亲。死在炕上的，是他的妻子。一地的鲜血，是他的儿子，还是女儿？无从知晓。

“老妇人尸身旁边，一个陶器歪在地上——那是有穷国的至宝有穷之海。一条刚刚躲过雷劫的银环蛇正慢慢地从里面溜出来。刚出来的时候，它的身躯很小，脱离有穷之海以后，身躯慢慢变大，弹指间舒展为一条长达九丈的大蟒。

“羿令符突然全明白了，原来这个蛇妖亲近他的目的就是为了借有穷之海躲避雷劫！在那一瞬间他哭了，对着银环蛇哭了：‘好，你好……’然后他拿出了他的弓箭。

“银环还是趁乱逃跑了，在有穷国边境乱窜，身后是羿令符随时袭来的怨恨眼光。她知道，那个男人还在追。雷声响起以后的事情，她有些不记得了。那一声巨响让她完全变回野兽。醒来后，她只看见遍地的鲜血和横陈的死人，还有羿令符的箭！她马上明白是怎么回事了。

“‘啰——啰——’一声声极美妙的声音从边境上传来。一听到这声音，银环的骨头突然开始本能地发软。钦原鸟的巢穴就在前方不远处了。而身后，是整个大荒原都为之嗫嚅的落月弓。

“一只年幼的钦原鸟从巢穴中探出头来，看见了银环。银环停住了，她知道，只要再往前一步，只要这只幼鸟一声轻叫，将有成千上万的成年钦原鸟向她扑来。她回过头，颤抖地幻化成少女的容貌，怯怯地凝视着羿令符的箭尖。羿令符的箭尖闪烁着一点寒光，那点寒光所带的怨悔，让银环感到一抹淡淡的忧伤。”

行吟盲者讲到这里又停了下来，叹道：“这个故事告诉我们一个道理：女人的温柔，是英雄的坟墓！”

有莘不破追问道：“后来呢？”

行吟盲者说："没有后来了。少年英雄羿令符和妖女银环那天之后就失踪了，再也没人见到他们。"

有莘不破叹了一口气，感叹良久，看看西城，也没有什么其他好玩的东西了，这才掉头往回走。他走得并不快，一路慢慢看过去。因为对他来说，这里的一切都很新鲜。商王国虽然繁华，但他以前连这样细看的机会也很少，逃出来以后，急急匆匆，更是连看一眼自己国家的时间都没有。

天越走越黑，灯火却越走越多，慢慢由冷清而热闹，到后来甚至喧闹起来。吞火、耍兽、高跷、艳舞……形形色色的玩意儿看过去，到了作为核心的五座通风大帐篷：南边三座，苍长老和昊长老主持卖出；北边两座，旻长老和上长老主持买进。五座大帐篷以外，另有十几个小帐篷，两三排土屋，是本城商家和一些客商做零散买卖的地方。灯火晃荡处，也少不了一些笑脸招客的女子，可惜刚见识过银环的风骚，这些路边野草未免有些难以入眼，何况自己口袋中连一个子儿也没有了。

大风堡内，又是另一派景象：筵席排开，两行歌女徐徐而入，袖领羽扇之后，一张俏脸慢慢在灯火晦明之间偷偷探出来，冷冰冰的双靥蓦然染了笑意，席上二十几个男人倒有一半狂吞口水。

葛阗笑道："雁儿是越来越有味道了。"转头向羿之斯低声说："羿兄，今晚不如……"羿之斯缓缓摇头，以前逢场作戏的事情他也没少经历过，但妻子亡故后，他反而自拘起来。

江离斜眼一扫，只见身边的羿令平也在发呆。

有穷商队的男儿，上马是战士，下车就是生意人，抓得紧刀剑，也拿得起算筹[1]。在寿华城中，每个人有一天的假期，阿三是第一天，所以抓紧时间跑去寻欢，矮子龙却正忙得焦头烂额。有莘不破看他那样的

[1] 算筹：中国古代用来记数、列式和进行各种数与式演算的一种工具。出现时间已无从可考，但在春秋时期使用已经十分普遍。

勇士，讨价还价起来竟然也市侩味十足。不过他生长在商国，那是天下商人的祖源，对这些东西也不奇怪，走过去一把扯过来，让他给自己出主意。

“进大风堡？那得问长老。”矮子龙就近看苍长老，苍长老正拿着一株三尺长的珊瑚，忙着和一个遍身珠玉的大胖子争论。

突然间一阵骚乱，一个长胡子老头踉踉跄跄闯了进来，被负责治安的莫罗一把挡住。

“求求你，让我躲躲……”

“哈哈哈，老不死，你躲不掉啦……”一个人越众而出。有莘不破看时，好一个方士：四平八稳的气度、超凡绝尘的相貌、一尘不染的衣饰，须三缕，眉两清，真是神仙中人物。有莘不破第一个念头就是：难道是江离的师父？但随即否定了：好像还是江离更脱俗一些。

苍长老撇下事务，走上前来，作揖道：“靖歆上人，别来无恙。”

方士还礼：“好好。长老精神。”

那长胡子老头想趁机逃走，却被莫其按住而动不了。他突然撒起泼来：“你这个天杀狗日贼娘养的，老不死我和你有什么仇啊？你硬是要把我抓到这死人城里来，都跟你说到了葛国我们一切好说，你怎么偏偏要到这里来，这里是火烧的地狱，雷劈的屠场，为什么我怎么说你都不信啊！再过三天，这里就要应劫了啊！为什么你总不信！难道我老不死活了一百多岁，今天就要死在这里不成吗？你这个……”

老头胡子花白，皱纹大把，哭闹起来倒像一个小孩子，骂起人来就像无赖泼皮，越骂越难听。但那方士靖歆也真好涵养，一脸和气，半分怒色也没有，听他骂得没力气了，才说：“自己走，还是要我把你绑起来，先扔到寿华城的地牢里去关两天才肯老实？”

那老头子吓得跳了起来：“不行不行！我不能待在外城。现在去葛国也来不及了。去大风堡，带我进大风堡。这方圆几百里就那还好点，但怪兽来了你可得护着我点。我老不死可还不想死。”

有莘不破打趣说：“你真叫老不死？”

长胡子老头接口说：“老人家我老得连名字也忘了，就偏偏不死，人家给我起了这个名字，却也正合适。”抬头看清楚了有莘不破的面貌，呸了一声说：“我老人家跟你小子说什么。小子你说话也不礼貌些，你呀我呀的。你爷爷也得喊我一声爷爷哩。”

有莘不破本来笑嘻嘻的，听他语涉祖父，脸一沉，跨过去抓住他的头发，凌空提了起来，喝道：“胡说什么？”

靖歆也喝道：“这是我的人，你小子别毛手毛脚弄死他了。”说着便走过来夺，有莘不破右手一挡，两人手臂一碰，靖歆微感酸麻，不由吃了一惊。有莘不破不理旁人，只是向长胡子老头喝道：“刚才的话你再说一遍！”

那老不死见这小伙子竟能单手挡住靖歆，倒也乖巧，忙说道：“你才是我爷爷，你爷爷是我的玄祖爷爷！”有莘不破哈的一声，手一放，笑说：“谁会要你这样老的玄孙？”

老不死脚一着地，立刻钻到有莘不破背后，指着靖歆说：“我不是他的人。你护着我，有你好处的。至少捡回一条小命。”

有莘不破笑道：“你连自己也救不了，还想救我？”

老不死说：“我老人家有智慧没力量，你小伙子，呃，不，少侠你有力量，但江湖历练就少一些了。咱俩联手，保定能度过这次大难！”

靖歆脸色却越来越难看，喝断道：“小子！闲事少管。别仗着几斤力气惹是生非。天外有天，人上有人，这道理你师父没教过你吗？”

有莘不破一出商国的势力范围，偏偏最想做的事情就是惹是生非，顺口说：“我师父说，就算到了天外天当神仙，也没什么了不起的。我爷爷说，这人上人最是难做。我天外天是不想去的，人上人也不想做。别人要去要做，和我也没什么关系。你说这老头是你的，有什么凭证？”

老不死帮腔道：“对，对！我老不死不是你的。现在我是这位少爷的。呃，这位少爷，您高姓大名，日后旁人问起，我也好替你扬名。”

“哈哈，我行不更名坐不改姓，有莘氏好男儿，有莘不破是也！”

靖歆听到“有莘”两字，先是一惊，随即冷笑道：“这个姓氏有几十年没人敢提起了。你的师父敢情现在在大风堡里头？去叫他出来领教领教本座的手段。”

有莘不破笑道："你不用套我的话，我的师父和亲人都不在这城里，对付你，小爷我一个人就够了。"他出了有穷国，一直想试试自己的本事，荒原外一役杀得虽然淋漓尽致，但对方都不是高手，见了一个连苍长老也套交情的人，想必本事不差。既然有打架的由头，哪有道理错过。

靖歆听他是孤身一人，又冷笑说："你师父在也好，不在也好，反正敢用这个姓，不管你是真是假都该死！"眼中精光暴闪，周围看热闹的人便觉得一股气墙向自己压过来，知道不妙，纷纷走避。

苍长老暗叫不妙，上前劝阻。靖歆怒道："苍长老，你有穷和这小子什么关系？"

苍长老被他气势压得一滞，忙说："他是我家台侯在荒原救出来的少年，还请上人看台侯面子，莫让这寿华城失了规矩。"这句话，抬出羿之斯和葛阗两个人来，希望靖歆有所顾忌。

果然，靖歆道："这不是我挑衅，葛阗要追究，小可也有话说！"

苍长老听靖歆这样说，知道只要有莘不破低头，给靖歆一个台阶下，事情还有转圜的机会，哪知有莘不破竟然也学着靖歆的口气说："对啊！这是我们俩的事情，你老人家多什么事？"

苍长老气得暗暗叫苦：不理嘛，有莘不破是有穷商会带进来的，怕连累了自家；理嘛，那小子竟是点拨不透的愣木头。有莘不破替有穷挡了一劫，虽然苍长老对有穷之海一事还有些疑虑，但终归对他有些好感。要是在别的地方，遇上别的人，便让他去碰碰钉子。但遇上靖歆，只怕一出手就要了这少年的性命，何况在寿华城动手，葛阗知道了也断然不肯善罢甘休，当下使了个眼色，旻长老便暗中叫人去大风堡报信。

"无论如何，我得拖延时间。"苍长老想。

不过苍长老没想到，寿华城的管事动作要比有穷商会的人快得多。

歌舞未休。

羿令平火热的眼光，时不时偷瞟舞女婀娜的身姿。羿之斯眼光虽然锐利，但口中应答着葛阗，心里想着札罗，对次子的这个小动作并未注意。江离冷眼旁观，若无其事。

突然一个驼子急匆匆走来，与葛阆一阵耳语。葛阆先是冷笑，随即攒眉，单刀直入地问道："羿兄，贵会可有一位叫有莘不破的少年？"

羿之斯应道："是在下的另外一位贵客，虽有魄力，只是年轻不懂事，若一时冒犯了城主，还请包涵一二。"

葛阆嘿嘿连声，说："大风堡的名头，看来是越来越不响亮了。冒犯我打什么紧，只是敢和靖歆作对，那可真有气魄，怪不得能做羿兄的贵客！"说着手一挥，歌歇舞止。"哈管带，带我的话，请这两位贵客进堡喝酒。"

不过片刻，那驼子哈管带的声音在厅外响起："小招摇山靖歆上人到，有莘不破公子到。"

葛阆起身和靖歆见礼，道："上人清驾辱临，本城上下未曾远迎，怪不得上人西市发怒。"

靖歆闻弦歌而知雅意，还礼道："小可在寿华城与无知竖子发生口舌，实是大失分寸，死罪死罪。"

"哈哈哈，刚才还说什么'葛阆要追究，我也有话说'，现在怎么哈头哈脑的了？"人随声到，一个少年大踏步进来，后边一个长胡子老头亦步亦趋，跟得贼紧。

他话声一落，葛阆怒色未发，羿之斯截口说："看你衣衫完整，敢情这场架没打起来？"

有莘不破道："就差一点。"

羿之斯道："好好好，没犯寿华城的规矩就好！寿华城是讲道理的地方，不是动手打架的地方。只要道理说明白了，这里头都是成名的人物，自有公道。"

葛阆听羿之斯话里大有回护之意，便道："既然如此，我们便听听两位的公道。上人，请上座。"

江离往羿之斯的方向挪了一下，让出一个空位，对有莘不破说："你坐这里吧。"有莘不破随手抓起一把椅子，放下、落座，正好处在江离和羿令平中间。羿令平见他如此无礼，又是暗怒，又是厌恶，心想：“你惹了靖歆，多半没好下场。”

有莘不破在外城转悠了半天，肚子早已前胸贴后背了，屁股一有着落，看见满桌酒菜，哪还客气，叫声“请请”，筷子也不用了，用手抓了就吃。众人听他敢和靖歆这样的人作对，本以为是个多了不起的少年英雄，哪知道没半点风度，就像乡下来的野小子，无不侧目。

葛阗眼睛半阖，似看非看；札罗面色不动，心下算计；靖歆满脸春风，就像不干他事；羿之斯早已见怪不怪；只有江离，无意间微露欣赏之意。

老不死老而成精，早已看出厅中虽然几大高手互相牵制，但一场暴风雨会一触即发。

第二章
蛊雕：太湖边的神兽

女娲之后的传说

天地有不完之理。

女娲曾以甚深法力，发绝大愿心，在大荒山[①]无稽崖炼成顽石三万六千五百块，补天之缺。事情到此，本来已了。哪知在另一个时空中，出了一位有大力量的人物。这人物虽有夺天地造化之功，但一生不顺，失意中乃精神散乱，做事随性胡为，在这三万六千五百块补天石中偷了一块，营造自己的一片太虚幻境。对旁人却说：当初补天之石原有三万六千五百零一块，这一块是多出来的。殊不知他这一大胆妄为，竟令这一时空的人魔妖兽均大受荼毒：苍天之缺口虽大致弥合，但石头少了一块，瑕疵自然难免。以有穷南部大荒原为中心，千里方圆中，每百年便有一次天火之劫。不过，只要人们把这劫难忘记，在天劫到来之前，日子照常过。

① 大荒山：女娲炼石补天的地方。据《山海经·大荒西经》记载："大荒之中，有山名曰大荒之山。"

老不死在这寿华城已经活了一百多年了。从七十多年前城池奠基开始，他就生活在这个地方。从某种意义上说，他是这座城池的名人，上至葛阗，下至金织，都知道他的存在。一个人在时间允许的情况下，只要集中地在一个地方晃来晃去，总能让人家知道他。但他究竟是怎么样的一个人，整个寿华城却没有一个人知道。只是偶尔讲到一些失去了主人公姓名的笑话，才把他这个人拉来做故事中的主人公，作为寿华城的故事中愚蠢、迂腐、贪婪、胆小、无能的象征。至于他真正的事迹，整个寿华城没有一个人知道。这个可怜的老头子，是一个被全城记住的人，又是一个被全城忘记的人。

不但别人把他忘记了，连他自己也几乎被自己忘记。如果不是七十二年前埋下的那七十二坛酒。

七十二年前，那个时候天劫还被大部分劫后余生的人记得。他们在城池建成之日，埋下了七十二坛酒，作为一个标记——以后一年开封一坛，酒喝完了，天劫也就来了。最后一坛酒上面，刻着一百年前天劫来临的具体日期。

埋下这七十二坛酒的人，在七十二年中一个个老死了，病死了，那天劫的传说在传了两三代人之后，渐渐变成一个骗小孩子睡觉的故事。

连那唯一还残存着那份记忆的人，也完全把这件事情给忘记了。当初他和他的同伴，谁都不认为自己能够活到七十二年以后。这个活了一百多年的老头，老得连自己的名字和年龄都忘记了。他无忧无虑地在这座城池里厮混了整整七十二年，从来没有想到要走出这个百年相依的地方。而且在这座城池生活得久了，也开始害怕和拒绝走到外面的世界去。直到这次过年，他依照着连他自己也忘记了缘由的习惯，爬进了只有他一个人知道的地洞，把那坛刻着字的老酒拿了出来。在漆黑的地洞中，他甚至没有察觉这就是最后一坛象征之酒，一直到一个来蹭酒喝的邻居问他："老不死，这酒坛子刻着的是什么啊？"

这个问题勾起了老不死对自己年龄的记忆、对这坛酒的象征意义的记忆，以及对那次天劫的恐怖回忆。他像疯子一样大叫大闹起来，当然没人会相信他这个愚蠢的、迂腐的、贪婪的、胆小的、无能的人的话。

过了几天，老不死的邻居突然发现这个老头子不见了，不过也就诧异了那么一会儿，便把他给忘记了。大概半个多月后，他再次出现在西城，作为两个据说是大人物的外人的陪衬，这并没有引起人们的好奇。

大风堡，无争厅，气氛有些尴尬。

几个大人物隐隐然在气势上对峙着，让那些没什么干系的人夹在中间特别难受。他们只希望有人搅搅局，把这不温不火、不死不活的局面搅浑了，喘口气。但江离却知道，如果有人把现在这种均衡的局面打破，后果可能会严重到连东道主葛阒也镇不住，或许他在这座城池的权威也到头了。

“城主，听说，寿华城有一位活了上百年的老人，大号称做‘老不死’。”江离见打破沉默的居然是窫窳怪札罗，暗中叹了一口气，由这个人来掌第一勺，这锅汤注定越搅越浑。

“不错。”葛阒应道。光凭这句话，谁也没能猜到札罗的意图。

“据说，这个人从寿华城建成之日起就在这里了，算得上寿华城的元老了。”

葛阒向老不死扫了一眼，一直盯着葛阒的众人也跟着向老不死扫了一眼：这个札罗口中的“元老”，听了葛阒这句话，自得之情溢于眉目口鼻之间。

“据说他是这城池草创时的三千个兵丁之一，这大风堡的基石，也有他的一分力气，算是我寿华城的一位耆老。

“我曾听说寿华城有两大秘密，久远得没人知晓了。大风堡的第一代堡主是有传世家书的，可惜三十多年前却失传了。”

葛阒神色不动，但闪烁的眼光似乎对札罗有些不满。江离曾听说，这座城池在三十多年前一度易主。当年经过多少流血大战、阴谋诡计，江离并不知道。

改朝换代的真相，向来是居于统治地位的人最忌讳的事情。

札罗继续说：“听说这两大秘密虽然在三十年前失传，但有一个人却还知道一些线索。”

葛阗的声音依然克制得很平和："市井谣言，不足为论。"

札罗打了一个哈哈，说："原来城主对此毫无兴趣，早知道我便应该先下手为强，如今却让靖歆上人和有穷商会捷足先登了。"

这话一出口，几乎所有人都恍然大悟。在众人的眼中，有莘不破之所以敢和靖歆相抗，背后自然有人撑腰——这个人，大家就自然而然地会想到是羿之斯。而能引起靖歆和羿之斯争夺的人，来历一定大不简单。难道真像札罗所说：这场争夺的背后隐藏着两个大秘密？

片刻之间，老不死从洋洋自得变得战栗不安。当在场数十人的眼光——包括葛阗的眼光——向他射来的那一瞬，老不死突然感觉自己就像一尾待宰的活鱼。他看了看他临时找来的护身符，此刻正大口大口地吃肉喝酒。

半个多月前他随着一个商队逃出这个即将遭劫的灾难之城，眼见就要踏入葛国国界，却被一个方士抓住了，逼问了许多他不大记得的事情。在没能问出有用的信息以后，这个方士决定到这头"猎物"的老窝——寿华城来寻找线索。

老不死看着眼前狼吞虎咽的小伙子，突然后悔自己的选择。当时他在靖歆和有莘不破之间选择了后者，是觉得这个毛头小伙子好对付些。积年的经验告诉他：如果落到靖歆手中，即便自己最后帮他实现了愿望，也逃不了兔死狗烹的下场。有莘不破也许好对付些，但这个看起来只有几斤蛮力的小伙子，真的有能力在群雄虎视的情况下保护自己吗？

土窗射进来的昏暗阳光让金织知道，太阳就快下山了。阿三躺在她身边打呼噜。虽然还没入夜，但男人经过一场激烈的大动以后，总是特别容易产生睡意。

金织爬起身来，对着镜子理了一下衣服。她已经开始显老了。即使是做妓女，她也不曾像石雁和银环一样，在这圈子里辉煌过。年轻的时候，她也曾和几个中等姿色的同行争风吃醋，但现在却只求平平安安地度过下半生。当镜子中的人显得齐整以后，她取过几个布币，出门反锁，向市集走去。

有莘不破从侍者手中接过毛巾，擦了擦嘴，这表示他吃饱了。大家自然而然地都向他望了过去。

被这么多人同时看着，有莘不破却连一点不自然的神色也没有，好像他觉得自己天生就该引人注目。

有莘不破半侧身子，指着靖歆问站在他椅子后面的老不死："那个家伙为什么追着你不放？"

众人心里咯噔一下，这也正是他们最想知道的事情。只要老不死肯说话，哪怕只要吐露出只言片语，自己也可以据理猜测。只有靖歆黑着脸。这些话，本该是在无人处逼问的，但这小子却冒冒失失地当众问了起来，自己偏偏无法阻止。

"或许羿之斯会阻止。"靖歆心想，在他看来，羿之斯显然是幕后操纵着有莘不破的人，而这个老奸巨猾既然有这样的举措，多半也知道一些内幕。即使一时没法把老不死夺过来，靖歆也希望羿之斯私底下再去拷问老不死，因为秘密被公开对自己并没有好处。但放眼看去，羿之斯没有一点担心秘密被公开的样子。"这头老鸟，到底在想什么？"

"我也不知道啊！"老不死叫着屈，"他老问我说什么什么昆仑山[①]，什么什么弱水[②]，什么树林啊、园子啊，什么果实啊，什么母什么娘，我都不知道他在说些什么？我说不知道，他就，就，你看！"老不死上身的衣服全脱了，转了一圈，皱巴巴的皮肤上全是不知怎么造成的伤痕。"他就这么折磨我！"说到这里，这个老头子开始气愤起来，"我根本什么都不知道，怎么说？"

"妈的，这牛鼻子不是人！"有莘不破骂道，却隐约听身边的江离轻声说了一句："原来如此。"马上反问："什么'原来如此'？"

---

① 昆仑山：《山海经》中的第一大山，天帝居住的地方。据《山海经·海内西经》记载："海内昆仑之虚，在西北，帝之下都。昆仑之虚，方八百里，高万仞。"

② 弱水：《山海经》中的河流，现在的陕西洛河。据《山海经·海内西经》记载："弱水、青水出西南隅，以东，又北，又西南，过毕方鸟东。"

江离斜了他一眼，嫌他多口。有莘不破却兴冲冲地道：“你猜出什么了是不是！呵呵，你能用鼻子闻出那老贼坐骑是紫色的，现在不如也闻一闻，看看这老头子身上是不是真有两个秘密。”众人听说“坐骑是紫色的”，无不想起札罗。眼见札罗就在上座，而这年轻人竟直呼“老贼”，一些持重的人无不摇头，如果有穷四老在此，一定又要认为羿之斯失策。商队行走，三分实力，三分运气，还有四分得靠道上的朋友给面子，各路豪强，能不得罪的尽量不要得罪，但有莘不破却像一个火桶，刚进寿华城就差点犯了葛阗的规矩，这边惹翻了靖歆，那边又向札罗开炮。“带这样一个人在身边，只会让有穷多树敌人！”如果苍长老在，这句话他一定会说的。

江离冷笑道：“既然是秘密，就应该私下里说，大庭广众之下说出来，秘密也不成为秘密了。”

“这秘密对那牛鼻子也许有些用处，那个强盗既然说起，多半有些关系——但对我们却一点用都没有。什么秘密？估计多半是宝藏之类的，说了就说了，捅穿了就捅穿了，最多也不过是解解我心中之痒。”

江离侧头想了想，说：“也对。”说着顿了一下，继续说：“其实刚才寨主说的、大风堡家书所传的‘两个秘密’，如果我所猜不错，应该是有的。”

葛阗突然冷笑道：“大风堡的秘密，我大风堡的人不知道，嘿嘿，外人倒清楚得很！”

江离反问说：“三十年前，寿华城第二代城主在烛阴阁自焚，这件事情有吧？”

老不死脱口咦了一声，葛阗原本不屑一顾的眼神也突然变得凌厉，大声喝道：“尊驾到底是什么人？！”

江离悠然说道：“你不用管我们是什么人，你的事情我没兴趣知道，也没兴趣管。这寿华城在你眼中珍贵无比，在我眼中却如同一粒转瞬即逝的尘埃。我愿意说话，只不过是我的朋友问起，我和他讲讲故事罢了。”

葛阗哼了一声，不再说话。

有莘不破却追问说："三十年前你还没出世啊，怎么知道这些事情的？这件事情他们瞒得这样隐秘，普通人多半也难以知道。嗯，你师父告诉你的，对吧？"

江离笑了笑，应道："你也挺会猜的呀。不错，当年寿华城第二代城主曾向我师父借了一样东西，眼见借期满了，便来索还。到了这里时，却发现阁毁人亡，那东西也不翼而飞了。"

有莘不破问："是什么东西？"

"也不是什么了不起的东西，怕就是那个牛鼻子最想知道的。"

有莘不破有些不满："你就别吊我胃口了。"

"我不是吊你的胃口，"江离说，"我是在吊某个你不喜欢的人的胃口。"

有莘不破定眼看去，见靖歆虽然表面镇静，但眼光闪烁着掩饰不住的热切期盼。

"好吧。我先不问，嘻嘻。"

江离继续说："这东西有些人虽然看得比天还大，但在我师父眼中，却也不算什么。找了一下没找到，也就算了。这件事情我也是在一次闲聊中听他提起，因为对这没有结果的事情有点好奇，便记住了。想来这件东西，就是寿华城的第二个秘密。"

"第一个秘密还没说，怎么就第二个秘密了？"

"因为第二个秘密对那牛鼻子也许还有些用处，而第一个秘密就算现在说了也一点用处都没有。再过个两天三天，整个寿华城的人就都知道了。"

老不死突然跳了起来，嚷道："你知道！你真的知道！你，你怎么会知道？"

羿令平忍不住插口问道："这第一个秘密，到底是什么？"这个问题，也正是众人想问的。

蜷缩在金织门口的那个男人慢慢伸出手，抓了一把饭，往口里塞去，他的眼神依旧茫然，就像在进行一个没有意识支配的本能行为。第一口饭还没吞下，一个身影遮住了陶钵。光线已经非常昏暗了。男人不用抬头，也知道是女人。她的眼中突然暴射出极其凌厉而又极其复杂的光芒，那浓郁的杀气又夹杂着一点温柔的残余。

“你看你现在像什么？”女人的声音很低，但却充满怒火与痛苦。

“你像狗一样缩在这里，让一个低贱的妓女像养野狗一样养着你！你以前那呵神斥鬼的勇气哪儿去了！那震慑群邪的气势哪儿去了！”她忽然笑了，“对了，我忘记了，你只是一个连男人的尊严都已经跑到阴沟里去的男人——不，你不是男人，你甚至连公狗都不如。公狗看见自己的母狗被别的公狗压在身子底下，至少还会吠两声。可你呢！你是一条硬不起来的烂泥鳅。你看着男人们一个接一个地来和我好，你也只能看着！你也只会看着！缩在一旁眼睁睁地看着！你连争风吃醋的勇气都没有了。我真不明白，你还活着干什么？你为什么不去死！陪着那两个女人——那个生你的女人和生你儿子的女人去死！陪你那还没出世就变成一摊血水的崽子去死！”

男人的手开始颤抖，他的整个身体都已经被刺激得快要爆炸了。女人的样子突然变得很刻薄：“可是你连死都不敢了！为什么不站起来？为什么不敢把你的弓拿起来？不能射死别人，你还不会杀了自己吗？”男人的眼睛早已布满了血丝，五官全都扭曲起来。他突然闭上了眼睛，把陶钵里面的饭一把一把地往嘴里塞，就像往阴沟塞烂泥一样。

女人突然像虚脱了似的。她知道自己又失败了。她的刻薄，她的冷笑，她的痛苦，她的怒火全都不见了。走的时候，她连步伐都蹒跚起来，完全没有平时的摇拽之姿。

金织的隔壁，门微微露出一缝，门缝后面，是一只桃花般的眼睛。

“第一个秘密到底是什么？”有莘不破问。

江离说：“是一件很不好听的事情。”

“很不好听？”

“因为大多数人不愿意听。”

“为什么？”

"无论是谁，听到自己会死，都不会乐意的。"

"我们会死？"有莘不破疑虑说，"你说的第一个秘密就是我们会死吗？"

"咱们不一定吧。不过这寿华城内大部分的人只怕在劫难逃。"

老不死突然鬼叫了起来："什么？什么？我们真的逃不过吗？当年，当年我们还没有这里这么多的高手，但也有好几个人活了下来。难道这次天劫我们就逃不过了吗？"

天劫！众人对于江离所说的"第一个秘密"，突然有点眉目了。

羿之斯忍不住问："江离小兄，真的有所谓的天劫吗？"

江离还没回答，札罗的眉目突然跳了几跳。不一会儿，那驼子哈管带急匆匆闯了进来，躬身说："不好，窫窳寨主的坐下神兽疯了，窫窳寨的兄弟们也按不住，它正在撞大风堡的城门。"还没等他说完，札罗早跳了起来，向葛阗说了声"兄弟去看看"，如风而去。

老不死指着札罗的背影大叫："妖乱，妖乱！"

有莘不破兴奋之情溢于言表，嚷道："妖乱？所谓的天劫就是怪兽作乱吗？"

葛阗突然喝道："各位是本城的贵宾，本城敬之以礼，但若是倡言妖异，意图惑乱我城中军民，那么请恕我葛阗无礼了。"

靖歆接口道："不错不错，别说这些事情毫无来由，就算真的有什么妖乱，寿华城兵甲之利，名扬天下，哪有镇不住的？"厅中宾客原本已经骚动不安，听了这两人的话，这才渐渐平复，但窃窃私语声仍然此起彼伏。

"不说就不说呗。"江离依然轻松自如，"我早说过，这里的事情我不想多管，反正就算会惹到我头上来，我也不怕。"

葛阗辨言察色，突然一阵警惕。他并不信真有什么天劫，而认定这是一个阴谋的肇始。羿之斯、札罗、靖歆，这些人突然一起聚到这里，难道真的是巧合？他沉思着，突然长身而起，道："大家一起看看札寨主去，也许他正需要帮忙。"

"好了好了，寨主来了。"大风堡外，群盗高呼。

札罗向哈管带说："打开城门！"

"不行，没有城主手令，城门谁也不得打开！"

"难道你要眼看着窫窳把城门撞破？"

哈管带寸步不让："本城兵士尽量克制，就是想请寨主安抚神兽。如果连寨主也治不住神兽的疯病，那么本城的弓箭手就只能得罪了。"

札罗冷笑道："凭你们这些破铜烂铁，能奈我的窫窳何？！"

哈管带也冷笑道："那怎么也得试试。"手一挥，大风堡箭手临着垛窗向下瞄准疯狂撞门的窫窳。札罗算定这些箭伤不了自己的守护兽，但和窫窳气息相连的感觉告诉他：守护兽的不安感已经越来越强烈了。"住手！"他喝了一声，从垛窗越出，跳了下去，在大风堡内外的惊呼声中，稳稳落在窫窳背上。一时间，城里城外，噪声大作。

窫窳接触了主人，登时安静了许多。札罗俯首贴在窫窳背上，倾听它体内的脉动。札罗突然有股冲动，想驱窫窳冲进大风堡。"到堡里去！到堡里去！只有里面才安全。"札罗强烈地感到：这是窫窳传达给他的信息。

"开门！窫窳已经安静了。"

哈管带在堡上叫道："既然神兽已经安静，就请寨主让它回去休息吧。然后我们再恭请寨主入堡。"

札罗回头一望，自己的部属已经零零落落地聚在自己背后，自己骑着坐骑，临堡而立，确实有率众攻城的嫌疑。挥手对部下喝道："退下，回去睡觉。"不一时，群盗散尽，札罗又道："可以开门了吧。"

哈管带正在迟疑，却听城主的声音在身后响起："寨主要携窫窳进堡，不知是何用意？"

札罗怒道："难道你看不出它此刻离了我安静不下来么？"

葛阗缓缓道："既然如此，便请寨主且回城东驻扎处。若神兽精神得以平复，明日葛某设宴向寨主请招呼不周之罪。"

札罗大怒，但知葛阗已有疑忌，自己和羿之斯刚刚结仇，不想再树大敌，权衡良久，勉强吞下这口恶气，悻悻离去。

长生不老的秘密

时间悄悄地流逝着，危险悄悄地接近着，整个寿华城依然如故。夜里，一切都那么安静。

札罗回到了东城营地，这是葛阗给窫窳寨安排的驻扎点。窫窳寨几个头目迎了出来，为首的是卫皓。三十年前，就是这个老头子把自己从烈火中背出来，一路逃亡，到达数百里外的三天子鄣山——千里内毛贼蚁聚的地方。

如果没有这个老头子，我死在这个城堡里，也就少了许多烦恼。札罗阴沉着脸，坐在帐中首座，十个小头目分列左右。左下首坐着卫皓，右下首空着一张椅子——那是为窫窳寨另一个元老、札罗做强盗的入门师父冲皓而虚设的。

“我出去一下，你们好生看守门户，卫公帮我安抚窫窳。”

札罗大步走向后帐歇息处。卫皓跟了进来：“公子，今晚……”“不用说了，我自有打算。”札罗的独断让这个把他抚育大的老人激生出十分复杂的情感。在无人处，卫皓至今以“公子”称呼这个主子。他希望这个“公子”能够光复老主子的事业，重新君临寿华城。但在内心深处，这个主人也是他在强盗窝里从小看大的孩子，他有一种对孙子般的感情，今天这样独断，他不自觉地有点伤心。

“或许他希望的是叫我城主、堡主吧。”札罗想，“要我来做这个城主，到底是我热切些，还是他热切些？”

靖歆吩咐下人：“我要静坐，今晚切勿打扰。”然后门上闩，人上床，点一盏灯，放在脚边，把真气运转七小周天，凝元神，通十二重楼，突地咬破舌头将血向自己的影子喷去。噫！那影子竟渐渐伸展，越变越长，越变越淡，终于几不可见。

靖歆将元神附在影子上，从门缝中穿了过去，沿着墙，顺着壁，经过七个转弯，从一道关紧的门缝中迅速穿了进去。门里面羿之斯端坐着；江离倚靠在几上，懒懒的；旁边是有莘不破，追问着日间的疑惑。

“还好，没有错过。”

金织的门紧闭着，隔壁石雁的门也紧闭着。这一宵的月色很美，美得有些妖异。

一条汉子在月色中慢慢走近，在这两道门的十步外停下。他的步履沉稳而轻凝。一身布袍下，掩抑着不知多少活力。

金织的门前倒挂着一双破鞋，石雁的门前倒挂着一双绣鞋。这么晚了，还有生意？汉子没有说话，没有敲门，只是静静地走近，突然发现墙角窝着一团脏东西，他意识到那是一个和死了没什么区别的男子。他望着绣鞋呆了一呆，转身在那个男人的身边坐下。

石雁的房间遮得很严，但仍漏了些春光。或许连羿之斯都不相信，那个胆敢围攻他有穷商队的大盗，此刻正坐在一个妓女的门边等着。

沙的一声，金织泼出了一盆脏水，眼睛也不看一下，便关上了门。没有泼远的一小股污水慢慢流向墙角，流到了札罗脚边。这个强盗伸出脚踏住，污水便改了一个方向，向他身边那毫无知觉的男人流去。

风很难闻……

如果当初命运的风没有转向，他札罗将是这座寿华城的第三代城主。他祖父是一个开业的英雄，他父亲是一个守城的男子，而他，只不过是一个没志气的花花公子罢了。如果他能顺利在这座城池统治下去的话，用暴力维持了四十年的和平，将会酿出腐烂的美酒和叛乱的火花。

“对于这座城堡，我师父告诉我的并不多。整个事情，还要从那场天劫说起。约一百年前，雷火星云从天外飞来，落在我们现在称为大荒原的地方上，把三百里方圆夷为平地。据说，这样的灾难每百年就会有一次。”

“那也只限于大荒原啊，离这里很远啊，少说还有百来里。关这座城堡什么事情？”

“那三百里是受灾最严重的地方，但却不是受灾的全部。以那大荒原为中心，千里之内都有赤火流烟。不知什么原因，千里方圆内唯一没有受灾的，只有寿华城这块地方。”

“那我们不就很安全了？”

“安全？我问你，大荒原最多的是什么？”

“怪兽。天！你是说它们在天劫的时候为了避难会往这边涌！”

“对了，这就是妖乱。”

“那些怪兽，也没什么了不起的。”

“那是因为你没有见过沉睡的怪兽。”

“台侯，大荒原有没有厉害一点的怪兽？”

“厉害一点的？”一直没有说话的羿之斯脸上出现一种想笑又笑不出来的表情。“厉害一点的没有，但是很厉害的怪兽，倒有一头。听说已经睡了几十年，每次行商，我都尽量离它活动的地方远一点。”

“真有那么厉害？嘿嘿，刚好我试试拳头。”

“别说你的拳头，只怕连我的箭，也射不穿它的皮毛。”羿之斯叹了一口气，“我只愿它永远不会醒来。”

札罗坐在屋檐下，从袍底摸出一壶酒，一只杯子轻酌淡饮。其实，他也是一个很有雅兴的人。在这静静的夜里，陪着一个废了的男人，寂寞地看夜空。

在三十年前那个火光四起的晚上，他临死的父亲断断续续地说出了“三十年后，春，大劫，有穷之海……”等话。说的人是临终呓语，模糊不清；听的人是纨绔遭变，手足无措。所以当初他也搞不清楚是怎么回事，但这些年潜心苦思，渐渐理出一些头绪。在一块传家的龟甲佩上，很清晰地刻着毫无意义的一组年月和日期。年是今年，月在本月，日期就是两天之后。联想起亡父的话，他推想：这两三天寿华城应该会有一次大变故，而有穷之海则是这次大变故的一个关键。虽然还不知道具体的细节，但要夺回城池，完成卫皓一直向他灌输的宏愿，这很可能是一个绝好的机会。

札罗寂寞地望着夜空。天上偶尔有血丝般的幻象，陪伴着暗红色的月亮。

札罗很小就离开了这座城池，这座本来属于他的城池。虽然丧失了属地家园，但当时他并不在乎，没了就没了，有什么可惜的呢？但在逃亡的过程中被冲皓抓到了三天子鄣山。十年过去了，他由一个小杂役，到一个小强盗，再到一个统一了三天子鄣山的大强盗。他以降服窫窳起家，聚集了数十个人，在冲皓的扶持下，杀了东岭的鬼王，收了西山的香娘子，放逐了南谷的假王孙，合并了三家盗贼，拢成一个大盗集团，成为臭名昭著的窫窳怪札罗。

不过，强盗始终不是札罗的志向所在。如果可以，他希望当初卫皓能够带着他逃离这是非之地，到大夏王都去，买一栋小楼，隐藏在市井之中，没事的时候，养些珍禽异兽，种种花，刻刻字。他理想中的生活远于豪杰，近于诗人。但是，命运总把他往违心的方向推。

他和窫窳到底是一个什么状况，只有他自己知道。他并不是靠武力降服了窫窳，而是靠对禽兽的熟悉取得了这头异兽的信任。这个男人，本不适合做强盗，而更适合去做一个无所事事的公子哥，研究些花花草草，鸟兽性情。但命运逼着他去做了强盗，逼着他来抢夺这座早被他自己忘却的寿华城。

“什么时候，能做回我自己熟悉的事情，那多好啊。”

尽管那是很没出息的事情。

“我有个疑问。”羿之斯说，“你刚才说千里赤火，那我有穷——甚至商国，都将波及吗？”有莘不破听到“商国”两个字，神色一动。

“每一代商王都很厉害啊。听说百年前商王就有了化解之法。那道钦原界线和有穷之海，据说与这件事情都有些关系。”

“钦原界线虽在，但有穷之海却已失去，这……”羿之斯说着，忧形于色。显然，对于江离所说的天劫，他已经完全相信了。

“商国能人辈出，这一代商王更得到一位惊天动地的大人物扶持，有穷既然是商国属国，想来他不会袖手。”

“大人物……你是说，成汤王的宰相伊尹么？”

听到这个名字，目空一切的有莘不破也忍不住心头一震。

江离点头道：“不错，就是那位名扬天下的旷世名相。”他说起伊尹时，心中也不禁一阵向往：“不知道什么时候我能达到那个境界？”

羿之斯听他提到那人，也释然：“不错，有他在，必有化解之法。”他说完目光一扫，发现有莘不破听到这个名字后马上低下了目光，神色奇怪至极。

夜很静。石雁的门还没开。

札罗摸了摸早已饱经风霜的脸。即使是摸脸这个动作，也早已经丧失了二十年前的温柔，只剩下强盗的粗鲁。二十年前，当这张脸还很清秀的时候，他的强盗师父冲皓一刀下来，便让这张公子哥的脸多了一道疤，从此他的脸便一步步向凶狠蛮横的趋势发展。他的性子也开始像脸一样发生了变异。他要变得强大，只要变得像祖父和父亲一样强大，他就可以自由地以自己的个性行事了——当时他这样想着。但当他到了今天这个位置以后，却发现自己的自由不是多了，而是少了。

冲皓不再敢打他，不再敢逼他，但这个老强盗和卫皓这个老仆人一样，对这个前途无量的强盗徒弟充满了期待。所有的盗众对他们成天恶狠狠的窦窳首领也满怀憧憬。札罗发现，自己的权力和威望就是建立在对这种期待和憧憬的满足上。他必须让这些人感到有希望，这些人才会跟着他，才能构筑起一个盗魁的强大。为了这一切，他必须把自己柔弱的一面和那安于柔弱的魂灵遗忘在窦窳身体的最深处。

静夜里，这些东西又在异化的月色中被激起。

当札罗沉醉在一个妓女的房间的墙角时，江离正继续讲着这座城池的故事。

“我师父和寿华城的第二代城主有数面之缘。四十年前，他向我师父借了一件东西，当时订了十年之期。哪知道十年之期刚到，这位城主就遭了下属的篡弑。在烛阴阁，只找到了一个烧不坏的玄铜匣子，里面的东西却不见了。”

“这就是那牛鼻子眼巴巴想得到的吧？”

“应该不错。”

“到底是什么？”

“是一颗没有长熟的不死果[①]。”

靖歆远在自己房间的身体陡然剧震。不死果？这个世界真的有不死果！那个长生的梦，眼见已经触到了边缘。

这个年轻人的师父到底是谁？为什么会有不死果？为什么知道这么多秘密？但这些问题眼下已经不是很重要了，现在最重要的是这个叫江离的年轻人无知到把这个秘密透露。

“不死果是什么？”

“是……”

房间里第四个人影，越来越浓，越来越黑。

父亲喜欢草木。

烛阴阁附近简直就是一个森林。不知从什么时候开始，或许就从札罗出生之后不久开始，父亲就不再理会他了，任由这个男孩子胡闹，任由这个男孩子堕落。“不知道为什么，城主突然变了。变得沉默寡言，喜怒无常。而且经常自己把自己关在烛阴阁，有时候连续好几个月不出来。”卫皓猜想，一定是叛乱的人对城主施了邪祟。

但札罗却不这么想。尽管他从来没有在卫皓面前说出来。“应该是父亲昏头在前，才给那些有野心的人留下了缝隙吧。或许，寿华城的易主只是因为那些倒行逆施。”在他的记忆里，童年的寿华城并不如现在繁华，在叛逆发生之前，全城早已一片混乱。那时寿华城有三霸：他父亲的宠妾，他父亲的宠臣，他父亲的宠子——也就是他自己了。和卫皓这个喋喋不休的仆人相比，札罗更喜欢那两个和他“齐名”的人。卫皓口中的“奸相”对札罗极好，总是顺着他的性子让他在胡闹中过瘾。当

① 不死果：《山海经》中的神奇果实，秦始皇也曾派人寻找过。

事情闹大了，自有卫皓口中的“奸妃”出来斡旋。但在卫皓的记忆里，这些无疑也是有葛阒之父——上一代城主的阴谋所致。每一次卫皓提起那个人，札罗就想起那双曾令儿时的他战栗的眼睛，一双愤怒的眼睛。

“烛阴阁到底有什么秘密呢？”札罗突然想起了那个叫江离的年轻人。这个小伙子似乎知道很多事情，“他还说他师父借了父亲一件东西。如果是真的话……”

“不死果是不是吃了就不会死？你师父在哪里得到的？”

靖歆突然很感激有莘不破，每一次，他总是替自己问出了最想问的话。但那江离却十分可恶，只见他微微地笑着，却不开口。蓦地，靖歆有一种不好的预感。

羿之斯举起了灯，向房间里一个空无一物的阴暗角落照去：“上人，听够了吧。”

灯火倏地暴长，耀得整个房间犹如白昼。

“啊——”靖歆的真身痛叫一声，回过神来。将一口没吐出来的血倒吞入腹，面色惨青，犹如僵尸。片刻，传来门外侍者的敲门声：“上人，您没事吧？”

“没事，滚——”

在这个气氛异常的静夜里，连这个以修养见称的方士也开始变得急躁。但是，这些情报汇集到葛阒那里，他总结出来的，是一个不可知的阴谋。

札罗打量着身边那个男人，他给人的第一感觉，似乎比老不死还低贱，但再细看时，那漠视一切的眼睛又泄漏出比葛阒更尊贵的神采；松弛下来的筋骨，好像比金织还要糜烂，但那常人很难察觉的呼吸波动，又流出可以媲美有莘不破的气息。札罗还注意到他的背上，似乎有一张弓，插着几只毛羽尽脱的箭，箭杆早已腐朽，但札罗却无来头地涌现出这样的想法：如果我面对这把弓，这支箭……这个想法竟然让他预感到一种没有理由的危险。

慢慢地札罗觉得或许更应该用野兽来形容他。这个男人死气沉沉的皮囊下，应该有着一段无比活泼的过去，否则不会有这样奇特的气质。

“应该是一匹受伤的狼，一头流血的小老虎。”他突然起了杀意。

呀的一声，石雁的门开了。

“你真没发现那个影子？”江离问。

“发现又怎么样？没发现又怎么样？我又不怕被听见！”

江离无语。

“对了，台侯，令平兄哪里去了？”

“我让他到外城商队去了。这几天是多事之时，有他在商队主持，危急之时外边的商队不至于群龙无首。”

一个年轻人从石雁的房间里退出一只脚。门槛内一个女人的身段依稀可见。年轻人喘息着，又想进门。

“别这样，我们的日子长着呢。”女人幽幽低语。劝了几次以后，年轻人终于把另一只脚也退出了门槛，离去时缩着头，走得很急忙。

女人看着他远去的身影，冷笑一声，斜斜探出身子，向墙角一望：两个男人并排坐在一起，一双是空洞的眼，她知道，除了某个女人，这双眼睛看不见任何东西——包括他自己；另一双却锋利得像刀，仿佛能刺透任何屏障——在他面前，石雁觉得自己仿佛完全赤裸。她喜欢这种感觉。

那男人笑了笑，站起身走过来，任由石雁偎依在胸口，举步进房。

门重新阖上。另一个墙角，露出一角缎带，那缎带系在一个女人柔软的腰肢上。石雁的事情她没有兴趣，似乎只要刚才札罗那举起的手不落下，她就不打算出来了。

打发了靖歆以后，有莘不破继续追问不死果的来历。

“提起这东西，我师父总是语焉不详，有时候还会走神，似乎想起了很久以前的一些事情。其实，那只是一颗还没有长熟的不死果。”

“还没有长熟？”

“对。所以它的效用并不像传说中的那样——看看老不死的样子就知道了。”

“你是说不死果让老不死吃了？”

“应该是。当年烛阴阁发生什么事情我不知道，但或许就在混乱之中，老不死误吃了那颗不死果。”

“所以他才活到现在？”

“但看他的样子，活着也是不死不生的样子。”江离悠悠叹了一口气，“一个永远衰老的人生没有什么值得留恋的，一颗没法留住青春和唤回青春的不死果没有任何价值。”

有莘不破问：“当年你师父也是因为这个原因而没有吃不死果？”

“你可把我师父小看了。你认为他会像那个牛鼻子一样，需要借助那玩意儿来保存生命？”

“哈哈。”有莘不破说，“我失言了，你师父当然不会。”

一直没有插话的羿之斯突然说：“但是烛阴阁的主人却想是吧。”

“嗯，他也算是我师父在这个尘世里为数不多的朋友之一。我师父并没有将不死果看做多大的秘密，并没有刻意去隐瞒这件事情，四十年前一次闲谈中提到以后，那位城主就产生了极大的兴趣。”

羿之斯叹了一口气，说道：“不死，不死……何止是他，世人哪个不想？”

“于是他问你师父要了？”有莘不破问。

“我师父只答应借他十年。我说过，那是一颗没有成熟的果子，谁也不知道吃了之后会发生什么事情。如果任由这颗果子无限期地留在人间，说不定会产生很大的祸患。”

羿之斯道：“你是说会引起争夺？”

“是。”

“也对，如果知道这样一个长生梦的存在，说不定连我也会动心。至于那些真正的王侯将相，英雄豪杰……唉，只怕是……”

“绝对是一场大戏！”有莘不破兴冲冲地说，“可惜没闹起来，不然就好玩得紧了。”

羿之斯愕然。

江离斜睨了他一眼：“你是唯恐天下不乱。”

“没错。”

“其实他就算借到了不死果又有什么用处？借来的东西不能吃，光看又没用，借来干吗？话说回来，你师父和那位城主也太老实了。如果是我的话，说不定回头就把果子吃了。”有莘不破说。

“呵呵，幸好这个世上像你这样勇敢而又这样不要脸的人并不多。这颗不死果，那位城主也是不敢吃，因为他也不知道会有什么后果。”江离说道。

“那他是……”

“他想把不死果种出来。”

“啊——”“什么？”两个人几乎跳了起来。

石雁喘息着，搂着一个男人，却突然想起了另外一个男人。

寿华城两大名妓，银环来到的日子远不如石雁长远。当金织还处在她事业的巅峰时，石雁就来了。那时候她还没破瓜，以很高的价格卖给了葛阗，但葛阗并没有要她。他买下石雁这样一批女孩子的目的，是要用来笼络过往的豪杰与要人。那一年，石雁还很小，在昏暗的灯光中，她看到了一个男人。那男人不年轻了，但整个人却充满了英锐之气，就像他背上的弓箭一样。

除了最后一项实质性的举措外，她的口技和手法早已被训练得炉火纯青。把她卖给葛阗的那个老鸨，手下不但养了一群群随时准备卖出去的女孩，也准备了一批用来训练这些女孩的男人——从七岁到七十岁。从这个老虔婆幕下出去的女人，没有一个是仅仅以容貌身段见长的。她们的温柔和手段征服了各种各样的男人——从七岁到七十岁。

那个男人不让石雁碰他的弓箭。不过在床上时，他表现得很猛，这让石雁很满意。多年的转卖早已让她对太过美好的命运完全绝望，她只希望有个比较好的结局而已。她希望这个男人向葛阗要她，她愿意做他的外室，或者小妾。她知道这个男人至少可以雄起十几年，甚至二十几年。如果她能给他生下一个两个儿女，那她的下半生就安稳了。她的很多姐妹和前辈就是这样的，这几乎是她们这群人最好的归宿了。

那天晚上，当羿之斯第二次跨到她身上时，她这样痴痴地想着。

但是，那个男人不但没有向葛阒要她，而且从此以后也再没有指名要过她。每年他都会来寿华城停驻，每年两人都会见面。但石雁发现，在这个男人眼里，就像根本没她这样一个人的存在。

而葛阒也因为这个男人对她的冷淡而不再重视她，任她到外城去做那项人尽可夫的工作，只是偶尔才召她进堡。之后的日子里，每当看到隔壁的金织，她就像看到自己的未来，她的绝望和怨恨就会更深一层。那个男人是她最后一个美梦的破灭，破灭得让她心酸，让她绝望，让她怨恨，让她决意报复。

四年前，她发现他的身边多了一个年轻人。

羿令平回到了商队，天色已经很晚了。一路上行走匆匆的他，并没有注意到那微微呈现出暗红的月色。

“少主，台侯在堡中一切安好？”

“都很好，大家照常轮值就行。”

他走进他的主车“反顾”，躺下，幻想。今晚他和那个女人做得很匆忙，根本没有发泄完他的全部欲望。他伸出了手，回忆，幻想。

“看来那个城主并没有成功。”

“当然，不死果不是属于这个世界的果实，要在这个世界上把不死果种出来，本来就是一件不可能的事情。何况只有十年的时间。”

羿之斯突然回想起他父亲对他说过的那些话，脑海中构筑着一个混乱的寿华城。“他的倒行逆施，大概也和这件事情有关吧。”

临近长生的美梦，不死果归还的期限一步步地逼近，长生的美梦也就一点点地破灭。如果当初根本不知道这件事情，他也许还能保持一种平和的心态来面对有限的生命，但是知道长生的可能性以后，从有希望到绝望是一种足以令人疯狂的落差。然而他的败亡和整个寿华城的易主，对这个世界而言，也不过是边域上一段小小的、无足轻重的插曲。人的生命，竟然是如此地渺小。

“你现在就要走？”

“现在就走。”

“你才待了不到半个时辰！”

“我知道。”

“你今晚过来，就是为了这个破碗？”

“是！”

“狗杂种！你不是人！”

“对。”

石雁绝望了。这个强盗是第二个吊起她兴趣的男人。一开始，她是为了报复而接近他。她要报复羿之斯，因此她要勾引一个在力量上能够和他匹敌的男人。但是真正接触以后，她开始迷上这个男人。她从来没有见过这么奇怪的强盗，也从来没有见过这么悲观的强盗。他的整个身体都磨炼得十分粗糙，但在床上却异常体贴。他绝情的言语一次又一次地挑起她的怒火，但那哀伤的眼神一次又一次让她重新充满期待。

“滚！拿去！”

……

“干吗还不走？”

“这两天会有大乱。无论如何，你得到堡里去。我已经安排好了，明天一早，葛阒的客人里面会有一个指名要你，你把要紧的东西收拾好，天一亮就进去。”

“为什么？喂！你，别走！”

门关上。外面是男人橐橐的脚步声。石雁待在那里，她第一次发现自己是那么不了解男人。

怪兽围城

元月十六。大风堡。

有穷商队十四日傍晚进城，连续两天的夜市让整个寿华城经历连续两天的狂欢。三更以后，是狂欢过后的酣醉。

这是羿之斯进城后的第三天。平静终于结束了。从四更开始，不断有人来报告一些城里城外的异象：城北水门旁突然成群地出现拇指粗的黑蚂蚁；城西数十只鸡鸭被掏空了肚肠，手法很像三尾讙（huān）[①]的惯技；角落里老鼠开始暴走，有积年的更夫说是因为它们听见了凫徯[②]的鸣声；大风堡的屋檐上，在破晓之前突然飞来无数三身鸱（chī）[③]，无论如何也赶不走……这些都是被人类视为害虫的小妖兽，有着令人讨厌的谋生技巧却缺乏保护自己的强大力量，因此很少敢走近人群聚居的地方，更不用说是成群结队地往这个人烟稠密的城池涌。

“天劫？妖乱？还是阴谋？”

“报：有穷车队已经围成圆阵。动作很小心，没有惊动什么人。”羿之斯曾要求过让商队进城，被拒绝了。“城主，或许应该让平民们有些准备。”“寿华城的事情就不劳台侯操心了，我不能纵使一件莫须有的事情搞得满城人心惶惶。”当时葛阒如此答复，因为他根本就不相信那个少年的话。不过现在也已经有些动摇了。羿之斯应该没有动机谋害

---

① 三尾讙：《山海经》中长着一只眼睛三条尾巴的怪兽，声音奇高无比。据《山海经·西山经》记载：“有兽焉，其状如狸，一目而三尾，名曰讙，其音如夺百声，是可以御凶，服之已瘅。”

② 凫徯：《山海经》中长着人脸的鸟，它在哪里出现，哪里就会发生战争。据《山海经·西山经》记载：“有鸟焉，其状如雄鸡而人面，名曰凫徯，其鸣自叫也，见则有兵。”

③ 三身鸱：《山海经》中长着一个头三个身体的怪鸟。据《山海经·西山经》记载：“有鸟焉，一首而三身，其状如䳄（luò），其名曰鸱。”

自己。“到底是什么阴谋……连他也陷进去了？”

“报：东城窫窳营里好像有些活动。”从十四日开始，札罗就没有再踏入大风堡，葛阒感到了札罗的威胁。

无论是天劫还是阴谋，他都觉得自己应该做些准备工作了。

终于，葛阒下了一道秘密的命令。熟睡中的平民几乎没有人知道，寿华城有效的警卫力量从四更三刻开始悄悄地撤入大风堡。除了那虚闭的城门，外城那些无辜的平民和正在涌来的妖兽之间没有任何障碍了。

抛弃民众，防范风险，保存有生军力，这是葛阒做出的选择。

金织一早就起来了。昨晚她睡得并不好。昨天阿三兴冲冲跑来对她说可以待一晚，但才吃过饭就给莫罗硬揪回去了，说是商会有急事，但具体是什么事情两人谁也说不清楚。

晚上一旦没有睡好，第二天无论如何也没精神。金织愣愣地躺在床上，饿着肚子。处于堕落状态的人是很难把自己振作起来的。她知道再躺下去也睡不着，再睡下去也不会舒坦，但却懒洋洋地躺着不想动。就在日头变成昏黄色的时候，她突然被满城的噪乱惊醒了。

这一天的上午，就有人发觉寿华城种种不对劲的地方。虫蛇鸟兽无缘无故多了起来，当发现这个问题的人想找警卫时，却发现满城没有士兵。直到中午之前，这种恐慌还只是在悄悄地蔓延，因为那些侵入寿华城的怪兽都是一些蛇虫鸟兽，尽管没有士兵的帮忙，居民们拿起棍子也大可对付。

但当有人发现东西两方客人——札罗和有穷商会——各自展开阵势，而大风堡明显也在严阵以待时，居民中的敏感人士开始惊呼：“天！出大事了！我们被城主抛弃了。”一开始，没有多少人重视这句话，但从中午八十八头白狼[①]冲入寿华城开始，这句话开始给居民带来一浪接一浪的恐慌。

① 白狼：《山海经》中的怪兽，样子比现今的狼大点，洁白如雪，十分凶猛。

狼群本来是进城避难来着，它们和其他妖兽一样，凭借直觉隐约知道这是唯一安全的地方，但已经居住在这里的人类却不能容忍自己的领域受到妖兽的侵犯，强壮的人拿起了刀剑、戈矛、棍棒。在冲突中数十个妇孺当场毙命，其中有一半以上是被混乱的人群踩死的。

"到大风堡去！"不知谁叫了一句。然后，满城的骚乱开始了。

金织混在人群里，她一开始想往有穷车城走，去找阿三，但一出门就被人流推向大风堡。一路上她踏过十几个死尸，泥土、鲜血和兽毛沾满了她的鞋。她乱嚷嚷着，不断被人群往城门挤过去。

怪兽的入侵原本不成规模，但当一头人面马体、两肋生翼的巨大孰湖[1]——那也是有穷警戒名单之一的荒原大怪兽——撞开了城门以后，怪兽便成批成批地大量涌入。破了城门的城墙，变成一道虚设的风景。

苍长老一边指挥商会子弟射杀怪兽，一边埋怨："葛阒太失策了，他怎么可以放弃外城！"

"如果葛阒不内撤，外城未必守不住。"卫皓说。

"因为他最担心的不是怪兽，而是我。"札罗冷笑，"现在我们就算反戈，对他来说也只是手足上的隐患。"

"不错，如果他守卫外城，那我们就会成为他肚子里的一把刀。"

"他用大风堡隔绝内外，可见在他心目中最大的敌人不是这些怪兽，而是我——他不让有穷商会进堡，那就是连羿之斯也怀疑上了。"札罗望着仓皇奔走的平民，不由想起了多年以前，"葛烙当初因得到这座城的民心和六大统领的追随而为城主，如果他见到自己的儿子背叛了这些小民，嘿嘿，不知会是什么表情？"

"少主！"卫皓高声道，"葛烙反贼，不是因为得到了民心，而

---

① 孰湖：《山海经》中的怪兽，长着马身鸟翅膀、人脸蛇尾巴，喜欢把人高高举起来显示力量。据《山海经·西山经》记载："有兽焉，其状马身而鸟翼，人面蛇尾，是好举人，名曰孰湖。"

是因为他设了诡计！用阴谋欺骗了满城愚蠢的小民，窃取了兵权，所以……”

“好了好了，反正，再过两天都无所谓了。等我们赢了，你想对人怎么说都行。”

有一句话札罗没有说出来，那就是：如果我们输了，现在说什么也没用。

有莘不破和江离第一次看见这种惨状。

这些事情，他们以前曾听他们的师长说过，但却从来没有真正见过。数以万计的民众被身后的怪兽驱赶着向紧闭的大风堡涌来，远处，鲜血淋漓的怪兽利爪撕裂着逃得较慢的老弱病残；近处，跌倒在地的人则被潮水般涌过来的人踏成肉泥。

“开门，开门！”

“城主，求求你了，让我的孩子进去！”

“这位兄弟，给我一条绳索，让我上去，我给你钱，给你钱……我有好多钱……”

“开门让我进去，哈管带，我是你叔叔的邻居的四婶的外甥啊！”

“再不开门，老子攻城了。”

金织混在人群中，她的脚踩过多少尸体连她自己都不知道了，更不清楚是怪兽的尸体还是人的尸体——所有尸体都是温软温软的，就像还活着一样，或者根本就还活着。她很侥幸，没有摔倒，但她还能侥幸多久呢？后边怪兽的嚎叫声越来越近了，但前方却寸步难移。是否等到背后的人死光以后，就轮到她了？

她突然感到极度的恐惧，一个嘶哑的声音本能地从她口中吐出来：“我不想死！我不想死！”

“啊！我也不想死！”

“妈妈呀——”

“大家冲啊！”

“左右是个死，大家冲啊！”

元月十六日黄昏，腹背受敌的寿华城民众开始攻城。

“射！”哈管带下令。

“住手！”江离大声呼喝，但一轮箭雨依然射了下去，大风堡外，血肉翻滚，哭声震天。

“住手！”江离又是一声呼喝。哈管带冷笑，不理会，手一抬，正要下令发出第二轮箭雨，却发现这个怯生生的小子背后一双虎豹般的眼睛，心中一寒，稍稍迟疑。他看不起江离，却对有莘不破有些忌惮。“这些贱民竟敢攻城，以下犯上，那是自寻死路。两位是大风堡贵客，本城本堡之事，还请不要插手。”

江离大怒：“对这些手无寸铁的人下毒手，你们还有人性没有？！”

“公子你也看到了，问题是他们要攻城！”

“把他们放进来，大家一起守城。”

“放进来？怪兽尾随进来怎么办？哈某人担当不起！”

“这一点，我来想办法。”

江离话未完，哈管带已哈哈大笑，声音中充满了轻蔑。

江离背后，有莘不破的声音响起：“你干吗跟他这么多废话，我来。”哈管带见他磨了磨拳头，脸色微变，有莘不破和靖歆对抗时的气势，他是见过的。正要说什么，却见有莘不破被江离拉住了：“别跟他动手，否则事情更麻烦，我去跟葛阒说。哈管带，在我回来之前，请不要放箭。”

“我的责任是固守城门，这是堡主下的命令。敢犯者杀，不过半炷香内，这些贱民未必能对这坚如磐石的大风堡有什么作为。”

江离见对方妥协，道：“好。也不用半炷香。”转头就走。

有莘不破突然说：“你不是对这座城的存亡漠不关心吗？”

江离顿住脚步，呆了呆，说：“我不知道会这样子死人，也不知道死人是这样悲惨的事情。”

“难道你以前没见过死人？”

“……我，以前只是听说过。也许，师父把生死的事情说得太过轻松了。”江离道，“闲话以后再说，你先在这里看着，我去找葛阒。”

“不用了。”有莘不破说。

“哦？”

“因为他已经来了。”

江离一回头，就看到了葛阒、靖歆和羿之斯。

“开城？”葛阒冷笑。

“要么你开城让他们进来，要么我跳下去。”

“跳下去？”

“我是你请进来的，在这里和你动手，是一种背叛。”

“所以你要跳下去，再跟这些贱民一起和我动手？”葛阒冷笑。

江离不再说话。

“哈哈——羿兄，你听听！这孩子说要和我动手，这个盘口，你买谁赢？”

羿之斯淡淡道：“我不希望两位动手，只愿大家和和气气。何况保护寿华城民众，本是城主该做的事情。”

葛阒的瞳孔突然收缩：“你也是这个意思？”

“我的这个意思，城主昨天就应该知道了。”

葛阒冷冷道：“但我却不知道开门之后，尾随而来的除了平民，还有什么东西。”

江离突然道：“我可以先把人群和怪兽隔离。”

听见这句话，旁边的人望着他，就像看到一个吹破牛皮的大话王。

“你说你能把这上十万的怪兽和民众隔离？”

“不错。”

葛阒哈哈一笑，眼睛旁光一扫，却发现羿之斯这个名震天下的大高手对这句大话并没有嘲弄的神色。

“如果我做到了，你是否开城门？”

葛阗望着东面，迟疑着。

羿之斯道："如果有盗贼作乱，有穷上下，愿供城主驱使。"这句话的潜台词，是愿意帮助葛阗防范札罗。

葛阗转向羿之斯，沉默。

"好，如果这位小兄弟真的能够做到他刚才说过的话。"

葛阗露面以后，人群慢慢安静下来，因为葛阗给了他们一个生存的希望。就连城下的札罗也不得不承认，葛阗本身确实也有某种可以压场的气势。卫皓本来已经在怂恿札罗利用机会，让民众当他们的前驱，但札罗仍举棋不定，因为驻扎在西城的有穷铜车阵势至今没有明显的表态。有穷的实力，无论谁也不敢忽视。

"有穷也就几百个人，我们的人数比他们多了一倍也不止，何况还有潜伏在堡中的兄弟。"

"不到最后关头，堡中的兄弟不能露脸。至于有穷，不要忘了我们在荒原边界已经败了一次。"

刚才无奈的攻城已经堆起了半人高的尸体，对于这些民众而言，前方的死亡恐惧，甚至比后方来得更加强烈。虽然怪兽被当做人类共同的敌人，但让人类死得最多的从来不是怪兽，而是人类自己。

"城主，快开门吧。"

面对坚实的城堡和锋锐的弓箭，他们嘈杂地祈求着。突然，所有人都静了下来，因为他们听见了一种若有若无的吟唱，接着闻到一股刺激性的味道，片刻间，数万人一起沉寂，一起流泪。

这几万平民中最强壮的人冲到了城堡底下，而最勇敢的人则在最前线抵御着怪兽的侵袭。突然，在最前线的人发现了一件很奇怪的事情：怪兽们竟然也开始流泪。

在一种古怪味道的刺激下，数以万计的人和数以万计的妖同时流泪。无数滴的眼泪慢慢汇成水线，水线汇成水流，几股涓涓小流慢慢地向外城的城墙流去。那景象，显得诡异万分。

部分怪兽开始察觉到危险，零星地向城外退却。但更多的怪兽依然向大风堡的方向涌。或许它们不是不知道危险，而是因为没有选择：出了城，等待它们的一样是死亡。

有莘不破流着眼泪，看着自己的眼泪一滴一滴地沿着城堡墙壁往下流，同时也感到每流一滴眼泪，自己的真力也跟着弱了半分，仿佛这眼泪所带走的不单是身体中的水分，还有能量。堡内堡外，所有闻到这股气味的人都流淌着眼泪，也宣泄着精力。羿之斯知道，江离是用一种连自己都不知道的挪移大法来借众人的真力。场中只有两个人没有流泪——葛阒和靖歆。两人抱元守一，江离的挪移大法竟然借不到两人的一点功力。羿之斯也在流泪，这倒未必是因为他的功力不及葛阒和靖歆，而是因为有心帮助江离。

有莘不破也知道这是江离搞的鬼。他站得离江离最近，最先闻到这小子身上散发出来的味道，也最先看到从这小子手中飘散开来的花粉。风似乎也很听话，把那一团晶莹的花粉吹成一片粉红色的迷云，向外城城墙的方向飘去，在以外城城墙为中心的一带慢慢降落，那也正是进城怪兽的立足之地，眼泪汇成的水流也在这个地方渗进了泥土。

靖歆眼看着江离以“牵机引诀”借力，以“默巽诀”控风，心中暗暗惊讶：“这小子到底是什么人？他能有多少年的功力？竟能运用这么上乘的功法！”

空气中若有若无的吟唱突然停止，孰湖好像发现了什么，大吼一声甩着蛇一样的尾巴，向城墙外冲去。它无疑是城内群妖的首领，领头的一退，城内所有的怪兽都跟着往外逃。但是对大多数怪兽来说，一切都来不及了。

江离轻轻念道：“羝羊触藩……”

怪兽们脚下的泥土突然裂开，长出刀枪一样的支杆，眼泪渗到的地方，每一个微小的种子都在弹指间长成数十丈高的荆棘，每一丛荆棘都披散开数千毒刺，在城墙附近形成一道厚达十几丈的藩墙，在城门附近长成方圆百丈的丛林。

“璇机浑天诀！”靖歆喃喃道，嘴角微微颤抖，谁也听不清楚他说的是什么。他已经慢慢猜出江离的师承了。扭曲时间运行轨道令妖树变态生长，这种神功，只有那个门派才有。

无数怪兽死在荆棘的根部、穿在荆棘的枝干、悬在血腥的风中。它们的血肉在刺毒的腐蚀下逐步腐烂，溶化，掉在荆棘根部的泥土里，成为新的肥料。一阵风吹过，这妖异的荆棘林开出万千朵暗紫色的小花，花香慢慢飘开，代替了先前的血腥。石头垒起的大风堡，泥土堆砌的寿华城，围上了一个暗紫色花环。

羿之斯叹息着。有莘不破的杀戮让人感到恐惧，而江离的杀戮却让人感到美。他不知道自己遇上这两个年轻人，到底是幸还是不幸。

堡外，在有穷利箭和窫窳寨兽马的夹击下，荆棘墙内，剩下的千来只怪兽已经被迅速扑灭；堡内，葛阒凝视着略显疲累的江离，不敢相信这个看起来斯斯文文的年轻人竟有如此惊人的力量。羿之斯的态度，他突然明白了。一个人只有在能力展现出来以后，才能让周围的世界忘记他的年龄。葛阒知道，自己已不能拒绝他的要求，不但是因为要信守自己的诺言，更因为他不想和这样一个可怕的对手为敌。

“空出地下室和第一层，由原城中各里正[①]安排，分批住下。”

“窫窳寨众人入驻东北角附堡，有穷商会入驻西北角附堡。”

“派出第九旅，搜索外城食物和武器，带回内城备用。”

“派出第七旅，搜杀城内漏网妖兽。”

“派出第三旅，维持秩序，妖乱期间，所有人不得擅离所在，不得散布蛊惑言语，违者，杀！”

“所有事宜，限日落之前回报。”

有莘不破掩上了门。

江离抱膝坐在床上，一副虚脱的样子。

“很累吗？”

“你自己试试就知道。”

---

① 里正：古代一种居民组织，城市中某个区管事的长官。

有莘不破摊手说：“像你这样又弄风又弄水的事情，我既学不会也做不来。我只适合做一些简单的事情。”

“比如说打架？”

“答对了。不过除了打架，我偶尔也会做一些软性一点的事情。”

“比如说呢？”

“比如说，揉脚。”

“揉脚？”江离高叫起来。他上上下下打量这个新结交的朋友，无论如何也看不出这个大大咧咧的男孩会干这种伺候人的事情。“天，谁敢把脚给你揉？大少爷！”

“嘿嘿，”有莘不破笑道，“学这项本事本来是想孝敬我爷爷的，他最近两年老犯风湿。”

江离笑道：“那不用了，我又没犯风湿。”有莘不破突然抓住了江离赤裸的脚踝。江离吃了一惊，本能地一挣，叫道：“干吗？”

有莘不破笑了笑，说：“我阿衡师父教我的，很舒服的，能很快恢复体力。”说着四指按住脚背，拇指向脚底涌泉揉去。

“别……别……好痒……哼，哈，你停手啦……哎哟！”

他正想一脚踢开有莘不破，却觉得有莘不破的拇指使少商穴热烘烘起来，一股暖流传将过来，顺着经脉上行。江离不再挣扎，只说：“别费力气了，我练的真气和别人很不一样的。”

“有什么不一样？”

“总之就是不一样。除非是我师父的先天真气，否则会和我体内真气相冲突的。咦！”话没说完，忽然发现从有莘不破手指穿过来的真气在自己体内畅通无阻，和自己自幼修习的先天真气水乳交融，迅速地环绕十二奇经川流不息。江离不再说话，任凭这股真气在体内游行，心下却奇怪：“怎么他的真气和我的真气全无冲突，难道他练的是本门旁支？不对啊，除了本门嫡系心法，别人不可能练出这么精纯的真气才对。难道他是大师兄的徒弟？”

江离一边想着一边沉浸在那种暖洋洋的快感中，就像冬日里整个人泡在温泉中一般。脚底各个穴道在有莘不破拇指的摩挲下时而微酸，时而微麻，时而微痒，时而微疼。酸时吸，麻时呼，痒时嘿，疼时哼。慢慢地忘记了日间的杀戮，忘记了明日的大祸，眼睛合上，全身放松，终于在这种奇异的感官刺激中慢慢睡着了。

太阳将落，大风堡的底层密密麻麻地挤满了平民。

“启用连坐法，一人犯禁，全里驱逐出城。”在层层密密的互相监视下，气氛紧张而平静。

金织很茫然地咬着由里正发下来的干粮，和大多数人一样，她不知道自己明天会面临什么样的命运。也许就像许多她认识的人一样，无缘无故地消失在周围人的世界里。本来是全里的人聚在一起的，但她却没有看见她的邻居石雁。“也许已经死在外面……”她不敢想下去，倒不是因为她和石雁有多深厚的感情，而是因为一种兔死狐悲的恐惧。突然，她想起了阿三。“他是有穷商队的人，也许能够带我离开这个鬼地方。”想起那个老实巴交的男人，她仿佛溺水时抓到了一根救命的稻草。然而她却完全不知道怎么样才能和他碰头，除了方便等事，她和她的邻居们甚至连走动都不行。“算了吧，只要能活下去。”

大风堡，无争厅，几股势力的首脑再一次碰头。还是两天前的阵势，还是两天前的贵宾，但已经不是两天前的气氛。老不死极目搜寻，却找不到自己那张不很可靠的护身符有莘不破，也见不到似乎什么东西都知道的江离。靖歆似乎对他失去了兴趣，看也不看他一眼，但他仍心中惴惴，脚步向羿之斯的方向挪了挪，仿佛他那边会比较安全。

“后来怎样？”葛阒等正在追问百年前那场天劫的细节。可惜，这个老头能记得的事情不多。

“本来我们是守得住的，但后来那头怪物出现了。啊！那真是噩梦。那头怪物来了以后，我们的人就像被刀割过的草一样，成把成把地断掉，烂在泥土里。那怪物刀枪不入，但一抬手，我们至少要死掉二十个勇士。”

“说了这么久，到底是什么怪物？”

“那头怪物豹身、雕嘴、独角，十分可怕。”

“声音却像小孩子，是不是？”打断老不死的声音凝重而悠长。老不死看着羿之斯，颤声说：“你，你怎么知道？”

“哈哈，我怎么知道？我怎么知道……”羿之斯苦笑着，这个号称震慑大荒原的男人，毕竟还有一头降服不了的怪兽。

斗蛊（gǔ）雕

蛊雕[①]，豹身、雕嘴、独角，巨嘴一次可吞一人。它原生活在雷泽，但随着时间的进化，早已离水而居，跑到这荒原，成为最可怕的怪兽。和它的恶名相比，这头大荒原最强大的怪兽，年均害死的人数远比不上许多人类战争——由于长年处在沉睡状态，每十年才醒来一次觅食，一次食人不满百，所以千年来它害死的人，也不过是一次小型战争就能造成的死亡人数。

这一天，它还没睡足，却被一种来自体内的燥热激醒了。它睁开蒙眬的双眼，看看幻变着的天空，喃喃道：“又来了，一百年过得真快。”

它的身躯早已水火不侵，所以即使是沉睡期间，也没有人能够趁机除掉它。相反，知道它厉害的人，像羿之斯总会避免进入它的活动范围。天劫所引发的千里流火，并不能伤害它的性命，但处在流火中的那种感觉可真难受。幸好，它知道有一个凉快的地方可以去。

蛊雕一抬头，天蒙蒙亮。它的眼睛一睁一闭，进入了另一种状态。

“蛊雕？很厉害吗？”有莘不破问道。

江离睡了一夜，醒来时便觉四肢有力，体内真气流转自如，果然元

① 蛊雕：《山海经》中的吃人水兽，生于鹿吴山下，长于雷泽边。鹿吴山是《山海经》中的古山，雷泽就是现在的江苏太湖。据《山海经·南山经》记载：“水有兽焉，名曰蛊雕，其状如雕而有角，其音如婴儿，是食人。”

气恢复，便和有莘不破一起来到了无争厅。

“它没有很特别的技能，”羿之斯苦笑道，“只有三个特点：第一，块头大，嘴一张，吞下一个人绰绰有余；第二，力气大，大风堡虽然坚固，经得起它几下撞击还是未知之数；第三，也是最要命的一点，它的皮毛很坚硬，真的是刀枪不入，水火不侵。无论什么样的攻击，对它都没什么作用。”

札罗冷笑道：“羿台侯对这头怪物倒蛮清楚的嘛。难道也见过？”

羿之斯淡淡道：“要走大荒原，里面的怪物自然要知道些。‘慑群邪，远蛊雕’，这是先父遗训。这头怪物，我只希望永远不要碰到。”

札罗冷笑。

蛊雕慢慢向那个凉快的地方爬来。一百年没来了，这个地方多了一个石头堆，石头堆外面还长了一围荆棘。许多大大小小的怪兽匍匐在荆棘外围，不知道在干什么。蛊雕懒洋洋地抬起脚，往荆棘墙一踢，张口咬住一撕，登时弄出了一个缺口。荆棘墙的毒刺，对它竟然一点作用也没有。

“不好！一个怪物闯进来了。射，射。”蛊雕看着那种自己最喜欢吃的食物叫嚷着，接着便飞来一些小树枝，在自己身上一碰，落在脚下。看来要凉快一番，得先把这个大石头堆清理掉再说。它扬起了手爪，击在城门上。

在蛊雕扬起它的手爪之前，葛阒等人闻报，早已到达垛窗。那一爪撞击虽然没有一击击破大风堡的城门，但却引发了一场不小的地震。在这种力量的打击下，不要说城门被打破是迟早的事情，甚至连整个大风堡都有可能会被捣成废墟。

看着这怪兽的威力，靖歆心中突然充满了懊悔。或许自己不该不听老不死的话，回来趟这浑水。

轰的又一次撞击，这次比上次来得更猛，甚至连最坚固的主梁也灰尘扑扑。这一下，连葛阒的脸色也变得有些惨白，他终于知道，这是自己一个人无法抗拒的力量，是一种可以毁灭大风堡内所有人的力量。

羿之斯叹了一口气：“大家出手吧。”这句话让人有一种很奇怪的感觉：仿佛这些昨天还在互相算计的人一下子变成了并肩作战的战友。这种感觉来得这么突然却又这么自然。

“好！”有莘不破应道，第一个跳了出去。

荆棘墙裂开一个缺口以后，怪兽又涌了进来。稍有智商的怪兽跟在蛊雕后面助威，没有智商的怪兽本能地往大风堡冲，往城墙上爬。

“箭手们听好了，往那些杂碎身上招呼！不要在那头大怪物身上浪费箭。”哈管带呼道。此时有了有穷箭手加入联防，除了蛊雕，没有一只怪兽能越过护城河。札罗的兽骑兵和寿华城的重甲步兵堵塞在城门后面，以防万一。不过几个首领都知道，如果蛊雕突破城门，那么无论多少兵马都只能成为一摊烂泥。

蛊雕看见一个比自己手爪还小的食物向自己冲来，十分奇怪，以前这些香喷喷的食物见到自己总是到处乱跑，从来没有向自己冲来的。它探出右爪，正想把它抓住，哪知这食物十分矫捷，突然弹起，左腿在自己爪背一点，倏地向自己的额头飞来。这一下出其不意，额头着了一下，有点疼。它突然生气了，左前爪挥了出去……

有莘不破见蛊雕也不比狌狌大多少。当初他曾经随手一拳就能把狌狌打得翻跟斗，刚才这一脚用了全力，满以为把这怪物踢得脑崩浆涌，哪知道连皮也没蹭下一点来，这才有些后怕，急忙回撤，人在空中转身不灵，被那怪爪撞了个正着，登时像断线风筝般向城门飞去。嘣的一声巨响，城门所受到的震动几乎不比第一次小。堡内众人惊呼，阿三以为有莘不破这回非成肉泥不可，惊叫中带了三分哭音。哪知一撞之下，有莘不破落下地来，虽然有些摇晃，但竟然还能站着。蛊雕见他受了这一下居然没死，也有些惊讶，右前爪扬起，又挥了过来。这次有莘不破学乖了，矮身便躲。

札罗突然说：“如果他能捱上一刻……”

葛阗截口冷笑道：“这小子跟它比蛮力，捱不了三个回合。跟它捉迷藏，也不见得能拖延多久。”

江离听出意思来，问札罗：“如果能捱上一刻又如何？”

札罗冷笑不答，突然一声长啸，跳了下去，护城河一道水柱喷起，一头本来躲在护城河下面的怪物踏水而出。“窫窳！窫窳！”在众人的惊呼声中，札罗已落在窫窳背上，并未增援有莘不破，却绕了个弯，到了蛊雕的背后，隐于被箭雨射得血肉纷飞的妖群当中。

对于刚刚出现的新食物，蛊雕并没有给予多大的注意，它知道只要自己打破城门，就能进石头堆里去享用这一天的凉爽，躲过即将到来的流火。于是它干脆连在身边跳来跳去的有莘不破也不理会了，直接往城门撞去。

又是一声巨响，城门已经出现一条裂缝。

葛阒叫道：“不好！如果城门被破，到时候我们就算能制住蛊雕，妖群冲进来，局面也非失控不可。”堡中的几个首领在没有想出克制办法之前，都不愿贸然动手，但形势却已经容不得他们迟疑了。

羿之斯叹了一口气，道：“下去吧。”嘬口而呼，一头秃鹰俯冲疾下，羿之斯往堡下一跳，秃鹰抓住他双肩，绕到蛊雕右后方。羿之斯双脚一着地，开弦拉箭，这一射用的是祝融[①]之羽，箭未发，真气早贯，呼的一声，一支普普通通的羽箭化做一道火光，在半空中划出一道炽热的辐射线，一些靠得比较近的小妖被余风伤及，登时皮焦肉烂。蛊雕听到声响吃了一惊，哪里来得及避让，早已中箭，一阵灼痛从左颈传来，直贯脑门。它大吼一声，改向羿之斯冲去，这一次，它是真的发火了。

羿之斯见这一箭没在蛊雕身上留下一点疤痕，虽然也在预料之中，但仍不免暗暗吃惊，蛊雕来得好快，一眨眼已经在三十丈之内。羿之斯便不假思索，掌中落日弓一晃，变成丈来长，碗口粗；左手一紧，手指涨成平常的五倍，紧紧握住弓；右臂肌肉坟起，拉开箭——这巨灵之柱发出，声若潮涌，力如冲车，蛊雕只觉得自己的左肩和一股力道相撞，

---

① 祝融：火神。据《山海经》记载，祝融的居所是南方的尽头，是他传下火种，教会我们使用火的方法。在我们今天的生活中，“祝融”是火的代名词。

整个身子飞了起来，向右后方跌了三四个跟斗，落地后连滑出十丈开外，地面被刮出一条深深的沟痕，但它的身体竟然仍没有损伤。

蛊雕吃了这一痛，怒气更甚，爬起来稳一稳身子，甩甩尾巴又冲了上去。这一次，它还没跨出一步，只见满天针雨落下，钉向它的四肢，每一根针都伴随着一种古怪力道，痛入骨髓，让它的整个身体迟缓起来，但仍然没有一根针能穿透它的爪掌和脚板。

有莘不破正想乘势往它颈项骑上去，却被羿之斯喝道："别过去！"只见那怪物突然全身耸动，接着身子一振一抖，扎在它身上的针纷纷抖落，皮毛上依然一点疤痕也没有。它狂吼一声，又向羿之斯逼去。羿之斯连发两箭，便已知道伤不了这头怪物，第三次以漫天星雨之法射出三十六支锁妖针，更是元气大耗，哪知仍然无法限制这头怪物的行动。

突然，人声大噪。江离本来在注意着羿之斯和蛊雕的对决，这时听见众人惊叫，举目看去，只见一头不知名的巨型怪兽，跳跃着奔出尸山兽海。那怪物和蛊雕一般大小，身如猪身，牙如象牙，头圆如虎，全身肤色斑杂，就像用无数怪物的皮肤强行缝在一起一般，整个身材，就如放大了的窫窳。再看看它的头，竟然是札罗的脸。

"合体，首领和窫窳合体了！"

在堡内寿华城卫士的惊呼声和窫窳寨群盗的"无敌"声中，那怪物大步而前，向蛊雕冲去，转眼间扭打在一起。两头大怪物在堡前翻滚撕咬，压死了无数小怪兽，惊坏了几头大怪兽。窫窳群盗高声助威，堡内卫士嚼舌难言，羿之斯趁机聚气，葛阒暗暗皱眉，靖歆声声冷笑，只有有莘不破一人看得津津有味。

江离不解道："窫窳寨主怎么变成这个样子。"

羿令平说："难不成他也是怪兽变的？"

卫皓怒道："小子没点见识，胡说八道。羿之斯怎么生了你这样一个没用的小子！"

羿令平一听，满脸涨得通红。

江离道："我也一样看不懂，刚才看到寨主冲进血肉堆里，然后就听到怪兽连连惊叫，因为关注这边战况，便没细看，我还想窫窳寨主怎么没见识起来，放着蛊雕不管打小妖。”

卫皓冷笑道：“这是寨主无双妙法，常人哪能知道！”

靖歆打了个哈哈，也冷笑道：“好个无双妙法，好个吹不破牛皮的无双妙法，不过是拿死妖精身上的肉往自己身体里塞罢了。旁门左道，何足道哉！”

卫皓脸色一变，冷冷道：“光说不练假把势！请上人以你名门正派的无上法力下城降妖如何？”

靖歆哼了一声，道：“本来就要下去，何必你说。小可再不下去，只怕你家主子快挡不住了。”

卫皓脸色又是一变，向下望去，这时战局已变。方才札罗与蛊雕敌抗，仗着生力，招招占先，蛊雕虽然一时落了下风，但这怪物的力量竟似无穷无尽一般，任你怎么缠斗也不现疲态，被札罗打了几个跟斗，挨了几下顶门响，全然没有半分损伤。而它的利爪往札罗身上一咬就是一块烂肉，一抓就是一个血洞。札罗就像一块面团，被蛊雕越撕越小，转眼只有蛊雕的一半大小。

江离点头道：“我懂了，这是血肉挪移的法门，把刚死不久的怪兽还没有僵死的肌肉收在自己身上，借助这些肌肉残存的能量。”

葛阒淡淡道：“借来的力量和身体，终究不可靠。上人，看羿之斯头上紫气氤氲，显然正在聚气，你我下去如何？”

靖歆道：“多日来有劳城主错爱，款待甚周，自当小可先下城，小可不行时，城主再援手不迟。”

葛阒道：“上人客气了。”

靖歆打了个揖，唱了个诺，越窗而出，衣袖飘飘，如同御风而下。这下城的动作，有莘不破显得匆忙，羿之斯迅疾得让人目不暇接，札罗令人感到怪异，独有靖歆，潇洒非凡，隐有仙姿。看得堡内众人纷纷喝彩，唬得堡外众妖目眩神驰。这时札罗已被打回原形，上半身是人，下半身是窫窳，在蛊雕的爪牙之间跳蹿躲避。一旁的有莘不破道：“我来帮你。”冲向前去，但也不过扰乱蛊雕视听而已，半点伤它不得。

突然，地面一个黑影迅速铺来，札罗一看，倒退十步，知道靖歆出手了。

靖歆发动影魅神功，以自己一片黑影延长出去，铺住了窫窳脚下十丈方圆。这片黑影若无形，若有质，突然化成千百影刺，直戳上来。这影刺是靖歆以元神催动真气，附在影子上而形成，就像人的头发指甲一般，因此具有些微感知。刺到蛊雕身上，感觉就像用软骨碰青铜，知道自己也伤不了它，马上变利刺为胶索，沿着蛊雕的腿一层一层地缠将上去；刺到有莘不破身上，感觉还没刺到他的皮肉，就被一层淡淡的劲气化开，知道他已经练成护身真气，不出全力也暗算不了他，心中吃了一惊，心下一权衡，便放过了有莘不破，全力对付蛊雕。

这边有莘不破退在一旁，那边蛊雕嘶声怒吼。它就像全身扎进了一团乱丝之中，那若有若无的黑线成千上万，又柔又软，撕不烂，咬不断，虽伤不了自己，但粘在身上难受不堪。它向自己身上胡抓乱咬了一番，那黑影却缠得越来越紧，怒气大发之下，挣扎着向这黑影的源头滚去。靖歆脸色微变，催动功力，想把蛊雕绊住，但仍阻挡不了它一步步地逼近。

有莘不破看得出神，突然身边一个声音道："看来札罗的合体术并不很成熟。"看时却是江离。

有莘不破道："你怎么才下来？"转眼一看，只见札罗和窫窳兽分别立在不远处观战。接着刚才的话题反问江离："他那叫合体术么？刚才我瞥了一眼，一人一兽慢慢熔化在一起，然后那些死怪兽和半死不活的怪兽被他不知用什么法子硬生生熔进体内，场面十分恶心。"

江离吐舌道："幸亏我没看。"

"为什么你刚才说他的合体术不成熟？他合体之后的力量能和这头怪物抗衡很久啊！"

"但他合体需要时间，有了这一点空隙，嘿嘿……"

有莘不破点了点头："不错，我们如果把握好时机，制它死命不难。哎哟，不好，靖歆挡不住了。你上还是我上？"

"我来。"

“有办法弄死这头怪物吗？”

“没有，不过羿台侯好像有，但他看起来需要时间。”

有莘不破闻说，向羿之斯望去，只见他身子四周环绕着一圈白雾，人完全隐没其中。这时，鼻中闻到一股异香。看江离时，他正结着手印轻轻唤道：“木龙破土。”念了一声“唵！”蛊雕脚下地面裂开，一株怪藤长成百来丈长，如绳索，如蛇尾，把蛊雕缠了个结实。靖歆本已累得汗水直下，见状大喜，大喝一声，怒发冲冠，地面黑影也如同他飞扬的长发一般散成无数手爪，把蛊雕弄得四肢翻转，寸步难移。

有莘不破大喜，便想冲上去，江离一把拉住他，问道：“你想怎么对付它？”

“揍它两拳。”

江离佯怒道：“如果这是真话，那你就是有勇无谋的蠢汉！”

“我知道伤不了它，但它刚才把我逼得狼狈不堪，我总得找回点面子吧。”

“别胡闹，我和那牛鼻子合力也困不了它多久，快想想办法。”

有莘不破歪着头想了想说：“想不出来，先揍它一拳找回本钱再说。”也不管江离的脸色，踏步向前，突然听到羿之斯雄伟的声音响起：“都给我退开！”

有莘不破稍一迟疑，早被江离拉着往后疾退。仓促间没见到羿之斯的动作，只觉天上一亮，一片白光罩了下来，射在蛊雕身上。两人还没看清怎么回事，便觉一阵寒气袭来，冻得皮肤刺疼，定眼细看，眼前突现一根粗数丈、高十余丈的硕大冰柱，把张牙舞爪的蛊雕硬生生地冻在里面。

现场无数的人与妖都被这奇观震惊了，堡内随即发出震天欢呼！而妖群则发出阵阵悲鸣。人类如此强大的力量让它们看到绝望的未来：“前进也是死，后退也是死！”

就在人们因某个人的力量而开始群体性地进入自我陶醉的状态时，空中传来一阵天崩巨响。

几大势力的首脑和大风堡的贵宾，早已从老不死口中听过“天劫”“流火”等事情，但耳闻和目睹的效果完全不可同日而语。整个天空变成红色，数不清的火球划过天际，似乎没有规则地撞向远处的地面。大荒原的方向，很快就出现熊熊火光。如果这是一场没有生命死亡的图画，那将无比壮观、无比艳丽；而一旦图画中加入了死亡，却又令这幅图画变得无比凄美。

天威之下，羿之斯等人所谓的神功显得这样渺小，大地的震恐，洗灭了人类的自大与意淫。

前有怪兽，后有烈火

蚁民们并不知道外面发生了什么事情，在所有消息被隔断的情况下，他们不肯绝望，只有祈祷。

卫兵们看到了天威的恐怖，但他们已经镇定下来——令他们镇定的不是葛阗的威严和羿之斯的胜利，而是来自怪兽们的威胁！当后方开始燃烧起熊熊烈火，更清楚地知道除了大风堡再也没有生路以后，怪兽们像疯了一样向大风堡狂扑过来。

箭发如雨，尸堆成山，血染如霞。

“羿兄，”葛阗不无忧心地说，“蛊雕虽然被冻住，但这祸害似乎并未断根！”

“何止未断根！实际上更加麻烦了。”

葛阗不语，有些不解，也有些不快。

羿之斯道：“其实，这头怪兽直到现在为止根本就还没有觉醒。”

“什么？”贵宾们纷扰起来。蛊雕的厉害，他们是见识到了。此刻汇聚在堡内最顶尖的高手，除了葛阗还没有直接出手以外，没一个在这头怪物手底下讨到多少便宜。“这样厉害，还没有觉醒？”

有莘不破兴奋地问：“如果完全觉醒了，是不是更厉害？”

羿之斯苦笑道：“当然。”

江离追问道：“会有其他什么能力吗？”

“没有。”

众人舒了一口气。

羿之斯又道：“但会比现在难对付十倍。”

众人纷纷叫道：“既然没增加什么能力，为什么会比现在厉害十倍，这不是开玩笑吗？”

羿之斯淡淡道：“你们以为它已经醒了，其实它是在梦游。刚才你们见到的，不过是一头刀枪不入的野兽；但六个时辰以后，冰柱破裂，我们将会面对一头具有千年智慧的老妖。”

葛阗、札罗、靖歆等人瞳孔立刻收缩，因为他们知道，“蛊雕是一头野兽”，正是刚才这一仗他们取得暂时胜利的原因。

江离喃喃自语：“刀枪不入、水火不侵……真的没有任何法子能够克制住它了吗？但是师父曾经提到过，大荒原所有怪兽，都要对一个人俯首听命。那个人是谁？他用的又是什么法子……唉，当时我怎么就不问清楚些……”

金织在解手处犹豫了很久，出了方便门，就想往黑暗处溜达一下看看环境，她告诉自己，不能再在那个地方等着别人来决定自己的生死。但她的脚还没走两步，就被人喝住了：“谁，干什么的？”

“我，我迷路了。”

“妖乱期间，所有人不得擅离所在，违者，杀！”那人全副武装，神情威严，一字一字地宣读葛阗的命令。

金织不认得他，却从服饰上看出是一个卫兵统领，他的声音冷得就像一把刚刚用冰雪擦尽血迹的青铜刀。

“我记起来了。”金织颤抖着打消了所有寻找有穷商队和投靠阿三的念头，快移碎步，向自己的角落逃去。

卫兵统领冷笑一声，闪进一个更加阴暗的角落里，这里是五谷轮回处的隔壁，不但阴暗，而且潮湿，不但潮湿，而且污臭。

卫兵统领望着一个烂泥一样堆在墙角的男人一眼，将手里一包发霉的食物向他丢了过去。

那男人呆板地伸出手，抓住食物就往口里塞。

“你这个样，还不如死了算了。”卫兵统领挑衅着，但男人却像一点也没听见似的。

卫兵统领本来想再骂两句，但对这样一个人，实在连侮辱他都已经提不起什么兴趣。他往男人的头上重重地吐了一口唾沫，转身走了。他并没有看到，在没有人注视的时候，男人的手开始发颤，开始发抖，开始握紧自己的拳头，直到手中发霉的食物被捏成粉末。

“还有六个时辰？”

羿之斯道：“现在只剩下五个时辰又一刻。”

“但是据那老头说，这场天劫还会持续整整一天。”葛阒道，“不管这个老头的身份有多么卑微，但他所说的事情全部应验了。”

“所以，我们必须在这六个时辰之内，想出一个至少能够再拖住它六个时辰的办法。”羿之斯道，“蛊雕来到这里只是为了避火，只要我们不在它醒了以后把它惹火，挨过这六个时辰，它自然会回去睡觉的。因为今年其实还不到它应该醒来的时候。”

“这有什么难的？”有莘不破语出惊人，“台侯再射它一箭，再冻它六个时辰不就得了？”

羿之斯苦笑道：“有点难度。造一个冰柱还不是很难，但要同时具有万载玄冰的坚硬和寒冷，嘿嘿，这样的一箭，我只怕十天半月之内射不出来了。”

羿令平忽然道：“爹爹，你刚才说它怕天劫的流火？”

众人精神一振，都知道他要说什么了。如果蛊雕怕流火，就有可能用挪移之术借流火来对付它。

羿之斯不回答儿子，反问道：“我抽你一鞭，你受不受得了？”

羿令平挺胸道：“就算是挨一百鞭也没什么事。”

羿之斯道：“好，你自己抽自己一百鞭。”

羿令平道：“好好的，我为什么要自讨苦吃？”

羿之斯道：“不错。流火未必就比我的祝融之羽厉害，也未必能把蛊雕烧死，但它会持续整整一天，既然能够找到一个清凉的地方，它蛊雕为什么要留在大荒原自讨苦吃。”

众人都大笑起来。

尽管他们中大多数人方才都有同样的想法，但越是这样，就越要耻笑第一个站出来出丑的人，以证明自己的高明。笑声中羿令平几乎连头都抬不起了，当然也没有人会看到他紧咬嘴唇的痛苦。

羿之斯见儿子受窘，安慰道：“你能想到用流火，其实已经很不错了。不过你毕竟思虑还未成熟，以后遇事想深一层，便会看得更加远、更加明白。”

羿令平的头依然没有抬起来，羿之斯当然也就没有看见小儿子的嘴唇仍然紧紧咬着。看着羿令平，他突然想起了另一个儿子，那是他这一辈子最大的骄傲，但这个骄傲，却已经失踪了很久，很久。

卫兵统领闪进一个柔软而温馨的所在，一个娇媚无限的女人正在那里等着他。

“怎么样？”她圈住了他的脖子，舌尖抵住上唇，桃花般的眼睛闪动着足以让任何雄性崩溃的光华。

“小乖乖，我想死你了……”卫兵统领喘着气，撅起嘴唇凑了过去，却被女人温柔地甩了一巴掌。“死相！”这一巴掌力道用得恰到好处，甩了卫兵统领的脸，却没有一点疼痛感，反而让这个男人感到既肉麻，又有趣。

“他到底怎么样了嘛？”

“别提他了，银环姐姐，我们先……”

银环以一种赌气的表情瞪着他，柔软的手挡住了长满胡子的脸。

卫兵统领有些扫兴，不得已说：“那男的还是那样，我扔下东西他就像狗一样趴在那里吃。”

“你骂他没有？”

“骂了。”

“骂了什么？骂了多久？”

“骂了小半个时辰，哎哟，亲亲，我们……”

“等等，先说完，然后你想怎么样就怎么样……他有什么反应？”

“没什么反应，像一坨大便，恶心。我真不明白，你又要我救他进堡，又要我给他东西吃，又要我骂他。他到底和你有什么关系？”

“好了好了，别说他了，我们……你怎么还有闲心思说别人……难道，你不想……”

卫兵统领没等她说完，已经贴了过去，却听银环喝道：“谁？”

卫兵统领一回头，门无缘无故开了，仿佛看到一个人影一闪。

“是谁？见到了吗？”

“好像，好像是哈管带。”

卫兵统领一听“哈管带”三个字，脸色全变了，道：“不…不会吧？他对付怪兽，应该挺忙的。”

“你怎么又有空？”

“我是轮班休息啊。难道……”

“难道什么？”

“难道是那头最厉害的怪物已被收服，现在他他……”

“他怎么样？难道还乘着这个空到处巡查不成？”

卫兵统领跳了起来，道：“我、我出去看看。”

银环看着他匆忙的背影，随手收起一个木偶，一阵冷笑。

“或许，我有个主意。”

如果是在两天之前，江离的话也许不会引起这个大厅里面很多人的注意，但现在已经不同了。在他布下了荆棘墙以后，就连葛阗都对他客气起来。

“不知江离公子有何妙策？”

“我们只要把蛊雕囚禁起来，过个半天，就行了。”

有莘不破道：“你这句话说了等于没说。”

“为什么？”

“如果能把它囚禁起来，我们还用在这里发愁吗？”

葛阒道："江离公子既然说出这样的话来，想必已经有了囚禁蛊雕的办法。"

"办法是有了，但是少了一样物件。"

"什么物件？"

江离看了羿之斯一眼，却不说话。

羿之斯道："你说的是有穷之海？"

江离刚点了个头，众人中又响起了窃窃私语声。虽然大多数人都不知道有穷之海的用途，但作为有穷商队甚至是整个有穷国的至宝，有穷之海早已名扬天下。没有人注意到场中有人脸已变了颜色。

靖歆笑道："虽然是有穷至宝，但事关大伙的生死存亡，就只能恳请台侯展现宝物神通了。"

羿之斯苦笑，羿令平指责江离道："那件事情你明明知道的，为什么，为什么还要出这样不可能的主意？"

"什么事情？"

"这个主意有什么问题吗？话说回来，有穷之海到底有什么用？"

"为什么不可能，难道宝物没带在身上？"

纷乱的提问被葛阒沉稳的声音压住了："羿兄，有穷至宝的威力，小弟是见过的。如果带在身边，不知能否取出一展神威？"

羿之斯淡淡道："不瞒诸位，其实小儿说这件事情不可能，原因便是……"他顿了顿，终于道，"说来惭愧，在出大荒原那日，这件宝物失窃了。"

"哦——""啊——"惊叹之声不绝于耳。只有有莘不破和江离神色平静。有莘不破就像事不关己，而江离则像胸有成竹。

冰柱之中，蛊雕正慢慢醒来——

"好冷。为什么会这么冷？以前在深渊也没这么冷唉，这个世界真烦，想好好睡一觉都不行。"

大风堡内。

葛阒道："羿兄，此事当真？"

"这可不是什么见得人的事情，我若撒这谎，那是于人无益，于己有害。"

葛阒默然。商队在外，威信最重，而他也完全明白有穷之海的失窃对有穷商队来说会造成什么样的打击。这件宝物已经不仅仅是一件宝物，还是一种精神的维系，因此，在素来重然诺的羿之斯亲口说出真相以后，他才会追问一句。

羿之斯对江离道："这件事情你是知道的，为什么还要提起？"

江离道："虽然有穷之海也许已经不在商队中了，但此刻却一定还在这里。在大风堡，甚至就在这无争厅。"

所有人的心弦立刻绷紧。这件失窃案不但关系到六个时辰以后整个大风堡的存亡，而且有可能立刻引发一场宝物的争夺。

羿之斯道："这话有道理，但就算有穷之海仍然还在这里，窃贼又怎么肯拿出来？"

"第一，假如他不拿出来，大家很可能都会死在蛊雕的手里，对他没什么好处。"

"不错。"

"第二，假如台侯答应既往不咎，以台侯的威信，多半可以令人信服，包括窃贼。"

羿之斯淡淡道："也许对方并不在乎我是否既往不咎。"

江离道："那我们可以换一个条件。"

"什么条件？"这一次说话的不是羿之斯，而是札罗。

江离笑了笑，说："寨主怎么这么沉不住气？"

札罗冷笑道："我不是沉不住气，而是对你的话很有兴趣。"他手一反，掌中突然多了一个陶碗。羿令平脸色大变："有穷之海！怎么，怎么会在你手里？！"

葛阒的脸更阴鸷，札罗的笑更冷，羿之斯脸上却依然平静："果然是你！很好，很好。"

札罗道："小伙子，你说的第二个条件，可以换成什么？"

“此刻有穷之海在谁手上，在妖乱结束之前，我们承认他对此宝的所有。”

“妖乱结束之后呢？”

“有穷之海回到此人手上，三日之后，有穷再行追讨。”

札罗哼了一声，凝视羿之斯。

羿之斯扫了众人一眼，道：“可以。”

羿令平叫道：“爹爹！”

羿之斯淡然道：“反正我们已经知道下落，追起来反而比以前更省事，也不过是借人家三天罢了。说起来，我们反而占了便宜。”看儿子脸部扭曲，神色极为复杂，又安慰说：“别担心，没有我们家传的九天神珠，这有穷之海就只能用一次，用过一次以后，光泽全无，法力尽失，变成一个破碗。”

羿令平道：“九天神珠？”

“这些事情，以后再和你细说。”羿之斯说着转头对札罗道：“札寨主，此刻你虽然宝物在手，只怕不知道怎么用吧？”

“看！那冰柱有了一条裂缝！”

“你没眼花吧？啊！真的，而且，好像正越来越宽！”

“快，快禀告哈管带！”

有穷之海的交接进行得很顺利。只有江离依然在沉吟着：“为什么这事情会来得这么容易？为什么札罗会那么主动？”

“报——”

大风堡，垛窗。羿之斯喃喃道：“看来我还是低估了它，也许，它并不需要六个时辰就能破冰而出。”众人心中一凛，再看到越来越宽的裂缝，全都慌了，纷纷道：“台侯，快用法宝！”

羿之斯淡淡道：“有穷之海其实是一个入口，通向另一个空间，或者这个空间本身就是因它的神力而存在，但这个空间并不能囚禁人。”

众人不知为什么羿之斯在这当口悠闲地说起有穷的作用，仍忍不住问道："为什么？"

"只有保持整个空间空荡荡的，有穷之海的出入口才能关闭，所以……"

"所以怎样？"

"所以蛊雕进去以后，可以毫不费力地出来。"

"什么？！"在惊叫声中，众人就像从半空中掉进一个绝望的冰窟，又像咬着一块大饼却被人一巴掌甩在脸上甩丢了。

羿之斯问江离道："你是不知道这一点而失策，还是另有计划？"

江离说："我本来就没打算只用有穷之海就把它困住。"

"哦？"

"我想布个迷阵，让这头怪物在里面绕个一两天应该没有问题。"

"为什么不直接在这城堡下面布阵？"

"这里怪兽太多，味道太杂，地方太小，再说，几个时辰以后说不定流火会波及城下。"

众贵宾又都舒了一口气。江离又道："但这个迷阵我一个人发动不了，至少得有三个人帮我。"

有莘不破马上道："我自然是一个。"

江离将他左看右看，看了好一会才说："我真看不懂你，明明功底扎实，但真正用的时候却完全不是那么回事！还好，我这个迷阵布下以后，你只需要运气帮忙就行。"

葛阒道："这个阵法莫非是要有四位高手同时运气才能运转？"

"不错。"

葛阒道："老夫是东道主，责无旁贷。"

"别人都行，唯有城主不行。"

"为什么？"

"施展阵法的四人都要进有穷之海。此刻的形势，城主如果不在堡中，只怕会有难以预测的局面。再说也难保这些怪兽中再跑出一两个难以对付的怪物，纵然没有蛊雕的厉害，但没有城主在外压阵，进去的四人怎么放心？”

葛阆点了点头，转向靖歆道：“不知能否再劳烦上人一趟。”

靖歆道：“只要江离公子肯答应我一个条件。”

江离应道：“这次成败生死，是大家共同的成败生死，出力是你的本分！我没必要求你。你什么条件都不必说，我也绝不会答应。是否出力，你自己决定。”

靖歆哼了一声，道：“羿兄，两位公子，再加上札寨主，四位刚好够数！在下于此静候佳音。”

札罗忽然道：“小可有心，可惜无力。”

羿令平奇怪道：“无力？”

札罗道：“我方才费偌大功力，以合体之术与蛊雕相抗，元气早已损耗殆尽。如果我不是需要借助几位的力量来渡过这个难关，嘿嘿，这有穷之海，会那么容易就交出来？”

江离凝视着他，眼睛充满怀疑。羿令平听说他功力尽失，不由得跃跃欲试。札罗眼睛一瞄，呼道：“羿之斯，不要忘记刚才的承诺！”

羿之斯冷然道：“自然，三日之后，咱们再算账不迟。”

羿令平唤道：“爹爹，机不可失！”羿之斯喝道：“你胡说什么！要乘人之危么？”年轻人一震，畏缩着退下。

札罗道：“半日之内，我就能恢复三成功力；两日之后，就能回复到七成功力；三日之内，我功力可以回复到十成。嘿嘿，到时我们手底下再见高低吧。”

然而，札罗似乎没注意到，跃跃欲试的，并不止羿令平一个。

第三章
有穷国的勇士向西前进！

困兽之斗

蛊雕喜欢睡觉，因为现实生活太郁闷了。

但是睡觉也总有醒来的时候。在正常的时间段入眠，在正常的时间段醒来，都还是比较舒服的事情，但任何事情都有意外，睡觉也是如此。最令它难以忍受的意外，是一百年一次的千里流火，每逢这一天到来，它总要被迫醒来。

因为它不愿意睡在火里，那不是享受，而是遭罪。另一种意外，是被一些不知好歹的人类吵醒，他们总梦想趁它睡着消灭它。对于普通人，它可以毫不理睬，但敢于来冒犯它的人，多多少少都有一些奇特的能力，这就让它感到很烦了。不过，经历过多次以后，它学会了一个法门：梦游。虽然，梦游并不是一种很舒适的睡觉方式，但总比醒着打盹强。因为睡眠不足，不但皮肤容易发皱，而且脾气也会暴躁，这两点在追求异性时，负面影响很大。

冰柱破碎，蛊雕醒来。

它还没有睡够，所以身体有种懒洋洋的感觉，神色看上去有些迷糊。它抬起头，习惯性地看了看太阳。日光并不强烈，没有云，没有流火，也没有天空撕裂的异象。

“我到哪里了呢？”它想。

蛊雕向东方走去，那里是一片郁郁青青，草芳树绿，清风徐徐，泉水如乳。沿着小路，绕过镜湖，穿过桃林，古柏耸立，形如擎柱；过柳岸，弯松对拱，状似门户。攀上小丘，蓦地眼前一亮：好一片猛恶的古森林！枝叶上干云端，盘根结虬，漫平原，覆山峦，直到天地相接处。

蛊雕掉头，向南方走去，树渐少而苔渐多，水渐浊而泥渐泞，虫蚁匍匐，毒瘴肆虐，溪水浮鳄，树头盘蛇，草间鸣蟆，石隙藏蝎。突然脚下剧震，红土崩裂，巨岳喷火，烧山焚野。冒火登顶一望：好一片大火！烧尽了六色只剩红，烧尽了五味只剩焦，烧干了大海，烧红了冷月，把南方四万万里，烧个天缺地绝。

眼前无路，蛊雕再向西走，月隐日出，路途渐渐崎岖，山势渐渐陡峭。怪石天成，如猛狮，如恶虎，如猼訑（bó yí）[①]，如鯥（lù）鱼[②]。瀑布倒挂，怪鱼逆游，风狂呼，水怒号。越走越西，越走越高。地面雪被轻软，地底暗流狂暴。一脚踩着黄河的源头，再回头：好一方雪原！前方也是白色，后方也是白色，天也是白色，地也是白色。冻绝了万物，惊呆了蛊雕。

它一声叹息，转向北走，天地由明亮而昏黄，由昏黄而黑暗。上空无星月之光，周围无鸟兽之语，这夜黑得让人恐怖，静得让人不安。一声水响，却是一脚迈进水里。风起，云消星闪，月色绵绵；北望，除了水，还是水，睁开千里眼，千里之外不见岸也不见滩。

蛊雕回头，再向中部走去，脚下是松软的黄土，东方是初照的阳

---

① 猼訑：《山海经》中的神奇怪兽，样子像羊，长着九条尾巴、四只耳朵，更奇怪的是它的眼睛长在后背上。据《山海经·南山经》记载：“有兽焉，其状如羊，九尾四耳，其目在背，其名曰猼訑，佩之不畏。”

② 鯥鱼：《山海经》中的一种怪鱼，像牛却长着蛇的尾巴，身子下面还长着翅膀，能飞。据《山海经·南山经》记载：“有鱼焉，其状如牛，陵居，蛇尾有翼，其羽在魼下，其音如留牛，其名曰鯥，冬死而夏生，食之无肿疾。”

光。风若有若无，路时断时续。它仿佛又感到困了，打了个哈欠，伏在这既温暖又舒服的黄土地上，眼帘慢慢地、慢慢地垂下。

突然，它身子一抖，眼睛暴睁，盯着那似乎很远又似乎很近的太阳若有所思。

“哈哈，我几乎被你骗了！”蛊雕居然开口说话了，它一跃而起，向那“太阳”冲去。一箭凭空射来，蛊雕稳稳落下，周围一切幻境都消失了，只剩下一片空空荡荡和几个人寥落的身影。

江离镇东南，有莘不破镇西南，羿之斯镇东北，靖歆镇西北。四个人的脸上，都掩不住失望的神色。

羿之斯道：“可惜可惜，你若就此睡去，就什么事都没有了。”

蛊雕张着雕嘴大笑：“刚才的幻觉虽然让人很舒服，但假的就是假的，当不得真。”它顿了顿，又说：“我刚醒来，布下种种幻象让我产生种种幻觉虽然难得，但在半日之间让我仿佛游历了十年，这份扭曲时间的功夫，可就更了不得了。这不像你的手笔啊。”它环首四顾，看到江离的时候，微笑着说：“小伙子，是你吧。”

江离道：“雕虫小技，贻笑大方。”

蛊雕道：“小小年纪，有这样的修为，也算不错了。不过你虽然算尽机关，依然白费心思。人类，我问你们一句：你们把我困在这里，到底是为什么？”

有莘不破道：“我们不想让你出去吃人。”

蛊雕大笑：“吃人？自盘古辟开时间与空间，分开宇和宙，天地不再混沌，万物由此滋长。但你们人类自从有了智慧，便以万物之灵自居，驱役万物为己用，杀戮万物为己食，蹂躏万物为己衣。万物必然有所食用才能生存，这不怪你们。但你们为了得逞一己的欲望，发泄无度的精力，滥杀滥伐，荒淫无度，这也罢了。可笑的是你们全以自己为中心，自己立下法律规条，号道德，分善恶。其实也不过是顺你们的，就是善，害你们的，就是恶。你们无法跳出来看看这个世界：它岂是为你们而存在的？在你们存在之前，这个世界早就运转着了；在你们灭亡之后，这个世界还会继续运转着！”

蛊雕傲然道：“我蛊雕一族，自古以食人为本性，我们只吃人，并不妄自侵害他物。我自诞生以来，秉持六气正道，修成这不死不坏之身，不怒不扰之性。我虽吃人，但却有限，千年以来所吃人数，还不及你们十年来本族杀死本族的人数。我虽吃人，其实并没有危及你们作为一个种群的生存。但可笑你们不懂，我对你们这个群类来说，危害有限，而你们最大的敌人，其实却是你们自身的淫恶之性。这些年你们放任心腹大患不除，只知道在一些肌理之疾上纠缠不清，好笑啊好笑。”

靖歆听若不闻，有莘不破挠头，江离失神，羿之斯神色坚毅如初。

蛊雕冷笑道：“人类啊，你们还要和我打这场没有意义又绝无胜算的仗吗？”突然仰天大吼，吼声中靖歆退了半步，有莘不破和江离如丧魂魄，羿之斯却依然硬得像一块石头。

蛊雕对羿之斯道：“你可真倔啊！”

羿之斯道：“我不是倔，只是以前听一个人讲过三句话。”

蛊雕道：“什么人？”

“一个大荒原所有怪兽都要匍匐在他脚下的人。”

江离一振，有莘不破回过神来，只见蛊雕的脸色却有些变了，哼了一声道：“什么话？”

羿之斯缓缓道：“第一句是：无论人神妖魔，真正有仁者胸怀的，话一般不会太多。”

蛊雕的脸色有些难看了：“第二句呢？”

“面对拿着刀子的人，越聪明的怪兽话越多。”

蛊雕阴沉着脸，不再接话。

羿之斯自己续道：“他的第三句话是：畜生就是畜生，就算它口吐人言，理论高深莫测，立场冠冕堂皇，你也不要放下手中的刀子！”

蛊雕大笑起来，突然蹿起，一爪向羿之斯压下，变幻不测，有莘不破和江离都没反应过来，羿之斯的人却不见了，他不知什么时候已经跃起，瞄准蛊雕当头就是一箭。蛊雕再次蹿起，竟然对来箭全然不顾，向半空中无转圜余地的羿之斯全力一扑。只听一声惨叫一声闷哼同时响起。蛊雕中箭在前，羿之斯中爪在后，但中间只是电光火石的区别。空中一大一小两个身影落下。羿之斯身子还没着地，早被一条巨藤凌空卷往东南。蛊雕却仿佛已经全身动弹不得，重重地摔在地上。羿之斯刚才这一箭天雷电羽，中者如遭电击，蛊雕在碰到羿之斯之前早就全身麻痹，但羿之斯也没有料到蛊雕竟用这种两败俱伤的打法，蛊雕这一扑用了全力，虽然半空麻痹，仍靠一股惯性重伤了对方。

靖歆见蛊雕趴在地上，好一会儿不动，不由大喜，正想催动影刀，却见蛊雕又突然跃起。羿之斯躺在江离背后数丈处，不由叹了口气，喃喃道："冰火雷电都伤它不得，难道它当真无敌？"

蛊雕站稳了身形，观察三人：有莘不破严阵以待，靖歆却有退缩之意。再看江离：只见他身旁桃花乱舞，紫藤盘绕，无端端一阵东南风吹来，一股花香熏得自己睡意大盛。蛊雕吃了一惊，咬一咬牙，闭了鼻息，转行内息之术。"这小子很危险啊。"它不再犹豫，狰狞着向江离冲去，一路踩断拦路的荆棘，踢开盘脚的树根，弹指间来到江离的面前，前爪挥出，卷起一阵狂风。

江离见蛊雕竟然能够以内息代替外息行功，已吃了一惊，而自己布下的十八关连环扣也没挡得住片刻，心下更加骇然。眼见蛊雕巨爪袭来，爪未到，劲风已经逼得自己透不过气来。完全觉醒以后的蛊雕，不出爪则已，一出爪就全力以赴，仗着身坚体硬，看准了目标，不管偷袭，不理干扰，每一招都不遗余力。

危急间江离感到被一股熟悉的味道抱住，砰的一声，这一招打了个结实，两个抱在一起的人影飞了出去，掉在地上再也爬不起来。

蛊雕见一招解决了两个人，哈哈大笑，一步一爪地向靖歆迈去。蛊雕第一次出手时，靖歆和羿之斯反应最早，但他却为自己留下了三分力气，当其他三人受到袭击时，他未曾援手。这时见蛊雕走来，才着了慌，催动影刀向蛊雕攻去。蛊雕嘿嘿一声冷笑，不管影刀割在身上微微的疼痛感，一脚踏下，把靖歆踩得扁平。

羿之斯空手躺在地上，落日弓早已跌落在远处。蛊雕刚才这一扑伤得他全身骨头有如根根寸断。眼见三个同伴也被各个击破，叹了一口气，道：“你赢了。”

突然一个人跳了起来：“谁说他赢了，我可还没死呢，刚才那一下，哈哈，就像挠痒痒！哈哈，哈哈……”有莘不破上气不接下气地笑着，他的脚有点抖，身子却站得笔直。在他脚下，江离也吃力地撑起了身子。

蛊雕轻蔑地瞥了他们一眼，知道他们已没有抵抗自己的力量，冷笑一声，对羿之斯道：“我们现在在有穷之海里面？”

羿之斯不答。

蛊雕仰头盯着那“太阳”，自言自语道：“一定是的，虽然没有进来过，但一定是的。哈哈，这宝贝最终还是落在我手上！臭厨子！我再也不怕你啦！”奋然一跃，跳进了那“太阳”的晕影之中。

有莘不破怒叫道：“回来！胜负未决，滚回来！”

江离道：“它不但刀枪不入，还通晓内息导引之术，我的力量也无法通过气味侵入他的体内，看来我们真的奈何不了它。”

有莘不破道：“我偏不信！等会我回过气来，扯开它的嘴，钻到它肚子里把它的肠子扯个稀巴烂！”

江离听了，不由心头一动。

羿之斯望着“太阳”，那是有穷之海的出口，眼见四大高手或死或伤，困在此中。大风堡内札罗元气大损，葛阒独木难支，蛊雕一出，只怕所有人都难以幸免。一想到自己的儿子也在劫难逃，他心脏一紧，隐隐作痛。

突听一声嘶叫，“太阳”中先伸出来一条巨大豹腿，接着是一个庞大的身躯——蛊雕竟似被人逼了回来。羿之斯大喜：“好！寿华城主名不虚传！”

蛊雕在惨叫声中跌了下来，鼻子上鲜血模糊——它竟然受伤了！

有莘不破眼尖，大叫：“哈哈，好，这家伙瞎了一只眼睛呢！”

江离似乎心有所动：“看来可以从它的九窍入手。”

羿之斯却有些疑惑：“这不像是葛阒的手段啊！”

蛊雕毕竟有上千年的修为，暴怒之后，很快沉静下来，手往地面一撑，屁股翘起，尾巴越长越长，片刻触及了“太阳”，并穿了过去。

有莘不破问羿之斯道：“你不是说它没什么其他本事了吗？怎么还有这招？”

羿之斯苦笑道：“我是就我所知而言。”他吸了一口气，感觉胸腹渐渐畅顺，便想取回落在远处的落日弓。那边有莘不破摩拳擦掌，似乎也渐渐恢复了力气。

有莘不破刚向蛊雕跨出一步，便听江离道：“别浪费力气，伺机再动手。”

羿之斯运气虚抓，正想用“凌虚控鹤”的功夫取回落日弓，天际突然掉下一柄弓来，落在身旁，接着蛊雕的尾巴倒拖回来，末梢卷着一个人，那人衣衫破烂，神情萧索。有莘不破吃了一惊：竟然是终日伏在门外那个烂泥般的男人。

蛊雕狰狞说：“好小子，好小子，果然虎父无犬子，不过我会让你知道伤我的后果！”它的右眼鲜血长流，竟然瞎了。

羿之斯身子一震，再看身旁那把弓，赫然是世传两大神弓之一的落月弓，而从外面掉进来的那个男人，竟然就是自己的长子羿令符。

一时间悲喜交集，看着半空中不知死活的大儿子，他鼻子一酸，口中一时竟说不出话来。

羿之斯不知道这些日子大儿子到了哪里，发生了什么事。自从那次大祸以后，他一直强压着自己的悲痛，因为这个家需要一个坚强的父亲，这个商队需要一个坚强的台侯。但在这个男人平静的微笑下，有多少别人不知道的思念和爱意呢？对于那次家难，他和所有人一样，有着太多的猜测和疑惑。当再一次看到羿令符——自己的骨中之骨，肉中之肉，那些猜测和疑惑刹那间全部抛之于脑后。他甚至忘记了这一仗的重要性，也已经没有兴趣知道刚才有穷之海外面究竟发生了什么事情。

他现在唯一关心的是被蛊雕制住的这个年轻男子的生死。

蛊雕收紧长尾，把羿令符勒得骨头作响，但这个男人却仿佛完全没有知觉，既没听见地上父亲的高呼，也没感到身上的痛楚。羿令符到底怎么了，连羿之斯也不知道。他颤抖着拿起身旁的落月弓，却没办法搭箭拉弦。有莘不破抓紧了拳头，却不敢轻举妄动；江离却是一片迷茫的眼神，喃喃自语。

蛊雕抓住羿令符以后，似乎已完全镇静下来。它没有受伤的左眼闪烁着异样的目光，似乎看透了眼前这个微弱生命的想法。它突然微微放松了尾巴的力道，因为它是一只有智慧的怪兽，不想敌人在求死状态下没痛苦地死去。它要想办法让这食物清醒，然后再在痛苦中死掉。

就在这时，空中倏地垂下一根更粗更长的尾巴，啪的一声甩在蛊雕负伤的右眼上，蛊雕负痛，松开了尾巴，向后退却。羿令符直挺挺地落在地上，他的眼睛突然有了一种非常复杂、非常奇异的神采，盯着拦在自己和蛊雕之间的那条上半身是人形的巨蛇。巨蛇微微侧过头来，把有莘不破惊得目瞪口呆。

“怎么了？”江离问。

“她，她是银环！”

“银环是谁？”江离又问。

有莘不破忽然有些忸怩。也许因为他不知道怎么回答江离的这个问题，也许因为他想起了和银环那粉红色的初遇。

传说中的落日弓和落月弓

美人蛇和蛊雕对峙着。

这是一个非现实的幻境，这是一次非人类的对决。人类并不能看清它们的底细和强弱，但它们自己却知道。蛊雕已经恢复了狰狞，整个幻境中响起了它的爆笑，仿佛看到了一个愚蠢之极的怪兽在做一件愚蠢之极的事情。

银环的脸上已经失去有莘不破在寿华城中见到的那种嬗变的风情，

她的神色笼罩在忧郁中，然而这忧郁并不能完全掩盖她对蛊雕的恐惧。看到这种恐惧，众人都知道了：她也不是蛊雕的对手，而且她自己知道她不是蛊雕的对手。

然而她还是挺立着，怯生生地挺立在蛊雕和羿令符之间。

她回头向羿令符望了一眼，再转头，上半身也慢慢变化为巨蛇。巨蛇吞吐着血信，尾巴狂扫，向蛊雕卷去。蛊雕冷笑，任由她卷住自己，突然间一爪向巨蛇的七寸插落。

一声悲鸣中，无数鳞片纷纷飘落。

“滚开！”羿令符狂吼道。他左手虚探，随即使出，落月弓已从羿之斯手中飞入他手。一招“凌虚控鹤”，没有人能形容他出手的速度，除了羿之斯，江离也从未见过如此利落的箭术：他这一箭竟然是向银环射去，中箭之后，银环全身剧震，跌出七八丈外。箭杆在与巨蛇的撞击中粉碎，奇怪的是箭镞却跌落在羿令符脚下。

蛊雕盯着爪上的鳞片，诡异地笑道：“不错啊。你躲过了雷劫，功力又有进步，要是以前，只怕这一爪就要了你的命。”它喉间发出咯咯的声响，继续道：“我指点了你避难脱灾的法门，你却恩将仇报。而这个对你大呼小叫、张弓相向的小子，你反而百般维护。我实在搞不懂你们蛇类，难道你真的有了人的感情——笑话，那可是让整个大荒原所有灵类笑掉门牙的大笑话！”

巨蛇盯着蛊雕，眼神中除了恶毒，就是悔恨。

蛊雕低头看着羿令符，饶有兴趣地说：“但对你们人类，我就更加不理解了。她杀了你老娘，杀了你妻子，杀了你即将出世的儿女，而你居然还对她处处手下留情，刚才在外面，你什么也不管，但居然还为了救她而出手。看来你们人类天天讲的伦理纲常，夫妻恩爱，父子天伦，都完全比不上和异类的一宿偷欢啊！哈哈，哈哈，哈哈……”

蛊雕还没说完，羿之斯已经变了颜色。羿令符全身发抖，痛叫一声，一口血吐了出来。

蛊雕突然出手了，在羿之斯的惊呼声中，他的前爪和羿令符的头顶已经相距不过数尺。

鲜血激喷。

羿令符被突然挡在前面的银环撞退了十步。他茫然地抱着软在手中的巨蛇，仿佛还没有反应过来发生了什么事情。血越流越多，蛇越缩越小，慢慢地只剩下拳头粗、丈来长。

蛊雕漠然地看着这出好戏，它并不着急，因为它已经完全有把握控制住场面，也完全有把握得到自己觊觎已久的有穷之海。在这瞬间数变中，连羿之斯和有莘不破一时也不知如何是好。江离轻轻叹息一声，一扬手，一朵蓝花随风飘出，落在银环的七寸上，一沾鲜血，一朵变两朵，两朵变四朵，伤口被蓝花迅速覆盖，血也慢慢止住了。羿令符回过神来，满脸的胡须不住抽动，眼泪沾到胡须上，冲刷着污垢和烂泥。

“我死了吗？”银环慢慢睁开双眼，然后她看见了那双眼睛。这双眼睛很悲痛，但那种自暴自弃的色彩却也被这悲痛冲淡了。她突然很高兴，尽管那种虚脱的感觉不断袭来，她知道，她的元神就要丧灭了，这是比身体丧灭更可怕的事情。但她仍然很高兴。望着这双眼睛，她挣扎着蠕动自己已经不听使唤的舌头。

“我很后悔，真的，我当时不知道自己在干什么，真的。但当我从有穷之海里面爬出来的时候，我知道自己错得厉害。

“但我更后悔的是在钦原界线前向你求饶。

“你当时没有射杀我，却射杀了你自己。那没有射出来的一箭，把你的自尊、自爱、自信全部毁灭了。当我看见你之后自暴自弃的样子，我知道我错了。我开始后悔，当初为什么向你求饶？我本是妖，你本是人。我害死你的至亲至爱，你杀我是天经地义。对你们人类来说，不正是这样吗？

“如果你杀了我，你就能像一个男人一样重新站起来，不用自责，不用愧疚，如果你杀了我，就算杀了我以后再杀死自己，你也不会像这段日子这样，像逃避影子一样逃避我——不！你逃避的不是我，你逃避的是你自己。我知道的。

“我不愿意看到你那样子，看到你像一摊烂泥一样，呆在仇恨的阴影中，想爱我又不能，想杀我又不忍。我不想看见你这样子，这不是我喜欢的男人，这不是改变了我整个身心的男人。我思念以前的那个羿令符，我思念以前那个痛快淋漓的男人，我要你恢复以前的神采，我想得要命，哪怕让你杀了我！

“我开始诉说我们之间的仇恨，我要让你恨我，让你杀我，可你为什么不动手！

“我开始骂你，打你，侮辱你，我希望你动手。只要你肯动手，你一定能够找到昔日的力量和精神，可你为什么不动手！

“我把你带到寿华城，那里有无数卑贱的男人，我故意在你面前和他们调情。我希望你妒忌，你妒忌了；我希望你愤怒，你愤怒了；我希望你拔出你的箭，张开你的弓，可是，你为什么不动手！

“今天，你终于动手了，一动手就伤了无敌的蛊雕。哈！这才是我的男人！

“我的时间已经不多了。死亡后的世界到底是什么样子，我不知道，也许并没有那个世界的存在。我要走了。你在这个世界会继续孤独吗？唉，那不是我能知道的事情了。

“不过，今天，现在，我很高兴……”

这些话羿令符听得到吗？听得懂吗？银环连这一点也不知道了。她已经走了。尽管蛇的躯体内心脏还在跳动，但银环却已经死亡了。若干年后，如果蛇能够再一次修炼成妖精的话，那也不再是银环，而只是存在于巨蛇同一个躯壳内的两段完全不相干的记忆罢了。

羿令符呆呆地抱着微微蠕动的蛇，没有人知道在那一刻间他的心里发生了多少次翻天覆地的变化。风声响起，他本能地往后一跃，避过了蛊雕不耐烦的一扫。

羿令符抬头，回过神来，看见了蛊雕的冷笑，他右脚一点，突然向后滑出了二十丈，尽管抱着一条不能动弹的长蛇，但他的身法依然轻盈翔动。如果银环能看到他这一滑的神采，一定会很高兴。

蛊雕冷笑着，一步步向羿令符逼去，它并不着急。

羿令符环顾四周，在这个空荡荡的所在中，他看到一个衣冠狼狈却挺直如同寒柏的少年，一个怯生生却令人一见忘俗的少年以及远处一张扁平的肉饼。接着，他看到了无力地坐在地上的父亲。他的神色坚毅起来，放弃了逃跑的打算，因为这个地方有一个他需要全力保护的亲人。

羿令符向后一滑，又退了二十丈，转身把长蛇轻轻放下，回过头来，张开了落月弓。

蛊雕对这个射瞎自己的男人不敢大意。也许右眼的伤让它太过小心了，因为这的的确确是不死不坏身练成以后的第一次创伤。但当它看见这个男人似模似样地张开了弓却忘了搭箭时，仍忍不住狂笑起来。这男人一定是被自己打击得疯掉了，傻掉了，一定是这样的。蛊雕是一头暴力型怪兽，但若能用非暴力的手段打击对手，却能让它拥有强烈的满足感。就算是很厉害的强者，也常常会有一些很幼稚的习惯。

在狂笑中，它看见这个男人做了一件更加可笑的事情。

羿令符闭上了自己的眼睛。

羿之斯心中一动，手中落日弓一弹，在一声“寒雾之曲”的轻响中，一片轻雾蒙住了有莘不破和江离的视线，同时自己也闭上了眼睛。

这片雾帘很薄，因为羿之斯的功力已经大幅度削弱了；但却来得很快，有莘不破和江离只觉眼前一片迷蒙，接着一种难以想象的强光突然闪现，穿透薄雾，刺得两人眼睛如受刀剜，在太强烈的光明中，两人什么也看不见了。他们吓了一跳，想惊呼，声音却被另一声惊天动地的惨叫淹没了。惨叫的，竟然是蛊雕!

不知过了多久，两人渐渐恢复了视力，眼前的迷雾已经消散，狂叫乱舞的蛊雕如同疯了一般，无目标地攻击着周围的空气。

“它瞎了。”有莘不破和江离对望了一眼，同时想到，如果不是刚才那一层轻雾，也许自己也会像蛊雕一样吧。

“呜——”蛊雕恐怖地吼叫着，它的怪力卷起的狂风刮得连身在远处的江离也如受刀割。但和蛊雕近在咫尺的羿令符仍默默地站在那里，稳得就像是铸死在地面的铜柱，动也不动地守在银环蛇的前面，有好几次蛊雕的利爪几乎和他擦面而过。

“如果蛊雕能看得见，他只怕已经死了一千次了。”江离想。

突然，有莘不破向羿之斯奔去。江离早已猜中他的心思，手指一弹，叫道：“接住，无论如何别松手！”有莘不破并没有停住脚步，只是顺手接在掌心，却是一颗种子。他也不多问，江离让他做的事情，他总觉得是理所当然，没有多问的必要。何况他现在也没时间多问了。

“快！”有莘不破来到羿之斯身旁，“用你那招‘大手大弓’，把我射过去！”

“什么？”

“你看它嘴巴张得多大，把我射进它嘴里，我去撕烂它的肠子！”

羿之斯一愣，终于明白有莘不破的想法了。

“快！趁它还没定下来。”有莘不破催促道。

“让他去吧。”江离说。这少年的话，连羿之斯都对之有一种信任感。他毕竟是当世之雄，决断明快，知道时机稍纵即逝，于是不再多说，落日弓一晃，幻变成一把巨弓，两臂肌肉坟起，成为两只巨臂，左手持弓，右手抓起有莘不破并在一起的双脚，用“巨灵诀”把这个年轻人射了出去。

有穷大箭手，当真名不虚传。这一箭正好捕捉住依然处在疯癫状态中的蛊雕狂呼的一瞬，有莘不破才觉被风刺得两耳剧痛，便已一头撞在蛊雕的上颚。他知道只要给蛊雕牙齿咬中，那就万事皆休，头一碰“壁”，马上往蛊雕喉咙里钻，蛊雕是吃惯人的，但这次眼睛初盲，舌头还来不及搅动，某块自己送上门的“食物”便通喉而下。它想也没想，咕噜一声咽进了肚子。

有莘不破进了蛊雕的食道，还没来得及展开拳脚，四周一股又黏又酸的黏液早把自己裹住，挣不脱，踢不断，片刻，便觉连力气也被这黏液吸光了。如果不是一身的护体真气，刚到咽喉怕就得被腐蚀得体无完肤，但饶是如此，觉得身体也渐渐软了下来。不但身体，连头脑也越来越模糊。这种濒死的情况，他经历过一次：在大荒原，他曾有过这样的体验。那时候有羿之斯救他，现在呢？有谁能来救他，有谁会来救他？

他突然又想起了很多人，很多事：祖父，祖父的训斥；祖母，祖母在他睡觉前讲有莘氏的故事；阿衡师父，偷吃阿衡师父煮的清汤……他突然想起了江离，想起救了他反而被他责骂，想起和他打赌却输了，想起他召唤来怪兽强迫自己洗澡。呵呵，如果我能出去，他肯定又要给自己里里外外地再洗个干净，突然，他想起了那天晚上两个人真气浑然一体的那种体验。

他的力量本来已经消散得干干净净，仅剩下一点自幼修成的护身真气苦苦支撑，这时足太阳膀胱经和足少阴肾经却无端端涌出两股相逆相反的真气，循经脉而上直透丹田，在丹田中龙虎交会以后，又分为阴阳两道，分别顺着手太阴肺经和手少阳三焦经，汇聚到有莘不破一直紧紧握住的掌心之中。

蛊雕渐渐冷静下来，羿令符抱着银环蛇默默发呆。羿之斯暗暗着急，看江离时，只见他双眼紧闭，两手虚抱成圆，两只手的掌心闪动着若有若无的光华。

“难道他在隔空传功！这、这……以他的功力，怎么可能做到？”

江离深情无限地睁开眼睛，悠然唱道：“桃之夭夭……”

蛊雕终于静了下来，倾听着这个虚空世界的呼吸声。“哼哼！”它残酷地笑了，因为它已经察觉到人类的气息。它在狂喜与狂怒的交集中向羿令符的方向迈去，但刚刚跨出一步就顿住了。不对！这气息的数量不对。这个空间之内，有六个生命。就算那条蛇还没死掉，也应该只剩下四个。自己刚才明明已经吞掉了一个，怎么反而多出了两个？

就在蛊雕预感到一种不祥的时候，它的肚子突然感到一阵悸动。它明显地感到：有第七个生命诞生了，而且正在迅速地壮大。在一瞬间它忽然清楚了：七个生命——两个在自己体内，五个在自己体外。就在它明白怎么回事的时候，一阵撕心裂肺的剧痛打断了它的思考，无数锋锐的事物在它体内翻搅着，刺破它的肠，刺穿它的胃，但仍然无法穿透它的肌肉和皮肤，那胡乱寻找出口的痛楚突然向上下两个方向蔓延，就在蛊雕刚刚产生大恐怖的时候，一阵穿透脑腔的剧痛让它连恐怖的感觉也失去了。刀枪剑戟般的树枝从蛊雕的眼耳口鼻中生长出来，一弹指间枝开叶茂，再一弹指繁花似锦，红艳艳的桃花把这个空荡荡的幻境点缀得诡异而华丽。

羿之斯和羿令符看得目驰神炫，既叹息这杀戮的华美，又惊于这杀戮的残酷。

在桃花拥簇中，一个桃子迅速成长，开始只是拳头大小，十弹指间长成五六尺方圆。这颗变态的桃子长到枝叶承载不住时啵的一声裂开，一个男人赤条条地跳了出来，远远指着江离道：“这次无论如何，你休想再逼我连洗七次澡！”

可怕的杀戮场

寿华城，大风堡，烛阴阁。有穷之海就安放在这里。

坍塌得七倒八歪的墙壁下，是无数的碎末——墙壁的碎末、家具的碎末还有尸体的碎末。

有莘不破穿着江离临时用叶子裁剪而成的简单外套，从有穷之海中跳了出来。他的体力已被蛊雕的胃液腐蚀得几乎虚脱，但从有穷之海出来的时候，看起来仍然是一副精力过剩的模样。

札罗饶有兴趣地看着有莘不破，眼光锐利得仿佛要刺透这个少年的五脏六腑。有莘不破也看着札罗，却不是因为兴趣，而仅仅因为整个烛阴阁只剩下他一个人。

“蛊雕呢？”

“死了。”

札罗有些吃惊，却没问什么。江离、羿之斯、有莘不破、靖歆，这几个人加在一起，发生什么事情都不奇怪。说话间，江离也出来了，为了催生“桃之夭夭”这棵食妖树，他也早已耗尽了真气，但他的眼神依然清澈，从有穷之海中飘出来的时候依然和平时一样，一副弱不禁风的样子。这两个人的底细，札罗一直都没有看透。

当江离看到满目疮痍的烛阴阁，不由心中叹息——蛊雕只出来那么一会儿，竟然把这里破坏成这个样子。

“他们人呢？”有莘不破问道。刚刚进去的时候，这里聚集了寿华城所有的贵宾，葛阒也在这里压场，但现在却只剩下札罗一个。

“死的死了，逃的逃了。”

“你居然还守在这里，真难得啊。”

“因为我要拿回我的东西。”

“什么？”

“有穷之海。”

“真是人为财死，鸟为食亡。难道你不怕出来的是蛊雕？”

“就算它出来，我也有办法应付。”

“应付？我看是有办法逃走吧。那也是，你的两条腿，再加上窫窳的四条腿，用那爆发力来逃跑，只怕连蛊雕也追不上。”

札罗的脸色突然变得有点难看，但有莘不破依然笑嘻嘻的，他仿佛已经忘记，这时候札罗只要一伸手就能要了他的命！

羿之斯父子出来的时候，刚好听到他们的对话。尽管大战之后四人在有穷之海中调元神，运元气，折腾了整整一天才出来。但羿之斯也仅仅是能够站起来，三个年轻人的情况好一些，但也好不到哪儿去。看到羿之斯重伤，札罗的眼神有了一种微妙的变化。

“我们出去吧。”有莘不破说，却被札罗拦住了——他伸出了手，“先交出东西。”

有莘不破嘲弄道：“窫窳寨主什么时候变得这样小家子气了？难道你害怕羿台侯赖了你不成！”

札罗微微一笑，也不说话，但仍然挡在门口，眼睛看着羿之斯。

“行，我给你。”羿之斯向有穷之海一指，喝道，“封！”但大喝过后，有穷之海仍然浮现着幻化的光芒，有穷幻境的通道并未关上，一时间不由有些尴尬，不知道出了什么差错。

“难道……”有莘不破想说，“难道因为你功力尽失，连这‘门’也关不上了。”但终于忍住没有出口。江离马上接口道：“难道我们还落下什么东西？”

话音未落，一声得意的长笑从有穷之海中传出来，笑得众人背后直冒冷汗。笑声中，一张扁平的人皮浮了出来，在有穷之海上空渐渐涨大，就像一个被慢慢吹大的气球，逐渐丰饱起来。

有莘不破失声叫道：“靖歆！”

羿之斯叹息道：“我就说，你怎么会死得那么容易？影若有质，身若无形，嘿！好影魅！好功夫！”

靖歆微笑着，隐隐有出世之姿，但有莘不破一想起他在其他人并肩作战的时候装死避祸、不顾别人死活的行径，就想冲上去揍他两拳——如果他还有力气的话。

有穷之海的光芒渐渐消散，通往那个空间的大门已经完全关闭。札罗把这件至宝拿在手中，却发现它变成了死灰色，就像一只不值一文的破碗，全然没有第一次到手时的那种饱含神秘感的光泽。他举了起来，问羿之斯：“怎么回事？”

羿之斯漠然道：“我答应三天之内不追讨此物，但与之相关的秘密，似乎没有告诉你的必要。”

札罗思索了片刻，不再说话，大踏步走了出去。他走得很快，跟在他后面的有莘不破刚刚跨出烛阴阁，札罗的影子早已消失在拐弯处。

“寨主干吗走得这么急，送女儿上花轿吗？啊！这！这！你们快出来。原来如此！原来如此！怪不得他那么着急！”听到有莘不破在门外大嚷大叫，阁中所有人都抢了出去。

大风堡，竟然已变成了一座死城。

尸体，尸体，尸体。

整个大风堡似乎连一点儿生命的气息也闻不到了，甚至连血也早已凝固。

在所有的尸体中，葛阒的尸体最为显眼。虽然死了，却仍然如同临阵的将军一样笔直地屹立着，脸色狰狞而愤怒，但是他的胸腹之间却穿了一个将近一尺的大洞。

倒在他旁边的，有手无寸铁的平民，有重甲在身的侍卫，有奇装异服的宾客，还有有穷的子弟兵！羿之斯脸色大变，冲了过去，一个踉跄，竟跌在尸体的旁边。羿令符把大蛇珍而重之地交托给有莘不破，也冲了过去，扶起了父亲。“快！看看他怎么样？”

靖歆见羿之斯跌倒，羿令符也脚步虚浮，心下打着小算盘，偷偷向有莘不破和江离望过去。有莘不破接过仍然处于晕死状态的大蛇以后，正兴致勃勃地玩弄着，对满地的死尸视若无睹，幸好羿令符没有看到他这个样子，否则定要叹息所托非人；江离面对这座城池最终没有避免的死亡，却是一副无限神伤的模样。

“那莽小子不足为虑，但这白脸小子虽然有点娘娘腔，却实在深不可测！”

“是莫其。”羿令符说。

若无其事的有莘不破听到“莫其”的名字，才抬起头来。他在有穷作客，就住在莫家三兄弟守卫的客车“松抱”上，他们对他着实不错。

羿之斯抽搐道：“再找找，只怕，只怕他两个哥哥也……”

羿令符吃力地掀开周围的尸体，果然，莫罗和莫音也死在附近。这三兄弟同一天来到这个世界，又同一天离开了。

“好兄弟！好兄弟！”有莘不破喃喃说着，突然不知哪来的力气，冲过去揪住靖歆道，“看见没有？这才是同生共死的好榜样。看看！你这临阵缩脚的牛鼻子！”其实莫家三兄弟的死和靖歆也没什么关系，但有莘不破突然看见一个几天前还在把酒言欢的熟人死了，一时间心里说不出的郁闷，也不想想自己的处境，随便揪住靖歆就要出气。

靖歆挣脱了有莘不破的手，头也不回地走向堡外：“不是死人就是疯子，不是人待的地方。”

“没想到这样又被你吓跑了一个。”江离想笑，但看着满地的死人却笑不出口。

羿之斯和羿令符突然同时叫了出来："糟了！令平！"

羿令平没有死。有穷商队的大部分人都没有死。大风堡的东北附堡，满满地挤了人。除了有穷商队幸存下来的人马，还有部分和有穷声气相通的人。金织和老不死也在其中。

看到羿之斯，所有人都欢呼起来。

"台侯，是台侯！"

"我们有救了！"

"你们进有穷之海以后，二十几个贵宾分为两批：一批在外抵抗怪兽，另外一批守在烛阴阁。葛城主、札罗都在阁中，我也在。

"我们盯着有穷之海，个个焦躁不安，只有葛城主镇定如恒，札罗脸色惨白，闭着眼睛，仿佛连睁眼的力气也没有。也不知道过了多久，他突然道：'如果有穷之海这时候坏了，会怎么样？'他问这句话的时候，好几个人都显出很有兴趣的样子。当时我没有多想，顺口回答说：'听家父讲，有穷之海如果在开启之后被破坏，残存的力量会把里面所有的东西全吐出来。'札罗听了这句话以后就不再开口。但当我看见周围许多人露出很失望的神情时，背脊不由得一凉——我突然全明白了：这些人竟然希望能够就此封住有穷之海，让蛊雕和进去为他们拼命的人同归于尽！

"当时我气得说不出话来，但就在这时候，外头形势突变。

"本来，无法攻进大风堡的怪兽已经被歼灭了许多，由于寿华城的外城也有一些地方没有受到流火的波及，怪兽们开始向这些地方聚拢，到后来完全丧失了进攻内城的斗志，转向和同类抢夺这些地方，我们当然乐得坐山观虎斗。到了昨日半夜，算来你们已经进去整整一天了，天空中再没有落下流火，虽然到处都还飘散着一股股焦臭的味道，瞭望手登高远望，许多原本光秃秃无物可烧的地面也不再像先前一样一片赤红。残存的怪兽们开始向城外退却。

“我们都舒了一口气，不久，外面响起了震天的欢呼声，原来不知谁对平民们泄漏了胜利的机密。我们当时并未感到有什么不对的地方，葛城主看起来却有些不满。不久平民们一级一级地反映上来，要求出堡，恢复平常的秩序。葛城主拒绝了。当时他们都还不知道，这座城池最大的心腹之患还没有除掉。

“就在这时，蛊雕冲出来了，尽管早有准备，我们仍不免大吃一惊。原先准备的陷阱、刀网等布设统统没用，烛阴阁虽然很宽大，但这畜生一出现就显得十分局促。近身接触，比远远望去更可怕！它一出手就杀了座中三四个高手，突然向我冲来，我向它射了一箭，但完全伤不了它，当它的怪爪带动的劲风扑面而来的时候，我以为我一定完了。”

说到这里，羿令平歇了口气。他们已从附堡中转移到了大堂，苍长老率人侦察外城，昊长老率人侦察内城，旻长老率人清理尸体、扑灭火苗，上长老安抚残存的平民。幸好天劫以后一场大雨，把渐渐成势的几处大火扑灭，尽管如此，大风堡也早已被烧得残破不堪。几个首领人物聚集在无争厅，羿之斯先对儿子略略说了有穷之海里面发生的事情后，便追问他自己进去以后外边发生的事情。

“就在我绝望的时候，突然被人硬生生地往后拉退了三尺。我一回头，救我的居然是一个女人。我认出她是外城的一个、一个风尘女子，心中更加惊疑，她怎么会有这么大的本事？对了，她后来怎么样了？”

对于银环的事情，羿之斯只是略略带过，这个女妖杀害了他的妻子、媳妇和未出世的孙子，但却曾救过他两个儿子。连他自己也不知道应该怎样面对和评价她。羿令符抚摸着怀中的大蛇，心中隐隐作痛，也不知怎样回答弟弟的问题。

江离见状，道：“她的元神已经被蛊雕打散了。或许若干年后，能够再次修成智慧也未可知。”

羿令平并没有注意到羿令符全身一震，默哀了一会，继续道：“我们还没逃出烛阴阁，又被它一爪一个抓住了。它仿佛并不急于杀我们，而是要慢慢把我们捏死。它发出很奇怪的笑声，好像我们越痛苦它就越开心。我只感到全身骨头叽叽作响，就在痛得几乎要晕过去的时候，它的手突然松了，大声鬼叫，我心有余悸地望上去，只见这畜生双手捂着脸，爪掌指缝鲜血淋漓。当时我并不知道是哥哥的那一箭射伤了它，当时谁也不知道那一箭从哪里射过来，有人还以为是爹爹从有穷之海中赶出来了，不断喊着爹爹的名字。

“突然，一股很强的气把整个烛阴阁的人压得几乎无法呼吸。我忽然想起，那是爹爹说过的‘五丁开山’功夫，葛城主终于出手了。

“蛊雕还没有从丧目的痛楚中恢复过来，但葛城主的那一下重手仍然没法伤得了它，只是把它逼进了有穷之海。施展了这一招以后，葛城主就像突然老了十几岁，任谁都看得出他元气大伤。没过多久，一条长长的尾巴从有穷之海中飞出来，在墙角一卷，把哥哥卷进去了——那时候我还没认出是哥哥，以为只是贵宾中的一个。然后，那个女子也跳了进去。

“我们以为蛊雕很快就会再次跳出来，但偏偏等了很久也没有消息，大家都想知道里面发生了什么事情，却没有一个人有胆量跳进去，反而有好几个偷偷地往外溜。连札罗也不见了。

“就在这个时候，哈管带闯了进来，浑身带血，高呼说：‘城主！不好！贱民们造反了，我镇不住他们了。’后来我听在外面的人说，原来不知从什么时候开始，有一些很煽人的流言传了开来，说葛城主临危自保，不顾城中居民的死活。后来越传越盛，平民们也越来越愤怒，开始有人起来闹事，接着开始有卫兵反戈，事情越闹越大，终于演变成无法收拾的局面。阁中剩下的贵宾纷纷叫嚷着要出去帮城主镇压平民的反抗。其实他们大多是想找一个逃跑的台阶下，留在这里，万一蛊雕再出来，那是九死一生！到了外面，以他们的功夫在平民暴乱中自保却绰绰有余。只是他们也没有想到外面的形势远比想象中险恶。

“葛城主掂量了好久，才决定先顾外边的暴乱，再理阁中的大患。我怕商队在外边群龙无首，也跟了出去。

“外面早已乱成一团。倒戈的卫兵混在暴乱的平民中，根本分不清敌我。‘全都给我住手！’葛城主威风凛凛地这么一喝，果然镇住了不少人，但大多数人在互相厮杀中，根本就停不下来。葛城主冲入人群，似乎正想做什么，却突然停住了身形——在他身前出现了一头人面兽身的怪物。我们认出了，那是札罗和窫窳的合体！他说还要三天才能元气尽复，原来都是假的。这才过了不到一天，它那气势，完全不下于在城下和蛊雕对抗的时候。

“葛城主也大吃了一惊，但很快镇定下来，立定了势。‘城主，小心，他，他……’哈管带仿佛要说什么，踉踉跄跄地走到葛城主背后，突然出手扣住了葛城主的双肩，招数凌厉迅疾，完全不像受了重伤。

“葛城主吃了一惊，一挣没有挣脱，札罗的一只生角的触手直刺过来，贯穿了他的身体，连站在葛城主背后的哈管带也一并杀死了！我当时站在旁边，亲眼看到哈管带那种难以置信的眼神。他倒下了，倒在他背叛了的人的脚下，而葛城主却死也站得笔直！”

说到这里，羿令平停了下来，闭上了眼睛，仿佛想到了一些极力想掩抑的事情。羿之斯和葛阒相交多年，想到这一方之雄就这样死于一个叛徒的反肘，不由想起了有穷之海的被盗，想起至今没有找出来的内奸，一种兔死狐悲的欷歔油然而发。

“后来怎样？”有莘不破追问。

“葛城主死了以后，场面更加不可控制。窫窳寨的强盗们冲进来见人就杀，见东西就抢，抢不了的东西就放火烧。本来城中卫兵和平民的人数比他们多得多，但大家一来各自为战，二来卫兵和平民本身就在互相残杀，所以根本没法抵挡这些如狼似虎的强盗。窫窳寨那个叫卫皓的嚷嚷道：‘大家不要急！听寨主安排，整座寿华城都是我们的，我们会成为这座城池的新主人’根本没有人听他的。所有强盗都杀红了眼，抢红了眼，烧红了眼。卫兵们但求自保，贫民们互相践踏。

“我见场面混乱，率领有穷的兄弟们全部撤入附堡，总算保住了元气，但是，一些弟兄还是死在混战中，而且我们的货物……”

有穷的货物早已被洗劫一空，连铜车也大部分遭到了破坏。

羿之斯安慰说：“你已做得很好了，只要人还活着，车队迟早可以重建，货物也迟早可以赚回来。”

之后，羿令平就一直固守附堡，只放进了一些平民和相熟的旅客。

窫窳寨盗众曾经几次试图攻入，却被负隅而斗的有穷勇士连番击退。

江离沉吟道："难道除了躲进附堡的人，其他的全部死光了？"

羿之斯道："那倒未必，多半是逃散了。唉，没想到寿华城七十年基业，竟然落得如此下场。"

有莘不破道："我们出来的时候，窫窳群盗应该早就撤走了，只有札罗惦记着有穷之海，独个儿留了下来。否则这么一大群人，不可能一下子就走得光光的。再说，如果蛊雕不死，他一个人要逃脱机会也大得多，若连他的强盗子孙们也带在身边，可以说谁也逃不了。"他转头问羿令平："你可知道他们走了多久？"

羿令平脸一红，说："后来我们虽觉得外面静了下来，但只怕是札罗的诱敌之计，因此固守附堡，静观其变。过了好久，正想派几个勇士出来打探，你们就找到了。"

羿之斯道："人心一散，繁华的城市也会成为一座破落的废墟，强盗就是强盗。他们能够毁掉这座城池，却当不了它的新主人。"

原来阴谋在床上

破落的寿华城，宁静的夜。月光再次清朗，风中虽还飘散着焦臭，但已经没有那种诡异的气息。

金织回到东城的家，这一带的房屋没有遭到天劫流火的蹂躏，也没有被窫窳寨的盗火波及，但显然有怪兽光临过，从屋顶、墙壁到地面，到处有大大小小的洞坑，而那扇木板门居然还在。

金织惊喜地关上门，上了闩，前前后后、左左右右、翻箱倒柜地乱找，在确定没有其他人之后，才迫不及待地掀开床板，搬出两床铺盖，扯出十几套旧衣服，露出一个黑黝黝的陶瓮，伸手进去，小心翼翼地拖出一个破旧匣子。她又四处望了望，这才打开匣子，数了数里面那些不贵不贱的首饰。这个老资格的妓女给自己准备的嫁妆、她下半辈子的美梦居然经过这么大一场动乱后还完好无缺！金织抱紧匣子，感谢上苍对她的眷顾。

"阿三一定等得很着急了。"她想着，把匣子紧紧藏在胸口，便要下床出门，突然隔壁传来一阵异样的响动，吓得她不敢动弹，下意识地摸了摸藏在胸口的宝贝。

"为什么有穷之海会在札罗手中？"金织不敢出声，缩在床角。那是一个年轻男子怒气冲冲的声音。

"嘘！小声些。"是石雁。金织松了一口气。既然是石雁和她的客人，那就没什么了不起的，也不关自己的事情。她突然见到墙壁上一个小洞，似乎是犰狳（qiú yú）[①]之类的怪兽留下的痕迹。有时候人的好奇心真的很要命。

"小声什么？这附近的人全都死光了。快说！为什么有穷之海会在札罗手中？"那个男人和他的声音一般英气勃勃的，比阿三俊多了。金织好像见过这张脸，一时却没什么印象。反正寿华城来来去去这么多人，多半是某个商队随行的公子哥。

"来，过来，我看看。嗯，还好，你要是受了伤，我非心疼死不可。"年轻男子很不耐烦石雁顾左右而言他，但在脸庞被她柔弱无骨的手抚摸下，脸上的怒气似乎也减了几分。

"他抢了你的？对不对？"

石雁笑了，她一笑，金织就知道这年轻人要糟糕。果然，年轻人的眼中慢慢露出痴迷的光。"你为什么这么说？"石雁问，慢慢挨在年轻人的怀里。

"他是个强盗，趁乱打劫是看家本事。这几天又这么乱，你丢了东西也不奇怪。可是你知道，有穷之海对我们商队、对我们羿家都太重要了！要不是你说，不看一看这天下至宝，死也不瞑目，我，我怎么

---

① 犰狳：《山海经》中十分神奇的怪兽，就是现在的美洲铠鼠。它的形体像只披着盔甲的大老鼠，见人就缩成一团。据《山海经·东山经》记载："有兽焉，其状如菟（兔）而鸟喙，鸱（chī）目蛇尾，见人则眠，名曰犰狳，其鸣自訆（jiào），见则螽（zhōng）蝗为败。"

会……”

有穷……商队……难道他是有穷商队的人？金织寻思着，慢慢在头脑中捕捉到一个脸孔：天！难道是他？她再仔细看去，没错！尽管当时只是远远望了一眼，但是羿令平没错。有穷商队的二公子，居然和石雁勾搭上了！她突然感到害怕。虽然有穷之海是什么她完全不懂，但这两个人很明显正在谈论一些秘事，如果自己被发现，光是为了掩盖两人关系这秘密，就足够给自己带来杀身之祸。金织突然感到一阵哆嗦。

“你为什么要为我开脱？”石雁幽幽地说。

“你说什么？”

“其实你知道的，你应该猜得出来。虽然是某个男人指名要我，但特许我进内城的却是哈驼子！而哈驼子是札罗的人——这两层关系，你应该都是知道的。”

金织还有些听不懂，羿令平却脸上变色，重复道：“你说什么？”

“我是说……”石雁抬起头，逼视着羿令平，“东西是我交给札罗的，亲自交给他的，自愿交给他的。”

羿令平怪叫一声，推开了她。金织也在奇怪，为什么石雁不顺着羿令平的话头否认掉？为什么要直承其事？

“为什么？你为什么要这么做？”

“你还记得我很详细地追问你关于你们在大荒原上行走的细节吗？”石雁不回答，反而又问了一句。

“为什么？”

“因为有了这些细节，札罗就有可能推测到你们出来的路线，就有可能在大荒原交界处埋伏……”

“你为什么要这么做？！”

“因为我要报复你的父亲！”石雁突然嘶声叫道，“他抛弃了我，没有任何理由地抛弃了我！为什么？我并不要求很多东西，我甚至连名分都不要。我只要他能够带我离开这里，到有穷去！我不奢望他每天都来陪我！但是我希望自己有个可以回去的地方，有个可以盼着的男人。

可是他偏偏把我留在这个见鬼的地方。在他走的第一年，我保着自己的身子——已被他、你的父亲破了的身子，不让一个男人碰我。我在等他，等着他带我走。可是第二年他来的时候，连看都不看我一眼。”石雁的神情由痴情而哀伤，由哀伤而绝望，完全沉浸在自己的叙述中。

“自从那个照面，自从那个他对我看也不看的瞬间开始，我知道我这辈子完了。那天晚上，我就像一堆垃圾一样，被葛阓的下人扫地出门。”石雁露出呆板的笑容，“从那天晚上开始，就有一个又一个的男人爬上我的床。我已经没有什么可以守的了。但是我永远也忘不了，忘不了第一次跨在我身上的那个男人。那个叫羿之斯的男人，也就是你的……”她望着羿令平，狂笑道：“你的父亲，生你出来的那个英雄！”

“不要说了，你不要说了！”羿令平痛苦地吼了起来。

“为什么不说？你不喜欢可以把耳朵捂起来啊！你可以逃跑，可以杀了我！你为什么不？因为你喜欢听，是不是？”石雁的声音就像薰草[①]燃烧所散发的香气，但羿令平却已将痛苦得无法站直。

“所以，”她的语速慢了下来，“我要毁了他，让他一无所有！我要让他知道：背弃我是他这辈子做过的最错误的事情。我要回去！回到内城，只有在那里，我才能找到有力量的贱男人！你知道我为了有资格回去，花了多少时间？受了多少苦？但是只要能达到目的，这些都是值得的。我不能像隔壁那个老妓女一样，烂死在这里！”

金织突然抖了抖，不是因为石雁的辱骂让她生气，而是因为石雁的仇恨让她害怕。羿令平坐倒在地上，脸上已经没有半点英气，只有因痛苦而扭曲的肌肉。

石雁完全融入回忆之中，仿佛自己所叙述的场面正一一出现在面前：“里面那些男人惊呆了，当他们看到我再一次出现在内城的时候。看到他们的嘴脸，我知道他们和外城那些进门就抹裤子上床的痞子没什么两样。除了那个一直还在假正经的羿之斯。可是，这些臭男人连一个

① 薰草：《山海经》中的香草。据《山海经·西山经》记载：“有草焉，名曰薰草，麻叶而方茎，赤华而黑实，臭如蘼芜，佩之可以已疠。”

有用的都没有，看到他们提起羿之斯就又敬又怕的样子，我连对他们使心机都懒得使了。一个个都是没用的软脚猫……直到我遇到了你。那时候，你可真年轻，年轻得什么都不懂……”

她向羿令平走去，俯身从背后抱住了他颤抖着的身体。她的声音突然变得轻柔：“我从来没有见过这么年轻、这么强健的男孩，更重要的是，这个男孩是他的儿子……”

感到石雁的手慢慢伸进自己的衣服，抚摸着自己的胸膛，羿令平颤得更加厉害：“不要，求求你，不要……”他一挥手就可以打破这个女人的头颅，一叉手就能扭断这个女人的脖子，但当此情此景，却只有求饶的份。

石雁轻轻地吹着羿令平的脖子：“还记得你从男孩变成男人的那个晚上吗？”

悉悉索索的声音在隔壁响起，金织听得连脸都红了。她自己觉得最过分的一次，是同时接待了一对兄弟。那天她恶心了足足三天，但之后对这种事情也就习惯了。然而隔壁的声音仍然让她受不了。

石雁在羿令平身下，一边呻吟，一边絮絮叨叨地说着她和羿之斯交欢时的事情。羿令平一边大动，一边哭泣，一边狂吼，声音极度痛苦而又极度享受。

“因为你喜欢听……”金织想起了石雁的这句话，突然想作呕：“难道羿令平早就知道石雁和他父亲的关系？难道他们以前做这种事情的时候都像现在这样？”她突然想逃得远远的，不再听这些令人反胃的鬼话！但是她不敢走，怕一走动就被发现。她知道，在这种情况下被发现，自己连一线生机都不会有。

“台侯要在无争厅静养，这没什么，可是为什么不让我们帮他护法？”有莘不破捧着脑袋，坐在废墟上看废墟。这个夜里，这个地方，静得就像只有他和江离两个人，这种感觉很不错。

“你还记得台侯提过的九天神珠这东西吗？”

“没什么印象。”

“就在他和札罗交接有穷之海的时候。”

“哦，好像有，对了，似乎是一件能够让有穷之海恢复力量的宝贝。难道这件宝贝也能帮人恢复力量？台侯正在用，所以怕人偷看？”

“不！根本就没有所谓九天神珠这东西。”

“你怎么知道？”

“有穷之海的来历，我比这里任何人都清楚。我不但知道怎么使用，而且知道怎么让它恢复力量——根本就不用什么九天神珠！”

“那……我懂了。”

“哦？”

“这是一个鱼饵。”

“鱼饵？”

“钓内奸的鱼饵，对吧？”

听到这句话，江离笑了。

有莘不破继续说：“台侯要引蛇出洞，所以要遣开所有的人。否则蛇就不敢出来了。不过我还是有点担心。”

“你担心台侯的伤势？”

“嗯。”

“我倒不是很担心。”

“为什么？”

“也许台侯的伤势并没有大家想象的那么严重。”

有莘不破眼睛一亮：“你说他在假装？”

“如果他没有把握制住内奸，大可让我们暗中埋伏。他为什么没这么做？因为他有信心。再说，如果他不受伤，内奸怎么敢再次现身？札罗能用的诡计，台侯为什么不能用？”

有莘不破望着星罗棋布的夜空，原来这安静的夜晚，还是暗藏着心机的。网已经布下，鱼呢？

“今天你很棒！比以前任何一次都棒！”

羿令平脸上掠过一丝红潮，不知是真的兴奋，真的开心，还是在自己欺骗自己。

“我听说，你家还有一颗‘九天神珠’……”

羿令平迟疑道：“我从来都没听过。”

“难道你爹爹连你也瞒着？”

“或许是因为我年纪……年纪还不到知道的时候。”

“但你哥哥却一定知道的，是吗？”

羿令平就像突然被人抽了一鞭。

“我想……”

“不行！”

“我只是想看一眼，真的。有穷之海的事，是因为我想报复，可是现在我想通了，只要能够和你在一起，我什么都不想了。所以，我只是想看一看，真的。我从来没对你说过谎话，对吗？有穷之海的事情，我本来不必承认的，可是对你，我无法说谎。”

“我知道，可是我不能再做对不起家族的事情。”

“家族？谁的家族？那是羿之斯的，以后则是羿令符的。”

“不要说了！”

“好了好了，我们不说这些扫兴的事情。我只是想让你知道，只有咱们在一起的时候，才是我们唯一快乐的时候，你……”

突然一阵急促的敲门声打断了两人的低语，羿令平一瞬间吓得面无血色。

“喂！你还在不在？东西拿了吗？喂，门怎么关了！”

听到是阿三的声音，羿令平舒了一口气。而隔壁的金织却紧张得要死。她不敢去开门，连动都不敢动，她虽然对武功和法术之类的事情很陌生，但也知道阿三绝不是羿令平的对手。如果现在出去，两个人一定一起死在这里。

敲门声越来越响，金织汗流浃背地祈祷着，希望羿令平和阿三都认为自己早已走了。敲门声突然停止了，阿三终究没有闯进来，他的抱怨声越来越远，终于什么都听不见了。隔壁呢？也是一点声音都没有。难道羿令平和石雁也走了？这是金织最盼望的事情，但她却还不敢确定。

过了很久，很久，周围还是那么静。看来，他们都走了。金织鼓起勇气凑到小洞口一瞄，谢天谢地！空荡荡的一个人都没有。她挣扎着想爬起来，腿脚却不听话，原来太久没动，腰部以下全都麻了。

金织捶了好一阵的腿，这才站起来，下了床，床板也不收拾了，径自卸了闩，开了门。门外，站着一个眼神冷得如同冰霜的年轻人。

大蛇醒了。

羿令符拿着江离送给他的奇怪叶子，一片一片地喂它。这条超大的毒蛇盘绕着羿令符，温顺地把头伏在他的膝盖上。尽管江离说它早已失去了智慧和记忆，但对于羿令符，它似乎还有些残留的善意。

“或许若干年后，它会重新拥有智慧。”江离所说的若干年，到底是多久？修炼成以后，她还会记得我吗？这些羿令符都没有问，也不敢问。面对强敌他显得那么坚强，面对感情却显得如此软弱。

不记得也好，至少，银环和自己的恩怨情仇便完全终结在它以死相救的那一扑。何况到银环再次修成智慧的时候，自己多半已经不在这个世界上了。

他轻轻抚摸大蛇的鳞片，头顶突然卷起一阵风，巨大的龙爪秃鹰降了下来，停在自己的左肩上，轻轻地啄弄自己的头发。羿令符知道，它其实是在向自己索取生命之源。龙爪秃鹰是一头幻兽，在这个世界上无法长期独立生存，尽管它能够自己捕食鸟兽补充体力，但仍必须从召唤主身上得到生命之源的力量才能维系自己在这个世界的存在。

“它怎么到这里来了？难道是因为爹爹伤势太重，无法提供生命之源？”羿令符脑中突然闪过一掠不祥的预感。

金织倒在地上，吓得魂飞魄散。羿令平就在她的面前，他背后的石雁轻轻关上了门，走到羿令平背后，轻声道：“杀了她！”

金织叫道：“别！别！我什么也不会说出去的。不！我什么也没有听到！别杀我！别杀我！我，我不想死……石……石妹妹，不，石姐姐，咱们一场姐妹，多年邻居，求求你，求求你……”

石雁看也不看她一眼，又说了一句："快动手。"

羿令平手一探，掐住了金织的咽喉，却又犹豫了一下。他不是没杀过人，却从未杀过一个没有反抗力量的人。

"快！"在石雁的催促声中，羿令平一狠心，脸色狰狞起来，手一紧，金织的脸慢慢由黄变红，由红变紫，眼睛凸，舌头吐，这形状让羿令平没来由地产生一种害怕和厌恶，手一甩，金织向那破床飞去，掉进了她自己造好的藏宝窟。

"走吧。这种时候，多一个死人少一个死人没人会注意的。"

羿令平却仍待在那里。以前杀死怪兽和强盗的时候会给他带来一种荣誉感，但为了灭口而残杀这样一个女人却让他生出一种残酷的罪恶感。他突然感到，自己这双手已经完全被这个卑贱女人的血染污了。

"你怎么了？"

"没，没什么。"

羿令平突然反手拖着石雁，飞一般逃离这个房间。

寿华城最下等的妓女，即将腐烂在自己掘好的洞窟中。她凸起的眼珠仿佛还在留恋着许多东西，尽管她的一生实在没有发生过什么真正快乐、真正激动、真正值得留恋的事情。但她死前不久毕竟还曾有过一个希望，一个平凡而幸福的希望，一个已经永远无法实现的希望。

或许唯有这个希望，才能证明她在这个时空中曾经活过。

后羿后人的悲剧

大风堡无争厅，一丛蕙棠[1]在角落里静静地生长着。

虽然失去了有穷之海，虽然失去了铜车队，虽然失去了大部分货物，但有穷商队并没有完全失去信心。只要羿之斯还在，一切仍然有希

① 蕙棠：《山海经》中的一种香草。据《山海经·西山经》记载："又西三百里，曰中皇之山，其上多黄金，其下多蕙棠。"

望，一切仍然有可能。

羿之斯的呼吸渐渐平缓，似乎完全没有注意到羿令平轻轻走进了无争厅。他的儿子凝视了他一会，似乎想说什么，但终于垂下了头，缓缓地往门口退去。

突然，一闪奇异的色彩晃亮了羿令平的眼睛。羿之斯的头顶，有一团忽明忽灭的光华。“难道这就是爹爹说的九天神珠？”羿令平突然想起了石雁，想起了她的期盼，也想起了她对自己的体贴。他摸了摸怀中的匕首，那是虞夏之际流传下来的宝物，利可断金，功能辟邪。石雁坚持让他带着，贴身收藏。“小心些，我总觉得，今晚会发生一些不好的事情。”这是临别时石雁的叮嘱，回想起她说这句话时那种关怀备至的神色，羿令平就会感到一种莫可名状的温馨和自豪。

“她说只是看一看的。”羿令平犹豫了一会儿，走近前来，看父亲时，五官朝天，额头隐隐呈现青紫之气，知道至少还要两个时辰才能回过神来。他踌躇地伸出手，小心翼翼地抓住了那团光华。突然一切光芒都消失了，无争厅中陡然暗了下来。

“唉——”

父亲这声长长的叹息在羿令平耳中却如同雷轰电鸣。黑暗中他看不到父亲的脸，只觉得那叹息声中饱含着伤心和失望。

“为什么是你？为什么真的是你？”

看着龙爪秃鹰精神奕奕地振翅高飞，羿令符微微有些疲倦。大蛇亲热地凑上来，亲昵着他的脸颊。羿令符信任地对它笑了笑，闭眼睡去。

“你为什么这么做？”羿之斯怒吼着，“札罗到底许了你什么，竟值得你背叛商队、背叛家族、背叛父兄？！”

羿令平紧咬着嘴唇，全身发抖，不知是紧张、是痛苦，还是害怕。

“你毁的不仅是自己的品行，你还把所有亲人的信任、族人的敬爱、朋友的尊重乃至敌人的畏服都一并丢光了！你以后叫我和你哥哥怎么信你？让苍、昊、旻、上四长老怎么服你？让有莘不破和江离怎么看得起你？就连札罗——本应是你敌人的强盗——也根本不会把你当回事！一个可以收买的敌人在他眼里根本就不值一提！你丢掉的不是有穷之海，而是你的前途，你的未来，是你作为一个男人的资格！”

羿令平紧咬着嘴唇，全身剧烈地发抖，不知是紧张、是痛苦，还是害怕。

“天啊！我羿之斯作了什么孽？生下你这不肖子！我有何面目面对有穷？有何面目面对族人？有何面目面对列祖列宗？！”

羿令平紧咬着嘴唇，全身异样地发抖，不知是紧张、是痛苦，还是害怕。

“为什么你不学好？如果你有你哥哥的十分之一，我……”

“够了！”羿令平突然抬起头来，眼睛在黑暗中闪烁着淡绿色的光芒。羿之鹰眼练到一定境界，眼神的光芒会有各种异象，这不奇怪。但羿令平的鹰眼一直都没有练成，这种绿色光芒的波动，却是走火入魔的前兆。但是这光芒在黑暗中却显得那么诡异，羿之斯陡然感到，这个一直以来畏畏缩缩的小儿子，身上正发出一种令自己难以忍受的气势。

羿令平声嘶力竭地大叫道：“我知道我不好，我知道我不肖！我不如哥哥，我从小就不如他！有穷最烈的风马，是他驯服的；荒原最残暴的狸力[①]，是他射杀的；商队最大的危机，是他化解的！族人们把最好的藏酒献给他！武王用最高的荣誉封赏他！箭神将最强的弓箭传授他！就连本来只属于你的幻兽龙爪秃鹰也亲近他！就连商国最温柔最漂亮的女人，爱的也是他。

“他永远都是最好的，最强的，最勇敢的，最潇洒的。他是你最好的儿子，是你最骄傲的儿子！就算他害死了妈妈！就算他害死了那个商国最温柔、最美丽又最爱他的女人！就算他害死了自己还没出世的儿女！他仍然是你最好的儿子，最骄傲的儿子，永远永远的儿子！”

羿令平的声音突然低了下来，但这腔调却令羿之斯更加难受：“我呢？我什么也不是，我从来就什么也不是！我是他的弟弟？他是天上的

---

① 狸力：《山海经》中的猪状怪兽，脚后有突起，声音就像狗叫，它在哪里出现，哪里就会大兴土木。据《山海经·南山经》记载：“其状如豚，有距，其音如狗吠，见则其县多土功。”

日月，永远照耀着别人，被人捧着，爱着，甚至歌唱着！我却永远缩在角落里，连坟墓边的鬼火都不是！人们甚至不会把我遗忘，因为他们从来就没有记得我！我是他弟弟？我和他同样是你的儿子？尽管他失踪了，你仍然悄悄地在为他打造新的车队，可我却仍只是商队中的一介使者——也许永远是一介使者。在他面前，我连他的跟班都不如！我连妒忌他的资格都没有！”

羿令平越说越激动，渐渐涕流满面。羿之斯却听得懵了，呆了，如失神，如落魄。耳边继续传来小儿子痛苦的声音：“既然我不肖，你为什么要把我生下来？我也想像你们一样，做一个勇士，做一个箭豪，做一个英雄！可为什么我做不到？我是一个贱货！一个长不大的鼻涕虫，只懂得每天躲在那个生我出来的女人怀里。我不像他，那个整天和你骑马并驱的男人——那个我管他叫哥哥的男人！那个到了哪里都能造成轰动的男人！可是，这个男人却把这个女人给害死了！我恨他，也恨你！恨所有的天地鬼神！为什么要让我们做兄弟！为什么要让我们做父子！为什么不能让我只是那个女人的儿子？”

虽然羿之斯有鹰眼的异能，但重伤之余早已和常人一般，黑漆漆的夜里，站在对面的儿子他连容貌也看不清。羿之斯只能用耳朵听着，听着，到后来耳朵嗡嗡直响，但那锥心揪肺的话仍一字不漏地传进耳中。突然，羿令平的声音变得柔靡起来：“只有她能安慰我，只有她才能让我快乐，只有她才能让我忘记在这个世界上的所有痛苦，尽管她只是一个妓女！”羿之斯突然全身一震，一种不祥的预感闪过脑际。

羿令平忘情地抒泄着，仿佛已经忘记了周围的一切，忘记了父亲的存在，痴痴道：“只有在石雁身上，我才找到自己的存在，才找到……”听到石雁那个女人的名字，羿之斯绷紧的神经突然全线崩溃，他近乎呻吟地试图打断儿子的话头：“不！不行！这个女人，你，你不能……”

“她曾是你的女人，对不对？”羿令平的声音出奇地平静，平静得让羿之斯感到可怕，“这我知道。她在利用我，这我也知道。甚至连她在骗我我也知道。可当她在床上告诉我，我比你还强的时候，我什么也不管了！我要她，我需要她，我需要这样一个女人来骗我！我需要一段这样的感情来自己骗自己！”

“无争厅那边，好像一点儿动静都没有。”江离有些忧心地说。

“不是没有动静，是我们离得太远。”有莘不破道，“如果真如我们猜测的，台侯要引出内奸，当然要制造一个完美的陷阱让他来钻。”

“但他把所有人都远远遣开，万一有变，我们连救援也来不及。”

“现在好像变成你在担心了，刚才你还对台侯信心十足的样子。”

“那是因为平静得太久。按理，如果内奸真的上当，现在早就应该出现了——你看，天都快亮了。”

有莘不破望向东方，天空并没有一点发白的地方，一切黑乎乎的，连月亮也躲了起来，破晓之前，比子夜来得更暗。他回过头，隐隐见到江离掌中一丛微微发光的香草。

“这是什么？”

“这是孪种蕙草，唉，不知以我现在这点残存功力能不能催生它……”

无争厅黑得对面父子不相见。

两个人静静地对立着。做儿子的话已经说完，做父亲的却还不知说什么好。沉默了不足一顿饭的时间，两人都觉得似乎过了十年。

羿之斯想找点话来打破沉默，却越想越伤心；羿令平不敢说话，一阵疯狂的独白过后，冷静下来的他只剩下后悔与害怕。他们父子俩有多久没有真真正正谈过心了？也许从来也没有过。羿之斯第一次发现自己是这么不了解儿子，而在羿令平眼中，父亲永远都那么深不可测——不可测到可怕的地步。

夜黑得越来越厉害，羿令平也怕得越来越厉害。他突然想起九岁的时候，他在亳城[①]和一个巨贾的小女儿玩家家酒，被父亲看见，一巴掌

① 亳城：现在的山东曹县。商王成汤为推翻夏朝统治，从商丘迁徙亳城，汤灭夏后，定都于亳，称亳都。

甩得自己左耳出血。从那时候起，他就对这个本应最亲近的男人埋下了恐惧的种子。

夜黑得越来越厉害，羿令平也怕得越来越厉害。他薄弱的意志已经被恐惧逼到了崩溃的边缘。他突然听到羿之斯深深吸了一口气——他记得，每当父亲决定对敌人动手的时候，就是这样子的。他的手，无意识地摸向胸口。

羿令符抱着银环蛇，鼾声微作。

羿之斯露出一点没有声音的笑容，伸出手，想去拍拍儿子的肩膀。突然寒光一闪，心肺之间一阵剧痛，羿令平怪叫一声，像逃避恶魔一样逃跑了。

羿之斯伸出去的手停滞在半空，再也收不回来，就像那渐渐远去的儿子一样。突然间他眼前一黑，终于倒了下去。

羿令平不住脚地逃着，不知逃了多远，不知逃向哪里，甚至不知在逃避什么。那一刀刺进去，连鲜血也来不及喷出，他已经逃走了。一直逃到四肢无力，一直逃到东方发白。终于他跪了下来，背对着太阳，失神地跪着。

父亲怎么样？死了吗？自己的恶行暴露了吗？以后的路，该怎么走？突然间，他只觉得天地茫茫，却无自己立足之地。

“嗨！抓到凶手没？”有莘不破的一拍让羿令平吓了一大跳。

“没抓到凶手吗？那也不用这样子。算了，以后我们总能抓到，快先回去看看台侯！他只怕不行了。”他也不由分说，拖了羿令平就走。回过神来的羿令平，脸上什么表情都有，但有莘不破却未看到。

羿之斯还没有死，匕首没有拔出来，血也不再流，一个巨大的花苞紧紧贴着他的胸口，代替他的心脏一起一伏。羿令符哭倒在他脚边。江离一手搭着他的脉搏，脸含哀凄。众人环列成半月形，默默而立。

一路上恐惧、悔恨、怨艾、无奈，但见到垂死的父亲，羿令平突然脸上什么表情都没有了，心中什么想法都消失了。他呆呆地站在那里，仿佛一具木偶。有莘不破轻声道：“还站在门口干什么？”轻轻一推，竟把他推得跌在父亲的脚边。

羿之斯缓缓地睁开眼睛，看见匍匐在脚边的两个儿子。他艰难地伸出手，轻抚了一下小儿子的额头，惊得羿令平像小鹿一样倏然抬头。

羿之斯咧嘴一笑，这种温和的笑容，羿令平已经很久没有看到了。他慢慢平静下来，眼泪也慢慢地流了下来。

“是我不好，我，我从来不知道，怎么，怎么做好一个父亲。”他说了这几句话，脸上涌现淡淡的红潮。江离知道不该让羿之斯多说话，这样只会加速他的死亡，但是他剩下来的这点生命，已经没有比和儿子说几句话更有价值的事情了。

“你也许自己觉得不如哥哥，但，在，在我心中，你们永远是一样的。好、好孩子，一直以来，我牵挂得最多的，其实是你啊……”羿之斯喘着大气，再也说不下去，羿令平抽噎起来，紧紧抱住父亲的脚，真想马上死去。

羿之斯的另一只手向大儿子伸去，却停滞着伸不出去，羿令符一把抓住，紧紧地抓住。看着儿子的眼睛虽然充满了悲伤，但泪水后面蕴涵的神采却远胜自己当年，他知道小儿子说得不错，这个男人不但是他骨中之骨，血中之血，而且是他永远的骄傲。

“能看到你重新振作，我，很高兴。无论将来，再发生什么事情，你不能再次倒下，答应我。”

看到羿令符含泪点头，他又把目光转向有莘不破，却不说话。

有莘不破指着羿令符道：“你要我帮他？”羿之斯的眼神否定了。

有莘不破又道：“你要我照顾商队？”羿之斯的眼睛笑了：“他们，都是我的子弟。帮我带回有穷去。让令符，帮你。”四大长老都吃了一惊，羿之斯如此说，等于把商队的领导权传给了有莘不破。

有莘不破挠挠头，不解地道：“这件事情令符兄也能胜任啊！而且更合适，对不对？”

羿之斯不答，但眼神中全是期盼的神色。

“好了好了，我答应你。”刚说完这句话，他突然跳了起来，叫道，“我懂了，你，你知道我是谁？”羿之斯又一次笑了，笑得仿佛是逮住一头小老虎的老狐狸。他把头转向江离，又看了看羿令平。江离道：“我知道了，我答应就是。”

羿之斯欣慰地闭上了眼睛，随即又睁了开来，虎门炯炯，闪烁着羿之鹰眼最后的光芒，他的精神，他的气势，仿佛瞬间回复到最鼎盛的状态：“你们记住，不用替我报仇！因为能杀死我的人，只有我自己。”

在众人的嗟愕中，羿之斯迅疾无伦地按向心口的刀柄。花苞暴绽，开出一朵血红色的大玫瑰。眼睛，却永远地合上了。

用酒和血为出战壮行

并不是所有人都愿意做领导人的，也并不是所有人都敢做领导人——而这两个条件，恰恰是成为领导人的前提。

羿之斯已经由四长老择地下葬。死于斯地，葬于斯地，这是有穷的传统。

葬礼那天，羿令平突然大吼一声狂奔而去。开始时，众人以为他只需要一个人静一静，谁知道两天过去，仍然一点踪影也没有。他为什么要离开，是因为伤心自己铸成大错？还是因为担心恶行被人发觉？还是因为江离那双怀疑的眼睛一直在他身上扫来扫去？

不过，江离并没有说过关于羿令平的话，除了他自己，也没有人猜得出临终前他答应了羿之斯什么要求。总之江离这个奇怪的年轻人又恢复了天劫之前的模样，对所有人都若即若离，对所有事都漠不关心。

至于羿令符，则还沉浸在悲痛之中。他已经不再流泪了，虽然无论坐着、站着、走着、躺着，腰杆都挺得笔直，但显然还没有心情来处理目前商队所面临的种种问题。

不得已，苍长老找上了有莘不破。毕竟，羿之斯临终前当着众人的面把商队的领导权交给了他。

“我们必须赶快想办法，现在这种情况，简直糟透了！”

“有多糟？”有莘不破不为所动地反问。

苍长老突然噎住了，不知怎么形容，想了一会才说：“首先，我们没钱。”

“没钱？”

“我们的货几乎被那群强盗洗劫一空，值钱的东西不是被抢了，就是被烧了。”

“这个不难，钱嘛，有去就有来。我已有主意了。就这样？”

苍长老不信任地看了他两眼，继续说：“还有就是车，我们的三十六驾铜车只剩下七驾基本没有损坏，修一修还能用的也有七八驾，加起来不足十五驾。”说到铜车，苍长老几乎哭了出来：“这可是我们有穷最大的家当啊！”

有莘不破点头道：“这个倒有些为难。这么大的车子要造一辆也不容易。”

“最要命的是孩儿们的士气，”苍长老道，“我从来没有见过商队的情绪低落到现在这个样子。”

有莘不破默然。他知道这也许是最难解决的事情。从有穷之海的丢失到商队被洗劫，商队的勇士们都挺了下来，但支柱人物羿之斯的去世，对整个商队造成的精神伤害却是不可估量的。羿之斯对商队的人来说，不仅仅是一个领袖，一个英雄，更是一个亲人，一个父亲，一个兄长！如果他有莘不破不解决这个问题，整个商队随时可能分崩离析。

隔了良久，有莘不破才道：“除了人和车，我们还有多少家当？”

“一些存粮、兵器，还有酒。”

“酒？”

“是在大风堡的地窖发现的，都是数十年以上的陈年老酒，埋得深，所以躲过了洗劫。”

“好，今晚把酒都拿出来，召集所有人，到堡外去，生篝火，我有话要说。”

“去办事啊。”见苍长老迟疑，有莘不破道。

“就这件事？”

“你自己是不是有别的想法可以解决问题的？”

苍长老一愣，顺口道了声："没有。"

"那么就按我的话去做吧。"

苍长老看起来有些不悦，恹恹然走了出去。

对错综复杂的局面有自己的看法和判断，并敢于带领没有看法和判断的众人去实践，是有领导天分者的特权。

江离就坐在旁边，轻抚九尾灵狐，对有莘不破和苍长老的谈话，仿佛一句也没有听见。

有莘不破在他面前踱着方步，一副很痛苦的样子。

"商队的事情无法解决？"江离问。

"不是。"

"那你烦恼什么？"

"按我的想法，虽然有成功的胜算，但……"有莘不破忽然愤愤不平地道，"但从此以后我就被拖下水了，我千方百计逃出来，可不是为了被这个商队拖住。"

江离并没有问他从哪里逃出来，为什么逃出来，却问："你千方百计逃出来，本来想干什么的？"

"我要到天涯海角去，到毒火雀池[①]去，到天池[②]去，到大人国[③]去，到招摇山[④]去，到羽民国[⑤]去。"一提起未来，有莘不破立刻充满幻

---

① 毒火雀池：就是《山海经》中的孟翼攻颛顼池，现今的云南滇池。据《山海经·南山经》记载："有池，名孟翼之攻颛顼之池。"

② 天池：《山海经》中的湖泊，就是现在新疆天山天池。据《山海经·北山经》记载："又东北二百里，曰天池之山，其上无草木多文石。"

③ 大人国：《山海经》中的古国，这里的人高大无比，身高三十丈，能活一万八千岁。据《山海经·大荒东经》记载："有波谷山者，有大人之国。"

④ 招摇山：《山海经》中的古山，山上有很多桂树和金玉。据《山海经·南山经》记载："南山之首曰鹊山。其首曰招摇之山，临于西海之上，多桂，多金玉。"

⑤ 羽民国：《山海经》中古国，这里的人都长着长长的脑袋，全身生满羽毛，头发雪白，眼睛血红，嘴尖尖的，背上长着翅膀，能飞，但飞不远，和鸟一样从蛋壳出生。据《山海经·海外南经》记载："羽民国在其东南，其为人长头，身生羽。一曰在比翼鸟东南，其为人长颊。"

想，“我要找到世界上最大的宝藏，找到世界上最妖艳的女子，找到世界上最神秘的不死山[①]，找到长生不死的秘密！”

江离打了个哈欠，似乎全无兴趣。但有莘不破却没有注意他的不屑，自顾自继续忘情地意淫着：“我要去见大夏王，看看这个蹂躏天下的暴君长什么样子。我要找到世界上最神秘的宗师，学会世界上最强大的武艺，召唤出世界上最古老的幻兽，接住有穷饶乌的箭，刺穿季丹洛明的甲，踩着血剑宗的尸体，撕破血祖的影子，踏碎心宿的内脏，捣毁天魔的老巢！”

江离听到第二句就赶紧捂住嘴巴，听到后来，终于忍不住捧着肚子狂笑不已。

有莘不破瞪眼道：“干吗？”

江离勉强收敛笑容，道：“你这些远大理想很好，很好。”

有莘不破一本正经地道：“可是现在我却被有穷给绊住了，羿之斯这只老狐狸！临死还给我这么一个难缠的活。”

江离悠悠道：“带领有穷商队和你的这些远大理想有冲突？”

“怎么没有？”

江离道：“你想去的这些地方，难道带着商队就没法到？陆行乘车，水行乘舟，山行乘桐[②]，这些，商队任何一个人都比你精通得多。和商队在一起，你不用担心风餐露宿，不必担心饥寒孤独，商队中老于世故的人，还能沿途告诉你许多古迹的传说，许多隐秘的故事，当你遇上歧路，他们还能给你指明正确的方向。”

有莘不破想了想，点了点头。

江离继续道：“如果让你找到世界上最大的宝藏，你一个人能运出来？如果让你遇见世界上最妖艳的女子，多了一个商队首领的身份，难道会妨碍你去勾引她？找到昆仑和不死的秘密以后，难道你就这么不愿

---

① 不死山：《山海经》中古山，山上有不死树、不死果，都能使人长生不老。据《山海经·海内经》记载：“流沙之东，黑水之间，有山名不死之山。”

② 桐：古人的登山鞋，鞋底上布有防滑齿。

意和你的朋友共享？”

有莘不破想了想，摇了摇头。

江离悠然道：“至于大夏王嘛，他不一定会接见一个浪人，但如果是名震四方、富甲四海的大商贾，或者另当别论。下面的那些嘛，”江离忍住了笑，道，“不说也罢。但总而言之，好像带着一个商队也并不妨碍你。”

有莘不破想了想，迟疑道：“但我要养活好几百个人啊。”

“等你找到宝藏，一切不就都解决了？”

有莘不破又想了想，突然大笑道：“不错，你说得不错！我为什么就没想到呢！只要不是一座不能动弹的都城，只要不是一个让我不得自由的牢笼，带着商队，也不过是让我多了几辆行走方便的大车而已。好，我想通了！我就带着这些年轻人，驾着这些大车闯荡去！”

“不过，”江离道，“这些年轻人肯听你的话吗？”

“只要我能给他们财富、梦想、荣誉。”

“你有？”

“所以今晚我要让他们相信，我们会有！”

篝火已经燃起，队伍已经聚集。月光很亮，篝火更亮。

“老大，你说他要干什么？”旻长老悄悄问了一句，苍长老摇了摇头，说着看看满地堆积的酒坛。他们这些老成的人对羿之斯把商队交给这个冒冒失失的小伙子大感不满。

“他这个样子，真能带领我们穿过不知被天火烧成什么样子的大荒原，回到家乡？”不仅是四长老，所有人都存着这个疑问。

泥封已经拍开，大碗已经满上，酒香四溢。

没有被破坏的“松抱”停在篝火群的中间，有莘不破一手拿着坛子，跳上了车顶，所有的目光都向“松抱”聚集，所有的眼睛都向有莘不破仰视。虽然背景是一座破落的城堡，但有莘不破身上却溢出飞扬的神采。

“弟兄们，接下来的路，我们该怎么走？谁来告诉我们？”

没有人说话，尽管这是所有人都想知道的问题。有莘不破指着离他最近的阿三大声道：“阿三哥，你说，我们下一步该怎么办？”

阿三吓了一跳！他怎么也想不到有莘不破会在这种场合让他说话，在数百对眼睛的注视下，结结巴巴地说：“我，我想回家……”

全场一听轰然大笑，笑声中阿三忸怩不堪，有莘不破却神色自若，他的声音把所有笑声都压下去了：“你们为什么笑他！他说错了吗！难道你们不想回家，回去见你们的亲人？见你们的朋友？见那些在故乡等待你们的女人和孩子？！”

场中静了下来，这正是这几天他们做梦也想着的事情。经历过这几天的劫难以后，没有人不渴望得到家庭的温馨和祖国的庇护。

“但是，”有莘不破继续道，“我们能就这样回去吗？假如亲人们问起：‘你们从有穷带出去的财富增值了多少？’我们怎么回答？假如朋友们问起：‘有穷的荣誉和声名是否因你们而更加响亮？’我们怎么回答？假如女人们问起：‘男人们，那些被强盗杀害的英雄和勇士们的仇，你们报了吗？’我们怎么回答？”

有莘不破的三个问题没有问完，原本七零八散坐着的男人们，都已经站了起来。

“我们没法回答，所以，我们还不能回去。在决定回去之前，我们要夺回我们的财富，我们要杀死我们的仇人。只有这样，我们的战友和我们的英雄，他们在天之灵才能安息，他们的荣誉和声名才能在我们身上延续不堕！只有这样，在亲人面前，在朋友面前，在情人面前，在孩子面前，我们才能抬起我们的高贵头颅！才能不愧有穷好男儿的称号！弟兄们，杀害我们的英雄羿台侯和我们的战友的强盗，现在还在他们的窝里逍遥快活！难道我们是有仇不敢报的懦夫吗？”

“不！”一些人响应着。

“我们能放任这些强盗不劳而获地享用我们的财富吗？”

“不！”很多人响应着。

“我们能就这么回去，让有穷国所有人都瞧不起吗？让商王国所有人都笑话吗？”

“不！”所有人都大呼起来。

“你们愿意跟随我去夺回我们的财富吗？”

“愿意！”

“你们愿意跟随羿令符去杀死我们的仇人吗？”

“愿意！”

“你们愿意跟随羿台侯的亡灵去实践一个男人的勇气吗？”

“愿意！”

有莘不破一句一句地问着，青年们的热血都开始像篝火一样熊熊地燃烧起来。苍、昊、旻、上等老成的人隐隐觉得不妥，但见到连羿令符也激动地站起来，他们知道自己已经不可能阻止事态的发展了。

有莘不破右手举刀，左手持酒：“勇士们，弟兄们，拿起你们的刀来，举起你们的酒来，让我们用血来铭记我们的仇恨，让我们用酒来替即将发生的大战壮行！”

他一刀砍在手臂上，任由鲜血流淌进坛中，渗入酒里，高举过顶，鲸吞豹饮。

这一晚，有穷所有人都醉了。

窦窳寨里，正处在大丰收之后的狂欢中。

混迹在大风堡遗民中的细作来报：羿之斯已死，有莘不破率人前来报仇。

“报仇？”札罗冷笑。

失去了羿之斯和铜车的有穷商队，就如同失去了刀剑和盾牌的战士，失去了爪牙和皮甲的野兽。无论是天时、地利、人数还是装备，有穷商队要想攻下窦窳寨无异于以卵击石。

“由有莘不破率领？”札罗冷笑。他承认那个年轻人的蛮力和勇气，但由这样一个年轻人来做首领，只能把有穷往更深的灾难之渊推。

看来有穷商队的命运，即将伴随羿之斯的死亡而结束。

铜车“松抱”内。

从小被限制饮酒的有莘不破喝高了以后，醉得就像一个死人。苍、昊、旻、上好不容易才把他弄醒。

“我们现在正往窦窳寨方向走，七拼八凑的车马，根本没法组成铜车圆阵。”

有莘不破用力敲打着疼得几乎要裂开的头颅，道：“这一次我们是攻击，不是防守，要车阵干什么？”

“无论天时、地利，我们都不如人家，而且窦窳寨里有上千的盗众啊，我们只有几百人，寡不敌众啊。”

“其实我早就想好了。”

四老一听，不由喜出望外。

有莘不破忍住头痛，说：“我们有三大优势：第一，我知道大风堡留有札罗的探子，他知道羿台侯死了，而且看不起我，所以他会轻敌；第二，我们商队还有他想要的东西，所以他会贪心；第三，我们几百人一条心，他们上千人却永远都是乌合之众，所以容易溃散。”

四老没想到这小子也能分析得头头是道，都点了点头，道：“那我们怎么办？”

有莘不破怒道：“我都已经说得这么清楚了，还问我怎么办！难道那些细枝末节的东西也要我教你们吗？”

四人面面相觑中，有莘不破却已鼾声大作。

第四章
大夏王朝的气数

智取窦窳寨

江离对有莘不破说："我不去了。"虽然他动动小指头就能了结上百个怪兽的性命，但在经历妖乱事件之后，他才发现自己对杀戮有那么浓郁的抵制心理。

"留在这里看着这些破铜烂铁，很闷的。"

"总之我不想去杀人。"

"那是强盗。"

"强盗也是人。"

"那强盗来杀你的时候怎么办？"

"强盗杀不了我的。"

"那强盗在你面前杀人怎么办？"

江离默然了很久，才道："我把他们赶跑。"

"赶跑他们，让他们去别处杀人？"

江离又默然了很久，才说："你要杀他们，理由全建立在他们会去杀人这个前提之上，可这个前提不是一个事实，它还没有发生，而且可能不会发生。”

“但很可能会发生。”

江离呆了呆，他明明觉得有莘不破的话有问题，但一时之间却不知道怎么去反驳他。他突然发现师父教过的许多道理，许多以前以为想通了的道理其实还没有想通，至少没有思考透彻。

“要让他们不杀人，其实还有其他办法，不一定要杀了他们。”

“比如……”

“我们可以教化他们……”

“你有这个时间？”

“我们可以限制他们……”

“你有这个精力？”

“我们……”

“你的口气倒越来越像我阿衡师父了，一条一条的，一条比一条复杂。我可没这耐性。他教的那些、你说的这些我可都学不来，我只懂得一些简单的方法。”

“你要做一个领导人，这耐性是非要不可的。”

“我现在只要对我的属下好一点就够了，其他人，管他的！”

“如果你是一国之主呢？”

“我对我国民好就行了呀。”

“如果你是天下的共主呢？”

有莘不破挠了挠头，道：“太麻烦，太麻烦！”

“如果你是天下的共主，那天下所有人就都是你的子民，哪怕是强盗——要知道，每个强盗都不是天生的，你有义务引导他们。”

有莘不破冷笑道：“其实有更加简单的办法：把害群之马一股脑杀了，天地宽了，天下也清净了。”

“如果只是单纯的杀戮，害群之马只会越杀越多。”

有莘不破皱了皱眉头，想了一会道：“你是天下的共主吗？”

“不是。”

“我是天下的共主吗？”

“不是。”

“那这个问题关我们鸟事！”

江离叹了一口气：“但我们都是人啊，涂炭生灵已经不好，何况同类相残？”

有莘不破又皱起了眉头：“你简直就像一个老头子！”

“老头子？”

“像我爷爷。他明明是天下上最伟大的人，却整天战战兢兢，如履薄冰。”

“我不知道你爷爷，但也许正因为他这样，所以才伟大啊。”

有莘不破嗤之以鼻：“我可不干！做人就应该快快活活的！想干什么就干什么，要不然拥有那么强大的力量有个屁用？自己给自己那么多条条框框，简直就是给自己上枷锁，拿自己当囚犯！”

江离怔怔地看着他，若有所思。

有莘不破和他目光相接，大笑道：“好了好了，不谈了，你不去我也不勉强你，反正是小菜一碟，我和令符兄应该就能搞定。”

“能少杀点人，便少杀点吧。”

“你这不是开玩笑吗？我们人少，他们人多，我只有放开手杀，杀得他们战意全无，自己散了、跑了，才能减少我们的伤亡。如果陷入胶着状态，那可就惨了。我可不想当上头领第一阵就损折一半兄弟。”

江离知道他说的也有理，便不再说话。

有莘不破率众离开以后，忽然想：你虽然没有上前方杀人，但却默许了我，又在后方支持我，这和你亲自去杀人又有多大区别？

江离看着有莘不破率众远去，喃喃道：“我虽然没有上前方杀人，但却默许了你，又在后方支持你，这和我亲自杀人又有多大区别？”

“报！有穷商队在一百里外，速度已经慢了下来。共十二辆大铜车，五十余骑，其他杂兽一百多头，杂车三四十辆，都不像原来有穷商队的装备。货物辎重都带着。”

冲皓大笑道：“有穷素来以阵势严谨著称，现在竟什么杂兽都用，想不到羿之斯一死，就堕落成这个样子。”

卫皓也冷笑道：“那个叫有莘不破的小子，本来就只有几分蛮力，羿之斯多半是临死前糊涂了。”又沉吟道：“有穷之海虽然到手，却法力全失，成为一个破碗。寨主，听说羿之斯曾漏口提过一件叫‘九天神珠’的法宝，可以恢复有穷之海的法力。”

札罗点了点头。

冲皓道：“羿之斯虽死，那九什么珠子肯定还在。我带一拨人马把商队挑了，把珠子抢回来。”

札罗道：“冲老稍安。羿之斯虽死，但江离和有莘不破却委实不易对付。”

卫皓惦记着有穷之海，献策道：“有穷商队厉害的是铜车阵，如今车阵已经布不成了，可选用精锐兽骑兵百骑，从侧翼突入，不要混战，只是来去如电地杀掠，不几个回合，有穷商队只怕就溃散了。到时我们再集结人手，围攻首脑人物，九天神珠唾手可得。”

札罗道：“有理。二老镇寨，我去走一趟吧。”

冲皓须发倒竖，怒道：“镇寨！镇寨！上次你们到寿华城去，是我镇寨！把我闷个鸟死！这次要去袭抢一个破落商队，还要我镇寨！难道我老冲真的没用到只能用来镇寨的地步了吗？”

众首领连忙安抚赔话，冲皓仍是怒火不息：“此次若不能生擒两个小贼，夺得神珠，老冲发誓，终身不再踏出寨门半步！”

札罗拗不过他，又想有莘不破做首领，有穷商队多半人心不稳，难成气候，便道：“我是怕冲老操劳，这点区区小事，冲老做来自不在话下。不过如今天色将晚，待明早整顿兵马，再行出发。”

冲皓笑道：“天色越黑越好办事，百里之地，去到那里还不到黄昏，正好厮杀。”

商议间，探子回报：“有穷商队掉了头，不朝本寨而来，反向西边去了，已经过了流云峡。”

卫皓奇道：“向西，这怎么回事？”

冲皓大笑道：“报仇分明只是个幌子，他是想悄悄偷过三天子鄣山，到祝融城去。若真让他们过去了，我们还用在江湖上混吗？”

卫皓也点头道：“不错，若真是决意报仇，一定是轻装锐骑，不会连辎重货物也带着。”

冲皓催促道：“寨主，快发号令，再迟就让小肥羊给跑了！”

札罗道：“既如此，冲老小心了。”

冲皓笑道：“这一带是我们的地头，一草一木了如指掌。这些肥羊不知地形，不识道路，就算有什么诡计，也瞒不了我的法眼！”他挎鬼王刀，昂然出门，高声道：“小的们，发财去！”

龙爪秃鹰振翅迎风，傲然俯视着下方的山川走势。

将到黄昏时，冲皓竟无半点回音，连派出去的探子也没有一个回来。札罗不知道此刻冲皓早已被有莘不破砍于马下，连鬼王刀也已为有莘不破所有。札罗忧形于色，对卫皓道：“冲老之事难以预料，我去接应。卫老守寨。”

卫皓道：“我也正担心。既要接应，便请多带人马，狮子搏兔用全力，只要有压倒性的实力，对方纵然有什么诡计也不怕。”

札罗称是，当下点拨人马。窫窳寨本有银角马二百来号，铜角马六百有余，杂兽上千。荒原外和寿华城两处大战，银角马折损近百，铜角马折损过半。方才冲皓点精拣锐，又带去五十银角骑士，七十铜角骑士。札罗出寨，将余下的银角、铜角尽起，又点了杂兽骑兵三百余，余者留下守寨。

渐渐月出日沉，几只钦䲹（pī）[①]在空中盘旋。过野猫林，穿子午谷，到达流云峡入口时，天色已然全黑。札罗勒住窫窳，停住不行。一个头目道：“寨主可是担心有埋伏？”札罗才点了点头，突然震天杀声从

① 钦䲹：《山海经》中的怪鸟，样子像雕，但长着虎爪。据《山海经·西山经》记载：“……其状如雕，而黑文白首，赤喙（huì）而虎爪，其音如晨鹄（hú），见则有大兵。”

流云峡那头的数里外传来。那头目兴奋道："看来冲老正在那边厮杀！我去看看。"

流云峡黑抹抹的，宽不过三骑并行，长不过数里之遥。那头领片刻就催马回来了，道："有穷驻扎在流云峡外不远处，月色下烟尘滚滚，多半正在厮杀！我这一路去并未遇到埋伏。"

札罗看看流云峡，两边山壁光秃秃的，就是有人埋伏在山顶也藏不下多少人。出入口无埋伏之处，敌人没法切断自己后路。当下铜角马当先，银角马居中，杂兽随后。当头骑兵才走到流云峡一半路程，突见两壁一股青烟燃起。札罗暗叫不妙，便听头顶杀声大作，弓鸣箭响，石头、火球纷纷落下。前方骑士下意识回头，但狭小的空间转圜不易，盗众喧嚣中自相践踏，或遭石击，或遭火焚，或毒箭穿体，或蹄下毙命。

札罗怒道："不要回头，敌人不多，冲过去！"

突然上方又有重物落下，不是石头，不是弓箭，不是火球，竟然是人头！

"是阿六！天，阿六！"

"是波那！波那的头！"

札罗心烦意乱中，只听一人道："啊！是冲老的头！"这才大惊，又听前方道："火！火！出口被火堵住了！"又听后方道："糟糕！山寨那边也起火了！"

札罗向后看时，果然后方不知多远处烟火蹿起，这一惊非同小可："难道是调虎离山？"冲皓已死，前边局势难测，但如果山寨有失，那可就失了根本，当下下令回头。来自山壁上的袭击持续不断，幸好零零星星，威力不大，但饶是如此，由于山路狭窄，无可闪避，队伍出得流云峡时，几乎人人带伤，个个挂彩，残废死亡几近百数。更要命的是把原本士气高昂的队伍搞得人心惶惶。

"不能行动的原地待命，其余的火速跟我回寨！"

有穷的车队布成半圆形，留守在这个不完整车队里的，只有江离、老不死、几个伤员病号，以及离开寿华城的时候招的一些杂夫。寿华城破落得令人伤心，由于死了太多人，除了阿三对金织还有些挂怀，谁失踪了也没人在意。那些杂夫个个都由有莘不破亲自过目，其间包括两个窫窳寨留下的细作——当他们完成有莘不破默许他们的任务以后，也突然在人间蒸发了。

札罗越走越觉得不对劲，目测那烟火的距离，应该不是在窫窳寨烧起来的。果然，到了子午谷，便看见一堆堆灰烬。

“寨主！我们上当了！”

札罗大怒，一鞭打得这个多嘴的小头目跌下马去。另一个头目道：“我们是不是回头再杀过去？”札罗怒气更盛，又是一鞭抽了过去。

群盗见诸事不利，头领发怒，无不暗暗害怕。

札罗领头而行，传令道：“走！回寨再说。”

队伍才到野猫林，蓦地声如雷响，箭如雨发，不知多少人应声落马。札罗暗叫不好，看这阵势，才是真正的埋伏。手贴窫窳，感受着它的心跳，便要合体，突然一箭破空而来，札罗只来得及避开头部，却被这支“锁骨钉”射中右肩肩膀，跌下坐骑。札罗还未着地，又是两声急响，眼见避无可避，窫窳突然横斜过来，挡了一箭，但另一箭仍射中了札罗左脚，把他牢牢钉在地上。札罗见这三箭的威势，心中一凉：“难道羿之斯没死？”

众人惊叫声中，有莘不破手挎鬼王刀，冲上前来，对准窫窳奋力一劈，硬生生把这妖兽的头给砍了下来。那头咕噜噜滚到地面，腔中竟不喷血。只见这窫窳一挣，竟又长出一个血淋淋的虎头。有莘不破大喝一声，又是一刀剁下。那怪物腔中仍不出血，用力一挣，又长出一个猪头。周围箭声连响，把企图上来救援的盗众射死逼退。有莘不破奋起神威，砍下猪头，那怪物用力一挣，又长出一个象头。有莘不破狂笑道：“好！看是我刀快，还是你头多！”窫窳长一个，他就砍一个，不多时竟砍了六个兽头，除了第一个头，其他每一个头落地一滚，就变成一摊血水。那窫窳的皮肤也由紫变红，由红变黄，由黄变灰，整个身体渐渐萎缩。到了后来，喉腔开始滴血，这第七个头也长得艰难异常。札罗叹了一口气，道：“不要勉强了，你去吧。”窫窳体内发出一声悲鸣，这第七个头终究没有长出来，躯体一歪，轰然倒地，污血从脖子中激喷而出，连五脏六腑一同喷了出来，臭气熏天，冲鼻欲呕。

有莘不破转向正挣扎着的札罗，一刀划过，两腿齐膝而断，再一刀，左臂齐肩而断。他在地上一个强盗的尸体边抄起一根长矛，左手长矛一挺，把不成人形的札罗支起来，如同晃荡一杆大旗；右手鬼刀狂扫，见人劈人头，见马劈马头，无人挡得他一回之数。身后有穷商队的骑士涌出，向盗众冲去。

“鬼！血鬼！有穷商队的血鬼！”不知谁开始惊叫着。

由有莘不破身上发出来的死亡气息让他们恐惧，而被支起在半空、全身支离破碎的札罗更让他们失去了战意：“首领都已经完蛋了，我再打下去有什么好处？”

为恶一方的窫窳盗众，终于全部溃散了。跑在后面的几匹犛牛、几只傲徆（áo yīn）[①]和彘已经逃进了树林深处，惊飞一群飞鸟。过了很久，还能听见鵸鵌（yī yú）鸟[②]像人一样的大笑声，笑声在树林上空响彻，令人毛骨悚然。

卫皓很担心。

远处又是火起，又是杀声，一直到半夜也没有回音。他派出了一小队杂兽骑士，回报说有几个人在子午谷放火，已经把人赶走。第二拨探子派出去以后就没有回来，这更增加了卫皓的忧虑。但他无可奈何，除了守寨的这点人马，他连有机的战斗力量都没有了。

“报！回来了！回来了！寨主回来了！”

卫皓大喜，登上寨门瞭望塔远远一望，隐隐见为首一骑虎头象牙，

---

① 傲徆：《山海经》中的怪兽。身大如牛，长着四只角，身上的毛像蓑衣一样又粗又长，吃人就像吃饼干一样咔嚓咔嚓的。据《山海经·西山经》记载：“其上有兽焉，其状如牛，白身四角，其豪如披蓑，其名曰傲徆，是食人。”

② 鵸鵌：《山海经》中的神奇乌鸦，长着三个头六条尾巴，特别喜欢哈哈大笑，人吃了它的肉就不得抑郁症。据《山海经·西山经》记载：“有鸟焉，其状如乌，三首六尾而善笑，名曰鵸鵌，服之使人不厌，又可以御凶。”

不由大喜，开门迎接。双方相距不到十步，火光中面目渐渐清晰，才发觉那“窫窳”竟是马蹄马身，马上那人穿着札罗的袍甲，手挎冲皓的鬼王刀，鲜血满面，却笑嘻嘻地顾盼自如。

“有莘不破！”

卫皓大惊，慌忙要退，哪里来得及，早被一箭射中左胯，有莘不破趁机冲了进来。

见远方又一股青烟冲天而起，老不死等无不欢呼雀跃。

“公子！有莘公子——不！有莘台侯他得手啦！”

江离奇道：“有莘台侯？”

“当然！有莘台侯！新的台侯！”

“不错，有莘台侯，新的台侯！”众人一齐欢呼着。

江离淡淡一笑，知道有莘不破已经建立了在有穷商队的威望。

有莘不破按刀屹立在窫窳寨大堂，盯着并排倒在地上残废的札罗和卫皓。盗众大部分已经逃散。羿令符扼守寨门，四长老分别带人搜缴余孽和财宝。

“公子！找到宝库了！”

有莘不破大喜道：“几百人的口粮有着落了！”赶紧让苍长老率人前去验收。

“公子，又找到一个密室。但那门好紧，兄弟们一时弄不开。我们想用火烧又怕烧坏里面的东西。”

“没用的家伙，看我的！”有莘不破骂道，调来旻长老看守大堂，自己跟随前来报话的阿三到了那所谓的密室门前。门上悬一把玄铁锁，昊长老立在一旁，矮子龙正拿着一把刀在锯。

有莘不破喝道：“走开。”劈出鬼王刀，锁应声落地，连石门也损了一角，那刀却没有任何异样。有莘不破喜道：“好刀！好刀！这三天子鄣山窫窳寨的宝贝，我看就这鬼王刀名列第一。”

昊长老道：“这三天子鄣山窫窳寨有三件宝物。这鬼王刀就是三宝之一，是原来三天子鄣山三寇鬼王所有。后来札罗合并三家盗贼，因念冲皓的拥立大功，赏了给他。”

有莘不破喜道：“这么说还有两件和这刀相当的宝贝？找到没？”

“还没。”

有莘不破乐滋滋地：“那多半在这里了。”说着也不理会昊长老“小心机关”的高叫，排闼而入。门内并无机关，只有四间同样用玄铁锁紧锁着的小屋子。

打开第一间，只见数排石架子上摆满了不起眼的东西。有穷商队的人见多识广，均知这上面不是古物，就是奇货。有莘不破扫了一眼，全无兴趣。昊长老突然高叫一声：“有穷之海！”扑了上去，把那个破碗抱在怀里，又哭又笑。有莘不破笑道：“小心别弄坏了，我们还要还给令符兄呢。”

“对！对！”昊长老喜道，当即脱下袍子，小心翼翼把有穷之海包了起来。

打开第二间，只见屋子里只有一辆木头雕成的马车，车上还盘绕着一些枯藤烂叶。有莘不破不禁皱眉道：“这破车子难道也是宝物？”昊长老道：“三宝之一有一辆七香车，或许是它。”

有莘不破笑道：“这堆破木头也算宝贝？”

昊长老道：“或许有窍门，有穷之海现在看来也很不起眼啊。”

有莘不破点了点头，道：“也是，这是木头做的，江离多半知道怎么摆弄。一起拿回去吧。”

阿三插嘴道：“这车子比门宽大，我们怎么弄出去？也不知道他们当初怎么弄进来的。难道是拆了进来组装？”

有莘不破不禁笑骂道：“拆车不如拆门，刚才是怕把屋里的宝物弄坏，现在尽管大胆地干！门太小就把门拆了，还不行就把墙拆了。拆墙会不会？”

阿三忙应道：“会！会！”

打开第三间，只见满屋光华，一颗拳头大的夜明珠悬浮在半空，九颗龙眼大的珠子围绕着大珠飞转不息。昊长老道：“这应该就是传说中的

‘子母悬珠’。”有莘不破道：“看起来蛮值钱的，收起来吧。”

到了第四间门前，昊长老道：“鬼王刀、七香车、子母珠，三宝都齐了。不知这里面又会是什么宝贝？”

有莘不破笑道：“进去不就知道了？”刀起锁落，一脚把门踢开。一方床，一张几，一点烛火，一阵清香。烛光隐隐，有莘不破觉得眼前一亮，甚至有点头晕。

天啊！天下怎么会有这么漂亮的女人！

杀了他！

雒（luò）灵睁开眼睛。

“妈的！天下怎么会有这么漂亮的女人？”一个年轻男子粗俗地说道。可她分明听他在内心很有教养地轻叹：“华容光润，令我忘餐。”

一个月以前，雒灵一直生活在一个很阴暗的地方，那里没有狂风暴雨，没有寒冬炎夏，甚至连阳光也不多见，一切都幽幽的，又静静的。从懂事开始，雒灵一直在那个幽幽的地方生活着，十几年的生命，没有多少欢乐，也没有多少悲伤。

一个月前，雒灵的师父突然对雒灵说：“也该出去历练历练了。在有穷之南，祝融之北，有一个本门遗孑，是当年你师叔和寿华城主生下的孩子。这个孩子没有学过本门心法，但两年前山鬼经过三天子鄣山，发现他竟然无师自通，悟出了以心役心的法门，降服了从血宗逃出来的一头灵兽。你去看看他，如果他另辟蹊径，所悟神通有超出本门之范者，就把他带回来；否则你把他就地处决吧。”

就地处决？就是杀了他吧。去年雒灵就见过刑鬼处决门人，那门人无声无息地就不动了，然后尸体无缘无故地就不见了。那就是处决吧。

山鬼把雒灵带到子午谷附近，这一带其实颇为荒凉，但和幽谷比起来，这里的阳光何其灿烂，这里的生灵何其活泼。雒灵不懂，外面的世界这么美好，师父他们为什么要窝在那阴暗的地方。

雒灵的心法正练到闭口界，不能说话。她用心灵唱起了无声的歌曲，方圆十里内的蝴蝶、莺燕听到她的呼唤，纷纷向她飞来。在阳光下，连它们也似乎比幽谷中的小动物更有生气。正当她十分欢快的时候，一阵嚣尘纷嚷闯进了这和谐的舞台，鸟儿惊散了，蝶儿吓跑了。雒灵回过神来，几个充满淫秽肉欲的心灵之响在向她靠近，雒灵记得，去年那个被刑鬼处决的门人，就是因为发出了这种心灵之响。

她默然地看过去，几条大汉一边高叫“好漂亮的小妞”“是我先看到的是我的”，一边跳下风马争先恐后地向她抢来。“处决他们吧。”雒灵心里想。那几条大汉脸上现出极其古怪的神色，停住脚步，在雒灵动念之后就蓦地拔出佩刀，横刀自刎。

“怎么回事？”有人叫道。十几骑冲了过来，那种心声不但充满了警戒和愤怒，还饱含着杀意。师父教过，杀意，这是最可怕的心声之一，对于这样的人，一律处决。

风吹过，一十八条大汉一起横死在一个青春少女的脚下。

远处又奔近数百人，在距她十几丈外停住，围成一个半圆形。雒灵并不知道这群人就是臭名昭著的窫窳盗众，只知道他们的心声嘈杂而难听——只有那个排众而出的男子例外，那男子的心声刚硬中暗藏忧郁。

“啊，这是修炼过的心声，可是那种波动控制得并不自然。难道就是他吗？”

雒灵抬起头望着这个男子，无声地问：“你就是沼夷的儿子吗？”

那男子一震，他分明听见了这句没有声音的心语，他和窫窳沟通的时候就是这种方式，但人兽间的交流，远远不可能像眼前少女这样流畅地运用心语。

“你是谁？”那男子尝试着用心语问她，第一次和人这样对话，他心里充满了奇异的感觉。

雒灵没有回答他，却又问了一句：“你是沼夷的儿子，是不是？”

“沼夷是谁？不知道。”

“她的丈夫，三十年前是寿华城的城主。”

那男子一震，沼夷？难道是自己母亲的名字？

“哦，看来你就是那个孩子。”

雒灵看着不远处纷飞的蝴蝶，心中思量着：“他的心法十分粗糙，并没什么师父说的‘超出本门之范者’，要不要处决他呢？处决他以后，师父交代的事情就完成了，她是不是会派人来接我回去？回到那个没有阳光的地方……”

那男子旁边一个老人看见这奇怪的女子犹豫不决，心想机不可失，打个暗号，几个人从旁边围了过去，一张网向雒灵罩了下来。

在网中，雒灵出奇地没有反抗，只是思量着那个是与否的问题。

“你叫什么名字？”眼前这个年轻人，心声十分好听：宽广、优雅而直接。在幽谷中，她从来没听过这样阳光的心声。

“你是被札罗捉来的吗？”雒灵没有回答。她发现自己能捕捉到的只是这个男孩很表面的一些思绪，如果想要进一步探索，那就要强行进入对方的思维了，但那样会引起对方的警惕。师父教过，遇到这样的高手，在没有致敌死命的把握前，不要轻易出手。可是这么好听的心声，她为什么要致他死命呢？

年轻人看到她不自觉露出的善意微笑，十分高兴，仿佛完全忘记身后那群人的存在。“我叫有莘不破，你叫什么名字？”

雒灵没有回答。

“唉，你不会说话吗？”雒灵仍没有回答。年轻人身后一个老头插口说：“公子，看来是个哑巴。”

年轻人摇摇头说：“不会，不会，这么可爱的女孩，怎么可能是……你只是不愿意说话而已，对不对？”

雒灵笑了。年轻人大喜，道：“这里闷得很。我们到外面去，好吗？”说着伸出了他厚实的手。

日已过午，进攻窦窳寨的有穷商队满载而归。勇士们唱起了归程之歌。雒灵发现，这群人的心声和他们的歌喉一样，雄浑而刚劲。这样的心声，也是她在幽谷中从未听过的。

为什么刑鬼他们要那么抑郁？为什么不能像这些人一样，把心中的喜怒哀乐在太阳底下统统唱出来？雒灵心想。

雒灵不会骑马，她紧紧地抱住有莘不破的腰，有点担心地坐在他背后。她把脸颊偎依在有莘不破的背上，静静地倾听他的心声。有莘不破歌唱得像鬼叫，但他的心声却让雒灵感到十分舒服。

“喂，我虽然不知道你叫什么名字，但总不能老‘喂喂’地叫你啊。嗯，我想想。啊——你就叫雒灵，好不好？我脑中突然出现这个名字。雒灵，雒灵，很好听啊，我就这样叫你吧。”

有莘不破不知道，他心里冒出来的那个名字，就是雒灵用心语告诉他的。

“台侯，有莘台侯！”几个人欢呼着从半圆的车阵迎了出来。雒灵发现苍、昊、旻、上那几个老头听到“有莘台侯”几个字的时候，心里很不舒服。而大多数人看到车阵，心声中马上跳动着温馨的旋律。“他们到家了吧，只有看到家心里才能有这样的安全感。”雒灵的想法并没有错，对有穷的好男儿而言，这个车阵的确是他们的家。

胯下风马哒哒前进，走近车阵的大门。雒灵闻到一股淡淡的清新气味，然后才听见一个奇妙的心声。她忍不住探头一望，一个年轻人坐在辕门上，阳光拥簇着他，微风轻拂着他，他的心声中，有一种似曾相识又极其遥远的感觉。这是多么美妙的心响啊，美妙得雒灵仿佛能够闻到似的。然而不知为什么，雒灵也本能地生出一点莫名其妙的警戒情绪。

有莘不破道：“看！我给你带了好东西。”

江离道：“杀了多少人？”

有莘不破愣了一下，道：“不知道，夜里谁去数啊？”

“没有俘虏？”

“两个。”

"才两个？"

"札罗和那个老头子。"

"其他呢？"

"别老说这些无聊又扫兴的事情好不好。来，我介绍一下，这是我在札罗的老窝救出来的，她叫雒灵，呵呵，漂亮吧。"雒灵往有莘不破背后一缩，不知道为什么她不想让江离看得太仔细。

江离淡淡道："看来你正一步步实现你的远大理想啊。有了财富，又有了美人。恭喜恭喜。"

说话间，第二拨人马走进辕门。雒灵感到一个澎湃暗藏的心声渐渐靠近，知道有莘不破的那个同伴到了，刚才在窦窳寨，雒灵让那双锐利得有点可怕的眼神吓了一跳。

羿令符马近辕门，问江离道："车阵一切安好？银环老实吗？"

江离点头道："没发生什么事情。弟兄们伤亡严不严重？"

羿令符道："还好。"转头对有莘不破道："我守辕门，你歇去。"

有莘不破在马鞍上蹦了几下，道："歇什么，我现在精神正旺呢！"他从昨日黄昏一直奋战至今，本来十分疲惫，但身后贴着那个沉默而可人的女孩，自然而然地觉得神清气爽，一路来竟把疲倦驱赶得一干二净。

羿令符道："那好，你守辕门，我睡觉去。"说完扬鞭驰入辕门。

江离道："我也要睡一觉去，这一夜好累。"

有莘不破道："等等，我还有一件好东西呢。"说着手一扬，有人把一辆木头车拉了过来。

江离眼前一亮："七香车！"

"你也知道？"

江离点点头。

"喜欢吗？"

江离道："我手无寸功，凭什么拿战利品？"

有莘不破道："怎么会是手无寸功呢？没有你镇守大本营，又搞出那些蛊惑札罗的幻声幻象，我们哪能安心杀敌？札罗又哪会在流云峡的那一头上当？”

江离道：“就算我有功劳，那也要论功行赏，不能私自授受。”

有莘不破想了想道：“其实我和四老商量过了，他们也觉得这件宝物归你最合适。”

“真的？”

“真的。”

“真的？”

“真……唉，假的了。反正我待会和四老说一声，没人会反对的。”有莘不破道，“你怎么这样别扭？明明喜欢的，却推三阻四，不爽快！”

江离不语。

有莘不破又道：“话说回来，这辆什么七香车又没人懂得其中窍门，在你手中是件宝贝，在别人手里却只是一堆烂木头，只适合拿来劈了当柴火烧。”

江离笑道：“这倒是真话。不过我还是不要。我睡觉去了。”

看着江离转身离去，雒灵感到有莘不破心中说不出的不痛快。看穿了这一点，她的心突然有一种异样的不愉快。

“他到底怎么了？”有莘不破喃喃道，念叨着，全然忘记背后还有一个偎依着他的女孩。

太阳照着战后酣睡的有穷勇士，也照着野猫林外的百人坑。

有莘不破担心有变，当晚把所有投降的俘虏都就地处决；又怕麻烦，任由这些强盗暴尸旷野。后来在羿令符的坚持下，回程时才由第二拨人马将尸体埋了。

但窫窳腐烂的身躯却没人愿意去碰，因为那恶臭谁也受不了，只是远远扬起一些沙土把它掩盖。日已过午，没有掩盖实的烂肉堆中，钻出一只老鼠大小的紫色怪兽。这只小怪兽嗅着札罗被晒干了的血迹，挖出札罗被砍下的断臂，舔着咬着蹭着，呜呜哀叫着。野猫林的生灵听到这哀叫，无不惊悚。

小窦窳走了，一切又恢复平静。

只要下一场大雨，这个地方所有死亡气息都会被冲洗得干干净净，风播下种子以后，新的生命会吸食旧的死亡而迅速成长。

一切将重新开始。

“少主！再这样下去，那个有莘不破真会成为新的台首——他连连大胜，又将抢来的财物大肆分赏，他正在收买人心。”四处无人，但苍长老仍压低了声音，只是激动的情绪却无论如何掩盖不了。

“他行赏不均？”羿令符随性地倚着一个车轮，他刚刚睡醒，只见月上梢头，整个下午一直兴奋的银环蛇却睡着了，静静地把头搭在他肩膀上。

“那，那倒没有。他让老二统计财物，所有财物三成赏众，七成归公。老三老四论功行赏，我做监督，这样安排，众人心里也服。”

“他贪没财物了？”

苍长老想了想，叹了一口气道：“他并没有插手分配财宝，只是主张窦窳寨三宝少主、江离公子和他各得其一，有穷之海仍归少主，这个，倒还公平。”

“兄弟们不喜欢他？”

“这……唉，我们从来没像今日这样得这么多财物，孩儿们都欢喜得很，连几个老家伙也……唉……”

“既然这样，他做台首有什么不好？”

苍长老愤然道：“但有穷商队的台首向来是羿家啊！不但商队，举国都知道。就是国主来了，也夺不了您这个位子。”

羿令符看着沉睡的银环蛇，痛心道：“母亲的仇，我没法报；妻子的仇，我没法报；父亲的仇，我更没法报。像我这样无能又不孝的男人，怎么能做商队的领袖？”

苍长老道：“少主，你要振作。夫人和少夫人的事情已经过去，我相信她们在天之灵一定会安息的。至于台侯的仇，窦窳寨已经被我们端了，元凶已被擒住，我们已经无愧于台侯的英灵。”

“元凶？”羿令符苦笑道，“如果真是窫窳寨下的手，父亲临走前不会说那样的话了。”

苍长老吓了一跳，道：“难道凶手另有其人？”

羿令符道：“你不要胡乱猜测，父亲说过，这个世界上能杀死他的人，只有他自己。他已经去了，这件事情，已经结束了。”

苍长老呆了半晌，羿令符又道：“有莘不破如果有心接手商队，不是你可以推翻的；如果有一天他要离开，这个商队也羁绊不住他。你们以后只要安安分分地做好自己的事情，他不会亏待你们的。”

苍长老急了，道：“我们对他没办法，但少主你可以。只要你振臂一呼，孩儿们都会跟着你的。”

羿令符反问道：“我为什么要反对他？这除了让我加上一个所谓有穷台首的空衔，对我又有什么好处？”

苍长老一愕。羿令符又道：“我愿意奉有莘不破做商队的台首，并不仅仅因为父亲临终前的嘱托，实际上，是因为我自己也很期待，想看看这个男人会把我们带到什么样的地方去。年年来回走动，规矩行商，都走了几十年了，对这种一成不变的生活，难道你不想换换口味？”

苍长老喃喃道：“我，我只想平平安安过完剩下的这点年头。”

“但我却想让这个商队更加精彩，让这些男儿们走得更远、飞得更高，把这短短的生活过得更有意思。”

“但是，但是你看他杀人的样子。我简直不想再看。虽然他杀的是强盗，是仇人，但那种嗜血的恐怖仍让我每次想起都胆战心惊。更让我担心的是，孩儿们，特别是那些年轻的小伙子们都已经被他感染了。我们现在不像一个商队，我们像一伙强盗。”

羿令符默然，良久才说：“但他对自己人总算不错，对吗？”

“但是这样的人……”

羿令符截口道：“好了。总而言之，我支持有莘不破。如果有一天我改变了主意，我会堂堂正正地站出来告诉他，告诉你，告诉所有人。这就是我的意思。”

苍长老知道这位少主话已说完，他有些不快，但少主的刚毅和果断却并没有令他失望。他相信，只要少主足够坚强，万一有一天有莘不破倒行逆施，少主也一定能够制衡他。

他心事重重地走向篝火群，酣睡了一个下午的商队正开始他们的狂欢，为他们的胜利，为他们的财富，为他们的尊严，为他们的明天。

苍长老被几个年轻人发现了，众人拥簇着他向半醉的有莘不破敬酒。他老练地笑着，却发现偎依在有莘不破怀中的女人眼睛亮晶晶地看着他，仿佛洞悉了他的所有心思。老人冷不丁打了一个冷战：这个女人来历不明，危险，危险。

银环蛇醒了。

它喝了两碗酒就醉了，在众人的围簇中半疯半癫地跳起舞来。对于这条大毒蛇，众人本来十分惧怕，但看到它的憨相以后，都消除了戒备之心，无不大笑起来。羿令符混迹在人群中，若有所思地看着它，他知道，它已经不是她了。

“醉了吗？”不知什么时候，江离站在羿令符的背后。

“没有。”

江离不再说什么，走开十几步。羿令符站起来，跟了过去。在这个酒气弥漫的夜晚，没有人注意他们。

“战况怎么样？”

“很顺利。”

“顺利？”

“有莘出手够狠，光是那份狠劲就把对方吓跑了，气势一边倒，我们赢得很顺利，损失很小。”

“俘虏呢？”

羿令符黯然道：“全杀了。”

江离怔了怔，颤声道：“全杀了？”

羿令符道：“全杀了。”

“谁下的令？”

“他，或者说我们。因为我最终没有反对。”

“为什么？”

“我们人少，时在黑夜，身在客地，留着一大群心怀叵测的强盗，随时随地会变生不测，所以我觉得他做得并没错。”

江离看了他半晌，道：“你没有反对，是因为你的仇。”

“仇？”

“你父亲的仇。”

羿令符仰望夜空，慢慢道：“你知道一些我不知道的事情，但这些事情我却不想知道。我父亲生前已经把话说得很清楚了。”

江离沉默了一会，眼前这个男人虽然情感丰富，但精明并不在乃父之下。他顿了一下，道：“既然不是因为仇恨，那有莘不破的做法，你是完全赞同的了？”

羿令符沉思了一会，道：“他的有些手段我不喜欢，但也不反对。这是一个乱世，他的手段很有效。”

“有效？但我受不了！残暴是会累积的，杀人是会上瘾的！”

羿令符默然。

江离道：“他太任性了，任性得不把别人的死活放在心上。他才多大年纪。现在就这样暴戾，如果成了气候，谁制得住他？”

羿令符道：“他也并不是完全没有爱心，至少在寿华城曾支持你，要求葛阗开城救助平民。”

江离冷笑道：“我当时也这样以为，现在我才知道我错了。他帮助的人是我，不是那些平头百姓！”

羿令符道：“既然他肯为你而救人，就能为你而不杀人。”

江离冷冷道：“我不是为他存在。”他望着远天道：“我有我自己的路要走。现在和你们在一起，并不代表我会永远和你们在一起。”

“是吗？反正只要他不逾越我的底线，他留在商队一天，我就会在他身边帮他一天。如果他要走，我也不会挽留。这就是我的意思。”

突然，远处爆发出一阵喝彩，那是无数狂醉男人的齐声高叫。

“杀了他，杀了他！”

“为台侯报仇！”

“为弟兄们报仇！”

两个浑身是血的人被架了起来，两把刀架在他们脖子上。江离和羿令符一惊，一起掠了过去。醉眯眯的有莘不破手一扬，刀落头断。卫皓的头滚到羿令符脚下，死前犹带不忿；再一扬，遭受一夜残疼的札罗的头滚到江离脚下，一脸忧郁。

卫皓是个不合格的强盗，他整天梦想着逝去的时光。札罗表面上是一个合格的强盗，他以符合强盗身份的活法活着，又以符合强盗身份的死法死掉。但他那偶尔出现的忧郁仿佛在不断地提醒别人：其实他并不喜欢做强盗。

有莘不破拥着雒灵飘飘然走向“松抱”。有这个女人在他身边他感觉超爽，虽然她一句话也不说，但那笑眸甜如蜜，醇如酒。有莘不破潜伏在心里的那些原始的冲动全被她激发了出来，甚至连周围的人也被这种痛快所感染。痛快地杀人，痛快地喝酒！从出生到现在，他从没这么痛快过。没有祖父的拘束，没有师父的训导，只有互相欣赏的朋友、艳光四射的女人、忠心耿耿的属下和邪恶厉害的敌人。男人，就应该这样活着！

有莘不破醉醺醺地拥着雒灵，走进“松抱”。

江离喃喃道：“他入魔了，他入魔了……”

云朵上的人

有莘不破赤裸地躺着。

雒灵赤裸地伏在他身上。这个男人是一块很适合自己的土壤，他的心声和肉体都能为自己带来无穷的快感。

江离走进大车“松抱”的时候，眼中见到的是一副不堪的画面：两个赤条条的年轻人肉体相叠；鼻子闻到的是各种气味交织而成的污臭：男人下体喷出的腥臭，女人身上散发的香臭，酣饮无度以后残留的酒臭，剧烈大动以后浑身的汗臭……

他不禁捂住最敏感的鼻子。作为朋友，他本来不应该这么不识情趣地闯进来。不过，此时此刻，他并不是来看他的朋友这么简单。

有莘不破睡得像个孩子。

江离喃喃自语："为什么羿之斯要把商队交给你？"他回忆着羿之斯临终前的状况：有莘不破跳起来说什么"你知道我是谁！"

"你是谁？与你的身份有很大干系吗？"对于有莘不破的真正身份，江离原来并没有了解的兴趣，但现在却突然很想知道，因为这会影响他的决定。

"杀气！"雒灵心中警戒着，马上发现眼前这个有莘不破很重视的人心声波动十分厉害。和面对有莘不破、羿令符时一样，她本来无法捕捉到江离心灵深处的思绪，但现在江离这种不稳定的状态，却是致他死命的好机会。不过她还是没有出手，是因为没有十足的把握，还是因为考虑到有莘不破的想法？

"有莘不破！起来！"江离叫道。

有莘不破睡得像头猪。

"有莘不破，再不起来，我杀了你！"

有莘不破仍睡得像个死人。

雒灵也谨慎地用心语呼唤着，力图不给江离发现："快起来，有危险。"眼见有莘不破还是没有动静，正想用"心语呼名"之法，却听一声很柔和的心语先她而呼唤了出来："有莘不破，醒来！"雒灵微微一惊。心语虽号称是心宗的独门密技，但上达之士，一法通，万法通，原也不奇，可江离小小年纪，竟然也能旁通诸家心法！

江离刚才的唤魂之术，本来一呼名字，就算有莘不破睡得再死，也会有反应的。"难道有莘不破不是他的真名？"

江离沉吟半晌，闭上了眼睛。

"多安宁、多深邃的心声啊。竟没有一点人间的杂念。"雒灵心中赞叹着，“这心声没有杀气，我们暂时不会有危险。但是他到底要干什么呢？”

雒灵暗用瞳透之术——瞳术并非心宗所长，但雒灵也已达到旁通诸门的境界——眼皮不启，偷偷看了江离一眼，只见江离的双眼，竟似变成两个深不可测的空间。“天眼！”雒灵不敢再看，收了瞳透之术。

江离睁开天眼，观有莘不破之骨色：其色介乎青紫之间，骨骼中有山川之象，筋髓间含河洛之韵，虽未成形，但大富大贵之相已显露无遗。江离不由喃喃道：“看来他不是一国储君，就是一方贵胄。或者是一个大族的最后遗民。”

江离闭眼运息，睁开慧眼，辨有莘不破的气色：肺吐虎息，心动雀火，肝盘龙脉，脾土稳，肾水静——奇经流先天真气，八脉藏三象之元。江离吃了一惊：“这是绝顶的正宗心法。他哪里学来？不像血宗，不像心宗，难道是洞天派？”

江离收了慧眼，睁开法眼，察有莘不破之命色：先人有积善之厚德，自幼有存良之训诲，是非之心未固，好动之性天然，血气之刚常转斗杀之暴。江离犹豫着：“善恶之际，也就五五之数。”

江离收了法眼，颇感疲惫，运氤氲紫气盘旋了一个小周天，精神稍振，闭眼，收鼻，耳垂上贴，舌头上抵，断了六感，塞了七窍。

江离断绝六感之后，原本一直伏在他肩头、恍若冬眠状态的小九尾灵狐突然睁开眼睛，骨碌碌地环视周围环境。三十六弹指后，江离的额前逐渐凝成一股青色的气团，空间开始扭曲，青气慢慢显出龙的形状。

雒灵感觉有异，再以瞳透之术偷看，不由一凛：“原来是太一宗！怪不得这样了得。他年纪这么小，怎么就能召唤青龙？不过看来这青龙还不是实体形态。”青龙的五官渐渐成形，身体约小指大小。雒灵收了瞳透之术，抑住体内跃跃欲试的气息，整个人进入“平凡”状态。小九尾灵狐眼见青龙成形，也把眼睛闭上，仿佛从来就没有醒过。

江离慢慢睁开双眼，眼神空灵，不沾半点人间烟火。那气体状态的青龙惊道：“你功力未到，怎么就把我呼唤出来了！还开了神眼！”

江离道："有个人我怕看不准，所以只得请你帮忙。"

青龙道："江离，我虽然不知道你出了什么事情，但你现在的状态很危险啊。当年你师兄若木遇到有莘羖（gǔ）之后，有一段时间对一些事情很犹豫，你现在和他当时一样，有游离太一正道的危险。"

江离听到"有莘羖"三个字，心中一动，问道："有莘羖？他是谁？和师兄什么关系？"

"他是有莘国①的罪人，也是你师父的一个好朋友。他和你师兄的事，我不好多说，以后你问你师父吧。"

"他有儿孙和后辈吗？"

"应该没有，有莘一族除了他以外，都已经死尽死绝了。你到底要干什么？是要测看这两个孩子的运色吗？废话待会再说，你的神眼维持不了多久的。"

青龙在半空中一个盘旋，自江离的左眼游了进去。江离运神眼，测看有莘不破的运色：前事已定，后事茫然……右眼一痛，青龙游了出来，江离眼中那种空灵的神采也消失了。

江离黯然道："我的神眼功夫不到，看不清他的运势。"

青龙道："但我看他却十分危险：如果他是一个普通人，徘徊于善恶之际，也没什么大不了的；但他的运色中却有天子九五之征，这样的人若居高位，一旦恶念占据上风，那非涂炭天下不可。保险起见，杀了他吧。"

江离吓了一跳，踌躇道："杀他？他都还没犯下该杀的罪行呢。"

"大夏目前大有低落之势，有这样的人存在，以后……只怕想杀也未必杀得了他。"

"那也不能这么武断，我看不清楚，师父一定可以，找到师父，由他老人家决定吧。"

"我怕你还没有见到你师父，先遇见阿衡。如果阿衡护着他，那就算你师父来了也胜负难知。"

---

① 有莘国：有莘氏建立的国家，夏启分封的方伯之一，在今山东。

“阿衡？”

“我在他身上闻到了阿衡的气息，他多半是阿衡的徒弟。真搞不懂，阿衡明知道这小子这么危险，怎么还会收他！”

“阿衡到底是谁？”

青龙沉吟了一会，才道：“是你师父的师兄。”

江离讶异道：“我师父的师兄？那就是我的师伯了？怎么从来没听师父说过？”

青龙叹道：“他是太一宗始祖以降最了不起的人物。他的思维穷究太一宗的极限，却放弃进入天外天，甚至质疑太一宗一脉数百年来被奉为天下正宗的生命观。当年他和你太师父一场争辩，互不相干，从此破门而出，不知所踪。”

江离道：“他入魔了吗？”

青龙又思量了很久，才说：“不是，入魔者不可能有这么清明的心境。他只是希望人类的未来走向另一条道路。”

江离问道：“这么说师伯并非邪道？”

青龙道：“他和你师父理念不同，但也是堂堂正正之人。”

江离又问道：“师伯能用神眼吧？”

青龙笑道：“他早已达到驭六气以游无穷的境界，六感通灵，了然无碍。”

江离道：“既然如此，我相信师伯的眼光，他收了有莘不破做徒弟，自有他的道理。”

青龙逼视着他，问道：“你到底是因为相信阿衡，还是因为相信这小子？”

江离脱口道：“有区别吗？”

青龙道：“当然，如果你是因为这小子而止杀念，那说明你心中已有了牵挂。你应该知道，无论什么样的友谊与情感，对你来说都会是一种障碍。你要进入天外天，必须把这些羁绊你的东西坚决割舍。”

江离默默不语，青龙说的，是他最不想去思考的问题。

青龙叹道：“你师父已经失去了一个徒弟，阿衡虽然和我交情不错，但我不想见你师父再失去一个徒弟。再说我怎么看都觉得这小子太过危险。既然你摇摆不定，我来帮你一把吧。”它身上光芒闪耀，一阵水木清香把满车的秽臭驱散得干干净净。

雒灵犹豫着：“要不要救他？要不要救他？我能降服青龙吗？我没有把握啊。”突然心中一紧：“我为什么要为他冒险？咦，他醒了！”

有莘不破迷迷糊糊地睁开双眼，看见面前一条又细又长的青色长龙狰狞着向自己慢慢逼近，以为是幻觉：“哈！又喝大了。”一转头，见到了江离，信任地笑了笑，沉沉睡去。

江离愣了愣，心念一动。

雒灵暗中舒了一口气，青龙却是一声叹息，收起了光芒与清香。

“小江离啊，你会后悔的。”

“也许吧，不过我已经决定了，不管是因为他罪不当诛，还是因为我不想杀他。”

“既然如此，我走了，你保重。”

“等等。”江离道，“你知不知道我师父在哪？我们失散了，我找不到他。”

“等等。”青龙出了一会儿的神，仿佛感应到很奇怪的事情，回过神来，对江离说，“你该和他重聚时，自会见到他。”

“什么意思？”江离问道，却见一阵空间扭曲，青龙散化成一团青气，慢慢消失了。

江离呆了一下，望了望有莘不破，转头出车。

雒灵缓缓睁开眼睛，半支起身子，眼中秋波嫣然，竟也运起天眼、慧眼、法眼、神眼察看有莘不破的先天骨相、后天修养、善恶之性、未来运程。这一轮神通完毕，只觉心神俱疲。“这个男人……”很多事情，她也摸不准。

梦中的有莘不破突然伸过他结实的手臂，揽住雒灵绸缎般的身体，挪了挪身子。雒灵被他拥得紧紧的，只觉一阵睡意涌了上来：“唉，明天的事情，明天再说吧……”在有莘不破酣畅的心声中甜甜睡去。

有穷商队在外的时候，从来没像今晚这样，所有人都醉了——连最老重持成的苍长老也醉了，连刚刚融入这个大家庭的银环蛇也醉了。

羿令符呢？他也醉了吗？年轻人倚着车阵的辕门，似乎睡得很香。

江离一脚还没跨出辕门，羿令符忽然道："有莘不破呢？"

"揽着那女人睡觉呢。"

"醒过来了？"

"没有，睡得像头猪。"

"你呢？打算去哪？"

"我？找我师父去。"

"有莘不破醒来问起，我怎么说？"

"就说我找师父去了。"

"他如果问起你往哪个方向去了呢？"

"连我都不知道，他问了你也没用。"

"如果他找到你，你怎么办？"

"他找不到我的。"

"他找不到，我可以。"

江离看了看天上盘旋着的龙爪秃鹰，道："它太累了，你还是让它歇歇吧。"

有莘不破敲着脑袋醒了过来。

他从一个听话的好孩子变成了一个任性的商队首领，时间还不长，还不很习惯这种狂饮烂醉。

他缓缓放开怀中的雒灵，拉过一张毯子轻轻盖上，唯恐惊醒了她的好梦，然后才静静地披上衣服，悄悄地推开车门。

夜很静，太阳还没出来，风有点冷。

酒劲过了，情欲也发泄完了，天还没亮，自己却已经睡不着了。男人在这种时候心里想到的通常不会是女人，而是好朋友、好兄弟。他第一个想到的当然是江离，但却不想去扰他的梦，于是向辕门走去——远远地他已经看到羿令符的影子。

“嘿！”

羿令符听到声音，抬起头来。

“早。”

有莘不破在他身边的草丛上坐了下来：“早什么？天还没亮呢！”

“原来你也知道天还没亮？”

“听你的口气，好像被我吵醒有气？嘿！你压根儿就没睡，怕什么吵醒！”

“谁说的？”

有莘不破笑道：“你们不像我，这么没有责任心。如果所有人都睡了，江离一定不会睡着；如果连江离都睡着了，那一定是因为有你在守夜呢。”

“江离睡着了？”

“当然。”

“你怎么知道？”

“如果他没睡着，一定会守在这里的。”

“他睡在哪里？”

有莘不破愣了一下，挠挠头，感到有些不妙，站起身来在车阵绕了一圈，回来问羿令符：“他出去了？这么晚出去干什么？是窫窳寨的余党还没有解决吗？”

“这个问题他走的时候我问过他。”

“他怎么说？”

羿令符一字一字道：“他说，他要去找他师父。”

有莘不破一时没反应过来：“什么？”

羿令符重复道：“‘找我师父去’——他是这么说的。”

有莘不破的喉咙咯噔一声，全身一耸：“他！他！他什么意思？”

“什么意思你还不清楚吗？你这两天杀人太多，他不高兴。”

有莘不破怔了怔，道：“他临走时是不是很生气？”

“没有，很平静。”

有莘不破跺脚道："糟糕，糟糕，那他真是往心里去了，不就杀几个强盗嘛！真是死心眼——他往哪个方向走的？"

羿令符望了望东北方向："在我的视线范围之内的时候，是往那个方向去的。"

有莘不破一跃而起，掠了出去，突然又跑回来对羿令符说："大哥，借你的鸟儿一用。他要走远了我怕找他不到。"

羿令符耸耸肩膀："你看。"有莘不破顺着他的眼光望上去，龙爪秃鹰流着口水，歪着头在辕门顶上睡得贼香。

"它中了江离的毒，我也不知道它会睡到什么时候。"

有莘不破鬼叫一声，撒腿向东北方向狂跑而去。

看着他消失在江离远去的方向上，羿令符喃喃道："你还会回来吗？……"

"你会回来吗？"雒灵抓紧了毯子，突然有些伤感。十七年了，她一直静如止水的心境第一次有了波纹。

越往东北，越见千里流火的影响。但有莘不破却不是懂得感怀的人，江山是否依旧，与他何干？

江离啊，你到了哪里？无边的旷野，哪里都可能是他的去处。正在茫然间，有莘不破突然发现在死气沉沉的旷野中有一线若断若续的生气，草木的种子在这一线生机中努力地生长着。

"这是江离无意中留下的气息？还是他混淆我视听的陷阱？"

他没有犹豫，凭直觉沿着这道生命线飞奔而去。

江离一路走来，一路都在思考，认真地思考。像所有年轻人第一次遇到需要独立解决的人生难题一样，他认真得有些可爱。

"既然他肯为你救人，就能为你不杀人。"当时羿令符这样说过。

"我不是为他而存在的。"当时自己这样回答。

如果他不拒绝有莘不破的邀请，或许那场引起自己不快的杀戮就不会发生。但是如果他正式参加了那次夜战，那么他会失去自己的坚持。

他一路走着，走累了就坐下，回了气又继续走。他并不知道自己在不知不觉中散发出去的生命气息，对这片受到天火余威波及的旷野影响有多大。他只是自顾自地茫然地想着，茫然地走着……

黄沙中，草丛上，一个熟悉的背影懒洋洋地躺着。有莘不破欢呼一声，冲了过去。江离躺在地上，既不惊讶，也不激动。对他而言，重要的不是有莘不破能否找到他，而是他决定怎么处理和他之间的关系。

有莘不破蹲了下来，笑眯眯地看着江离。阳光照在他的背脊上，有点灼热，原来已经中午了。

“别挡我晒太阳。”江离说。

“回去吧，最多我答应以后少杀……这个，不杀人了——除非遇到寿华城那种不得已的环境。”

“回去？回哪里去？”

“商队！我是新的台首啊！当初不是你那番话，我也不会真的当这劳什子台首。你对你说过的话不能不负责任！”

“我的归宿在天外天。”江离仿佛没有听到有莘不破的话，悠悠道，“那是一个还没有存在的境界，一个由我去创造的境界，一个仅仅属于我的境界，一个最完美的境界……”

“这个世界就很好了，要酒有酒，要肉有肉，要朋友有朋友，到什么天外天去干吗？”

“一辈子到底要干什么？我原来以为我知道，现在才发现我不知道。以前那些，都是师父告诉我的。”

“对啊！怎么都得有自己的活法。师父再怎么伟大，但他们是他们，我不会像他们一样，否则我就完全成了他们的影子、他们的附庸！我们带着商队，一起到天涯海角去闯荡，好不好？我们去寻找毒火雀池，好不好？找到那段世间最美丽、最忧伤的爱情，想办法扭转他们的不幸，好不好？”

“遇到师父以前的人生对我来讲是一片空白。我兜兜转转了这么久，到现在却发现自己回到了什么也不知道的原点。再过十几二十年，当我耗尽了我一生最美好的时光，是不是会再一次发现自己回到了这个原点？”

“……”

“也许二十年后我会发现，师父的说法是对的，那么我走了二十年的路不是会白费了吗……但也许是另一种可能，唉，未来充满可能，但也充满不可能。”

“……”

“也许，到我临死的那一刻……”

有莘不破突然站了起来，让开了身子，强烈的阳光直射江离的脸，逼得他睁不开眼睛。

江离停住了说话，揉了揉眼睛，慢慢习惯眼前的光线。

“这里好晒。”江离说。

“你知不知道祝融城？”有莘不破不接他的话，问道。

“苍长老说过，在南边，有穷的铜车就是在那里打造的。”

“我们的商队现在破破烂烂的不成样子，什么杂车杂兽都有。挑了窫窳寨，风马和犛牛都有了，做生意的本钱也有了，士气也起来了，但是却少了铜车——我们总不能赶着那些三轮木头车去闯天下吧。”

江离问道：“所以你要到祝融去买铜车。”

有莘不破点了点头：“买车，同时也做生意。苍老头说过，那里比寿华城还繁华呢。”

江离道：“但我为什么要跟你去做这些事情？”

有莘不破道：“有些事情就是一百年也想不通的，但这并不妨碍我们先做。”

江离侧头想了一会，道：“也对。”他站了起来，掸了掸衣服上的尘土，道：“走吧。”

有莘不破道：“去哪？”

江离道：“回商队吃饭啊，从昨天晚上到现在，我一直饿着呢。”

两个年轻人的背影消失在地平线以后，茈（zǐ）草[①]丛不远处一个

---

① 茈草：《山海经》中的植物。据《山海经·西山经》记载：“……北五十里，曰劳山，多茈草。”

若有若无的影子突然弹起，膨胀、丰满，恢复到人的模样。

“哼！好不容易逮住这香小子失魂落魄的机会，又让这臭小子冲了！”靖歆咬牙切齿，突然一挥手，沙土间多了一个洞，一头小怪物跳了出来。靖歆冷笑道：“紫奴！你要给札罗报仇吗？哼！凭你这点能耐，只怕白费心思。不如这样，你认我为主人，我帮你杀有莘不破那臭小子，怎么样？”

那紫色的小怪物眼睛滴溜溜地盯着满脸笑容的靖歆，充满警戒。突然往土里一钻，隐没在沙土中。它刚才站立的位置，一个若隐若现的黑影成钳子形，已经合围。

“可惜可惜。”靖歆叹道，收了影陷阱，整整衣衫，又是一副仙风道骨的气派，仿佛和刚才那个埋伏、欺骗、偷袭的人一点关系都没有。

靖歆走远之后，无垠的旷野突然出现一个比山岳更加雄伟的男子。他仿佛一直就站在那里，又仿佛是刚刚出现。他身上明明穿着杂役的衣服，但那气势却连绝代箭雄羿之斯也有所不及。

紫色小兽从土里钻出来，在这个男子脚下战栗着，连眼光也不敢向他看去。

男子挥一挥手，小妖兽如逢大赦，匍匐着、倒退着远去了。这伟男子若有意若无意地望了望天际的两朵白云，一声清笑，大踏步向东南方向走去。

天际白云间，不见人影在，但闻人语声。

“看来季丹雒明又要多管闲事了。”

“……”

“这两个孩子在一起，自保绰绰有余。我要回亳都去了。你呢？”

“我要去带江离走。和你徒儿待在一起，对江离来讲太危险。”

“危险？”

“青龙说的没错，我不想再失去一个徒弟。我不会在这个世界再待很久，没有时间再找一个传人。”

“我却以为让这两道水流继续随性流淌更好些。毕竟，这是他们自己的选择。”

“好的是你的徒儿，不是我的徒儿。”

“强扭风向，非自然之道。”

“又来了。五十年前你破门而出后，师父从此不曾说得一字之言语，直至飞升。三十年前那场七天七夜的激辩以后，你我见面再不论道，今天怎么又提起？”

“我说服不了你们，你们也说服不了我。但我希望今日之事，你不要介入影响年轻人的选择。”

“如果我仍坚持要带江离走呢？”

“……”

“你难道要和我动手？”

“下面这块土地才脱得天灾，若你我同门操戈，只怕下面又是一场大难。你徒儿的汗水气息无意间播下这一线生机，你我何苦做这等大煞风景之事。”

“那你为何还要拦我去路？”

“你我来一场赌赛如何？”

“我不赌博。”

“若与我一战，你有几成胜算？”

“……”

“我也没把握。既然如此，何不付诸赌赛？免伤和气。”

“怎么赌法？”

“这天劫百年一次，虽然周边诸侯各有避难之法，但百年一次，未免令人烦扰。”

“难道你想赌赛补天？”

“你在这大荒原徘徊不下十次，难道每次都仅仅是因为路过？”

“……”

“既然你本有此意，何不就以此作为赌赛，于天下、于生灵、于你我，都了了一件心事。”

“补天……这不是人的事情……这是神的事情，女娲的事情……”

“如果人道已足，何必空求茫不可知的神旨？”

“不要趁机撩上这个话题。”

“那你到底赌不赌？”

“补天非一日之功，等你或我功成之日，只怕早已人事全非。”

“你我僵持下去，只怕耽误更久。”

“也罢。我太一道数百年延续至今，自有长存之理。我相信不会至我而绝。”

“好，你我击掌为誓。”

“且慢。”

“哦？”

“现在不阻止江离，过些时日，他的命运就完全脱却我的掌控。”

“他的命运，本应由他自己思量抉择，你我当年不也是如此么？”

“近朱者赤，近墨者黑，和什么人在一起，还是大不相同的。总之现在我不下去见他，后事难言，再说什么也没用了。所以江离的事情不能做赌注。由他去吧！”

“妙极。那你想要的是……”

“成汤统一天下的志向，世上有识者谁人不知？你要补天之缺，化解这荒原上百年一次的天劫，是想打破商国与东南蛮夷之间的隔阂，为商国开通东南一路，将三苗[①]、戴（zhí）国[②]也纳入商国的版图吧？”

“开通东南之事，事关华夏教化之普衍、疆域之东进，倒不仅仅是为了天下之争。”

“是与否，你们心中自知。现在只说赌约。”

“这个世间除了江离，居然还有你挂怀的事情？”

“闲话少提——我要你下的赌注是：若成汤得天下，需继续奉我太

① 三苗：《山海经》中的古国，就是现在瑶族和苗族的祖先。据《山海经·海外南经》记载：“三苗国在赤水东，其为人相随。一曰三毛国。”

② 戴国：《山海经·海外南经》中的古国，就在现今的淮水流域，这个国家的人，要吃有吃，要喝有喝，无忧无虑，传说是世外桃源的原型。由于蛇特别多，这里的人都擅长弯弓射蛇。

一为正道，贬斥群邪。”

“……”

“你亦是太一宗出身，此事于你有何难处？”

“你不是不知道，我心中另有一套想法，与现有诸道都大不相同。也罢，不过你也得下相应的赌注才是。”

“自然。你说吧。”

“若天下形势倾向于东方，你需助我。”

“……”

“自禹启之时，大夏便奉太一为正道。你的难处我知道。但自孔甲[①]以降，数代共主亲近血宗，于太一道虚尊远敬，为求长生，常有暴虐之事。诸侯离心，四方多叛。”

“人间政事，易知胜负，难言道德。”

“以胜负之数论，若天下形势倾向东方，你的助力也不过令天下早定罢了。”

“……”

“东西之争，你举棋不定，那又何必指望大商成汤得天下后奉太一宗为正？”

“你说的也有道理。”

“既如此，击掌为诺！”

“啪——啪——啪——”

回音久久不去。

山岳风雷都不足道，或者只有天地才配为这三声击掌作证。

---

① 孔甲：夏王孔甲，在位31年，病死，葬于现在北京市延庆县东北三崂山。孔甲在位期间，肆意淫乱，是一位胡作非为的残暴昏君，使得各部落首领纷纷叛离，夏朝国势更加衰落，逐渐走向崩溃。

巧遇火神祝融的后裔

轻裘，骏马，美女。

有莘不破和羿令符赛马，在歧路失散了。“啊！那里有一个人，我们去问问路。”

勒缰，银角风马人立长嘶，雒灵却仍然稳稳地坐在有莘不破的背后，脸上微笑依然。

“这位大哥，你好，请问您知道祝融城怎么走吗？”

那人摇摇头，说：“你问我弟弟。”

“你弟弟在哪里？”

“我弟弟给了我一个麦饼，对我说，哥，你坐一坐，我不回来你别走开，然后就走开了。”

雒灵聆听这个胖子的心声，空荡荡的一无所有，心想：“原来是个白痴。”

“那你弟弟往哪里走了？”

胖子随手指了一指。

有莘不破道：“谢谢了。大哥你怎么称呼？”

“什么？”

“你叫什么名字？”

“我叫马尾，我弟弟叫马蹄。”胖子很自豪地说，“他是一个很骄傲、很骄傲的人。”

有莘不破拿出一方布币，对胖子说：“大哥，这个给你。”

“我不要，”胖子咬着粗糙的麦饼，说：“我要什么东西，问马蹄就行，他什么都有。”

小湖如镜，湖边一所很突兀、很古怪的房子，房子门前一个十四五岁的少年，少年坐在一个离湖岸数丈的地方，拿着一根数丈长的鱼竿，凝神垂钓。

马蹄一动不动地蹲在水边，很远的地方，一只文鳐鱼[①]张着翅膀在灰暗的光线里飞掠而过。突然水面破裂，他回过神来，只见一尾活蹦乱跳的䰻魮（rú pí）鱼[②]被一根由蚕丝拧成的鱼线钓得飞了起来，摔在青草坪上，鱼尾敲击地面发出悦耳的声音。马蹄冲过去，小心翼翼地按住，取出鱼线，捧到少年身边，躬身奉上犹在挣扎的鱼，却听少年道："扔了吧，我今天要的是金鲤。"

马蹄不敢违拗，他知道这种鱼肚子里有珍珠，但也只犹豫了一下，便扔了䰻魮鱼。少年重新上饵，远远抛了出去。过了半晌，似有波纹异动。马蹄小声道："金鲤！"少年急道："别说话。"眼见鱼线一动，再动，少年就要扯竿，突然地面震动，一匹风马冲近前来，湖水漾起了一圈涟漪，鱼线再不动了。

少年一愣，向来骑怒目而视。马蹄抬起头来，见到了有莘不破。

轻裘、骏马、美女。

雒灵听到了一个无限艳羡的声音，顺眼溜了马蹄一眼，这个男人心声中所充斥的欲望，比以前所见过的任何人都来得强烈。不过她对这种欲望毫无兴趣，只是稍微溜了一眼，便不再理睬。

"你知道我为了钓这尾金鲤，等了多久吗？"少年怒气冲冲地道。

有莘不破一愣。

少年跳起来道："一个时辰！我整整等了一个时辰！"

有莘不破看了看钓竿，明白过来，顺口道："才一个时辰，也不算久啊！"

"什么？"少年惊叫道，"不算久？一个时辰够我烧出六十六个小

---

① 文鳐鱼：《山海经》中的一种能在天空飞的鱼。据《山海经·西山经》记载："……多文鳐鱼，状如鲤鱼，鱼身而鸟翼，苍文而白首赤喙，常行西海，游于东海，以夜飞。其音如鸾鸡，其味酸甘，食之已狂，见则天下大穰。"

② 䰻魮鱼：《山海经》中长着鸟头的鱼，肚子里能生出珍珠。据《山海经·西山经》记载："……多䰻魮之鱼，其状如覆铫，鸟首而鱼翼鱼尾，音如磬石之声，是生珠玉。"

菜，酿成八十八坛美酒，整治出一百零八个点心！”

有莘不破笑道：“我曾见一个人花了整整三个时辰，才准备好佐料、炭火、器具，又花了整整一个时辰，才做出一味清汤，我偷了一勺吃了，只是一勺，那味道却终生难忘。”

少年本来暴怒，但听到他讲到烹饪，竟不觉呆呆听着。有莘不破继续道：“那人对我说，一饮一食，不过适性而已。但若论起烹饪之技，似乎并不是菜做得快就了不起。”

少年点了点头，道：“你说得很有道理。我很久没有遇到一个能说出这种道理的人了。你的烹饪之技一定十分了得。”

有莘不破笑道：“我不会做菜，只会吃。”

少年大喜，道：“那更好。你能在一勺清汤中品出无穷味道，那是大大的食家了。你一定要到我家来，试试我的手艺。”

有莘不破指着那栋古怪的房子说：“那就是你家吗？”

少年笑道：“那怎么会是我家，那是我的厨房。”

“厨房？”

“是啊，我家在祝融城。”

“祝融城？妙极，我刚好要去祝融城。我叫有莘不破。”有莘不破心念一动，道：“你叫马蹄吗？”

马蹄一呆，已听少年道：“马蹄？谁啊？不认识。我叫芈（mǐ）[①]压。你要去祝融，那最好就住在我家吧。”

有莘不破道：“住宿就不用了，我带的人太多。”

芈压笑道：“不要紧，我家大得很，就是一百个人也住得下。”

有莘道：“不止一百个人。”马蹄吓了一跳，芈压也有些诧异，道：“商队？”

有莘不破点了点头。芈压道：“那也无妨，祝融这么大，多来几个商队也安排得下。”

有莘不破道：“祝融城城主姓芈，你……”

---

① 芈：芈姓源于轩辕氏，上古南方大族的姓氏，楚人的先祖。

芈压笑道："那是我爹爹。"三两下收拾好渔具，随手抛下一块布币给马蹄，对有莘不破道："跟我去厨房"，转身进了房子。

有莘不破正纳闷他这句话是什么意思，却见那房子的墙根突然冒起火来，连惊呼也未发出，房子已经稳稳飘了起来，"房子"底下有百十只火鸦托着，向前飞出。

有莘不破大笑，道："这个有烟囱又会冒火的'大盒子'，到底是房子还是车啊？"

眼见房子已经飞出数丈以外，便要策马，马蹄急道："我、我就是马蹄。"

"哦，是吗？跟你哥哥说谢谢他指路。"有莘不破顿了一顿，随口应道，纵马驰去，马蹄怔怔望着他的背影，喃喃道："男人就应该这样活着。"他向芈压临走前抛下的布币走去，俯身拾起，小心翼翼地收好，又抓起那条早已缺水而死的鱼摸了摸，没发现肚子里有珍珠，便捧着它寻路找到马尾。

马尾拿着一小块不舍得吃的麦饼，一见到马蹄，高兴地塞进嘴里，说："你看，我刚好吃完。"马蹄道："哥哥，刚才有个骑着马、背后坐着一个很漂亮的女人的男人向你问路吗？"

马尾点头说："是啊。不过那女人很漂亮吗？她就像我们老家那个湿淋淋的山洞里长出来的菁（gū）蓉草[①]。"

马蹄道："那是茈草啦。"

"菁蓉草！"

"好啦好啦，我们走吧，走得动吗？"

"嗯！"马尾肉颤颤地站起来，跟着弟弟进了城。

有穷商队虽然还没到，消息却早已进城，满城的人都在谈论这件事情。虽然有穷历来只做上等行货的买卖，带动的却是整个祝融从上到下的价值链。有穷的人众需要吃喝，食肆的生意便火起来了；有穷的马匹

① 菁蓉草：《山海经》中的植物，古人的绝育药，人吃了就不生儿女。据《山海经·西山经》记载："有草焉，其叶如蕙，其本如桔梗，黑华而不实，名曰菁蓉，食之使人无子。"

需要喂养，草料就贵起来了；有穷的车具需要整修，木匠铁匠就动起来了；有穷的勇士需要寻欢，妓女就值钱起来了……而要和有穷谈生意的人，也需要应酬，需要交际，需要大量的酒肉和大量的女人。买了有穷的货物再转手，又形成了第二围的交易圈……市面动起来以后，人流就多了，乞丐出动，小偷出动，无赖出动——总之三教九流各色人等都在一日之间因有穷商队的到来活跃起来。从最上等的酒楼到最低贱的贫民窟，都离不开一个话题：有穷商队。

“原来他是那样了不起的人。”马蹄喃喃自语。“我不知道什么时候才能像他那样。”这句话他不敢说出口，因为那只会惹来耻笑。

他带着马尾来到城北的茅屋群，到了自己的地盘，看到画着一条歪歪斜斜的马尾巴的破墙下睡着一个小乞丐，冲过去一阵暴打。“你竟敢在老子的地盘睡觉！”他大喊，把那个残废的小乞丐打得哭爹喊娘地逃跑了。他让马尾在墙角下呆着，用死鱼换回了两块麦饼，撕下一半自己吃，另外一个半给了马尾。

“哥，你在这里待着别乱跑，我去打猎。”打猎的意思，就是去找赚钱的活儿。就像他前几天发现有一个贵公子带着一座会飞的房子在那个湖边钓鱼，便赶紧上去巴结，希望是一条财路。他在那里小心伺候了三天，不敢多说话，连名字也不敢问不敢报，所以直到今天才知道那小哥竟然是高高在上的少城主。

马蹄刚要走，马尾问：“你不去老巫那里学字吗？”马蹄道：“先去学字，然后去打猎。”马尾道：“小心些，不要像上次那样给人发现，打个半死。”

其时日已过午，马蹄从祝融火巫家的狗洞里钻了出来，一路寻思这个月的营生。突然街上人潮涌动，纷纷嚷道：“来啦，来啦，有穷进城了！”人潮向两边迫挤，让出中间一条宽敞的大道。马蹄在无数人头的间隙中看了个饱，直到商队过尽，还呆呆出神。回到城北，兴高采烈地对马尾描述着：“威风！真是威风！领头的那人腰盘大蛇，头上飞着一头好大的鹰，座下跨着好俊的马！威风，真是威风！还有他后面的那车！天！那车竟像是花做的，那个香啊，隔着一座山也能闻到。车里那人不知道是什么人，倚在花丛里睡觉，肩头上还睡着一只九尾狐狸，不知道是活的还是死的。总之这些有钱人真威风，真他妈奇怪！”

马尾却对这些东西没什么兴趣，马蹄那么高兴地说，他也就那么高兴地听。

马蹄道：“要是我们能进有穷商队……哥，我们去求他们收我们好不好？”

马尾说：“只要和你在一起、有麦饼吃就行。”

马蹄笑道：“麦饼？那些大铜车里也不知道藏了多少金银财宝，有人说里面全是金子、珊瑚、珍珠……总之，就是把整个祝融城买下也绰绰有余……”

“买铜车？”祝融城城主芈方看着这个儿子带来的朋友、有穷商队新的台首，缓缓道：“有穷的铜车，确实是在这里定做的。不知羿世兄要买几辆？”

有莘不破道：“有多少买多少。”

芈方道：“这么说，有穷的钱是凑够了？”

有莘不破道：“钱没问题。”

芈方道：“那就好。打造一辆有穷这样规格的大铜车费时甚久，五年前羿兄有意再造一支车队，付了一半定金，这五年来我们的工房风雨不休，共造得五五二十五辆铜车。”

有莘不破嚼舌道：“五年才造了二十五辆？”

芈方道：“不错，估计也得再过得一两年，才凑得全原先所定的三十六辆之数。”

有莘不破道：“那我就先取这二十五辆吧，其他以后再说。”

这时，却听门房来报，却是羿令符、江离和有穷四老到了。众人礼见，芈方扶住羿令符道：“羿兄英姿笑语犹在耳际，不意天道难测，世间英雄，又弱一个。”

羿令符咽声道：“父亲去得匆忙。小侄未能告丧四方父执亲友，甚是惭愧。商队启行未久，不敢半途而废，以违家父之愿。故背不孝之名，忍剜心之痛，风霜不避，行商四方，以完先人之志。先父在时，常以世伯良言训导小侄，今日得见世伯，如见先父，思念及此，常令小侄悲喜满膺……”话未已，泪如雨下。众人连忙相劝。

不多时家宰[1]来报：少城主已经安排好筵席，请贵宾上座。

羿令符让有莘坐首席，让江离坐次席，自己坐在第三。雒灵不愿离有莘不破左右，就在他身边加了一张椅子。苍老见这少女不知礼数，而有莘不破又如此纵容，心中不悦。

芈方冷眼旁观，暗暗惊奇："羿之斯有子英雄如此，何以竟把商队传给外人？这已是一奇。羿令符是正统传人，这有莘不破得了他的位子，他竟像毫无罅隙，这又是一奇。这叫江离的年轻人弱不禁风，既无名位，又无身份，羿令符居然愿意屈居其下，更是一奇。"

当下主人劝酒，宾客把杯，祝融虽然僻处南方，但芈氏乃中原官侯之后，筵席虽欢，礼数井然。

初春之夜寒如水。马蹄和马尾紧紧抱在一起，用彼此的体温御寒。

"毒火雀池？"芈方道，"是孟翼之攻颛顼之池吧。"

孟翼是上古西南部落的首领，曾经发起挑战中原共主颛顼的战争，那孟翼之攻颛顼之池据说就是他战败之地，后人遂用这场惊天动地的战争作为池名来加以纪念。因其池满是毒火，而且始祖神兽朱雀曾在那里出现，因此民间口顺，就叫它毒火雀池。

"没错，就是毒火雀池。"

芈方点了点头，说："出此城再向西南方，需经巴国[2]，过蜀国[3]，万水千山，远，远，难，难。"顿了顿又道："巴国多姜、丹沙、石、

---

① 家宰：古代士大夫家的管家。

② 巴国：《山海经》中记载的古国，今天的重庆。据《山海经·海内经》记载："西南有巴国。太葜生咸鸟，咸鸟生乘厘，乘厘生后照，后照是始为巴人。"太葜就是中华人文始祖伏羲，后照就是巴人始祖。

③ 蜀国：古国，古蜀人建立的国家，今天的成都。

铜、铁、竹、木之器，其民丰饶，商行至彼可获厚利。但那毒火雀池却在南疆瘴疠丛生、魔兽横行之处，商队去那里做什么？”

有莘不破笑道：“玩儿啊。”

芈方一愣，羿令符道：“凤凰不憩无宝地，既有名禽必藏至宝。”

芈方点了点头，不再言语。芈压却饶有兴趣追问道：“爹爹，那毒火雀池有一只火雀吗？”

芈方笑道：“古老相传，不足为信。”

江离道：“芈氏先人为帝喾（kù）[①]的火正[②]，掌万国火种，光融天下，号称祝融，这名禽既然以火为名，城主怎会不知？”

芈方道：“江离世兄好学识。只是我芈氏为祝融旁支，千年递传，至于老朽，已有衰落之势。”

有莘不破道：“芈压聪明伶俐，将来一定能令芈氏振兴。”

芈方叹息道：“这孩儿生来聪明，我本来对他也抱有重望。岂知他不学好，整天流连于庖厨之间，迷恋烹饪小技，唉，我如今只希望他能把这份家业传下去，莫在他手上败亡得一干二净便足愿了。”

芈压不服，嘟起小嘴道：“什么烹饪小技？烹饪的学问大得很！”

芈方冷笑道：“什么大学问？在各位贵宾面前胡说八道，也不怕贻笑大方！”

有莘不破道：“不然。烹饪虽是小技，但若说关乎大道，却也不错。其于治国，其于天道，实有相通之处。”

芈压大喜，连连道：“就是就是。”

芈方有些不悦，说：“小儿年纪尚幼，世兄这说法若无根据，只怕难脱谄媚之嫌——让我这个连是非也还不懂得分辨的小子听了，更是大大有害！”

有莘不破正色道：“城主这话说重了。我和芈压相交甚得，哪有教

---

① 帝喾：姓姬，为上古时期“三皇五帝”中的第三位帝王，黄帝的曾孙，前承炎黄，后启尧舜，奠定华夏基根，是华夏民族的共同人文始祖。

② 火正：上古时期掌火之官。

坏他的道理。我虽然不懂得烹调，但家师之于烹饪，却是古往今来第一大高手。我虽不学烹饪，但也听他老人家说过，天下之至味，亦通天下之至理！”

江离听他这几句话俗音少而雅言多，不禁看了他一眼。心想：“你平时故意粗声粗气说话，这会子说起什么天下至理，倒是头头是道。”

芈方道：“有何至理，不知世兄能否为我这块老朽木头剖析一二？”

有莘不破道：“当日我祖父与我师父相会于鼎俎之间，因问起治家理国之道，我师父以味为喻，说出一番道理。当时我虽不在场，但因此论甚高，祖父铭之象鼎，以训后人。故小子也常诵习。”

芈方颜色稍霁，芈压竖耳聆听。

有莘不破道：“如以天下三大类肉材而论，水居者有腥味，肉食者有臊味，草食者有膻味。然能变臭为美，就在于调味料理得宜之故。”芈压会心地点了点头，有莘不破继续道：“凡味之本，从用水开始。以酸甜苦辛咸五味，将水居、肉食、草食三材经过九沸九变加以料理，用火时疾时徐，灭腥去臊除膻，调以甘酸苦辛咸，先后多少，用量存乎一心，鼎中之变化精妙微纤，虽言语不能尽言，这味道精研到了极处，暗合阴阳四时之变化，与礼乐射御之学不遑多让。”

芈方听到这里微微颔首，芈压更是连眼睛也亮起来了，这些道理无不暗合他近来烹饪时的心得，心虽得之，口不能言，被父亲用大道理压着，自己明明不服，却又说不出什么上得了台面的话来，只能乱发脾气和父亲抬杠。只听有莘不破继续道：“知其理，通其事，察其变，鼎中之物，方能久而不弊，熟而不烂，甘而不浓，酸而不酷，咸而不减，辛而不烈，淡而不薄，肥而不腻。”

苍长老突然想起，此论似曾听过，只是一时却想不起何处听来，但隐隐感到此论关系重大，忙一边思量，一边细听——“如其取材，丹山之雀，洞庭之鱼，昆仑之苹，寿木之华，南极之碧菜，云梦之青芹，阳朴之姜，招摇之桂，越骆之菌，鳖鲔之醢，大夏之盐，宰揭之露，长泽之卵，玄山之禾，不周之粟，阳山之穄，南海之秬——肉之鲜，菜之美，和之胜，莫过于此。”

芈压寻思：“若此，我能得十之五六而已。”

芈方心道：“此为喻体，其理未出。”

有莘不破续道：“至若水之美者，三危之露，昆仑之井。用果，箕山之东青鸟栖息之处，有甘栌，江浦之橘，云梦之柚，汉上石耳，也都是佳品。至于常山之北，投渊之上，有供天神食用的百果，那就更加难得了。”

芈压寻思：“若像这些，我所得不过十之一二。但此等宝物，却如何才能全部弄到手！”

却听有莘不破道：“但这些宝物，如何才能得到呢？必须得青龙与天马为坐骑。那么又如何能得到青龙与天马呢？那就得先得至道、穷天理，若未得至道、未穷天理，那就算是天子也无法驾驭青龙与天马。那么如何得至道、穷天理呢？大道不向外求，而贵修德自立，修德自立则家齐国治天子成，天子成则至味具。”

这番话乃是伊尹借烹调之理劝成汤修德，这时有莘不破说将出来，只听得芈压如痴如醉，芈方也欠身作揖，道：“老朽井底之蛙，非世兄，今日难闻上国至理。惭愧惭愧。”

苍长老突然心头大震：“师父？祖父？难道他是那人的徒弟，那人的孙子。原来如此，原来如此！”

马蹄半夜醒来。想起生来贫贱，四方流落，与哥哥相依为命，过了今天，不知道明天的着落。十多年来寻寻觅觅，只希望能给哥哥寻到一个饱暖的窝也不可得。

“为什么我不能像有穷的那个台侯那样？为什么他年纪轻轻就能让全天下的人都知道他的名字？一样的年纪，一样是人，为什么我却要遭人白眼，受人唾弃？为什么要窝在这里挨寒受冻？”

“弟弟，别想那么多，睡吧。”不知什么时候，马尾也醒了。

“哦。”马蹄阖上了眼睛，却止不住脑中澎湃起伏的浪潮。

两个穷苦的倒霉蛋

马蹄兴冲冲对马尾说："听说有穷商队在招人。"

马尾说："哦。"

马蹄说："本来有穷从来不收外人的，但听说这次是因为打强盗的时候死了好些人，所以才破例在本城增加人手。"

马尾说："哦。"

马蹄说："太好了，看来这是老天给我们的机会。我们一定要抓住这个机会翻身。"

马尾说："哦。"

马蹄说："他们招的只是杂夫、御者和几个匠人。御者的要求太苛刻，匠人我们做不来，我们先从杂夫干起——但我知道，有一天我会出人头地的。一定！"

马尾点了点头。

苍长老坚决反对在外边招人，有莘不破却想扩大商队的规模。寿华城和三天子鄣山两场恶战，本来就损失了好些人手，虽然在寿华城曾"精挑细选"地补充了若干杂役，只是要维持原来的规模人手也不足。

"这样吧，"江离打圆场说，"入选的人我一个一个看。"

苍长老就没什么话说了。经历几件大事以后，加上羿之斯、羿令符父子对众人的感染，造成了有穷上下对这个年轻人的高度信任——尤其在四老眼中，无论从哪个角度看，江离都比有莘不破可靠得多。

"不过，得有个人帮我。"

"谁？令符兄？"

"我想要个美女陪着……"说着，江离看了看不很情愿的雒灵。

有莘不破替雒灵解围："她不会说话，你会闷的。"

"她不肯？"

雒灵低下了头。

“你不肯？”

有莘不破看了看江离，又看了看雒灵，说：“我们一起去吧，多一个人，看得更仔细。”

“你就这么不放心她？怕我把她吃了？”

“不是啦。”有莘不破说，“反正我闲着也是闲着。”

“谁说你闲着？关于买铜车的事情，苍长老还没跟你说吗？”

马蹄在初试的时候就被拒绝了。

“我们不能带着一个白痴上路。”

马蹄望了望站在不远处啃着麦饼的哥哥，脸色突然变得有些阴冷。没人知道他在想什么——实际上对他这样的小人物，除了马尾，根本没人去注意他。

雒灵坐在七香车里，低着头，看也不看身边的江离一眼，仿佛有点害羞。

“其实，我们早就该谈谈了。”江离说，“有莘把你带回来以后我一直没怎么留意过你，但令符却说你不是一个简单的女人。”说到这里他叹了一口气，继续道：“你知道，这个男人看人一向很准的。”

马尾无忧无虑地咬着麦饼。

马蹄看着马尾无忧无虑地咬着麦饼。

快二十年了，这个哥哥到底是和自己相依为命的亲人，还是拖累了自己的远大前程的包袱？这一路走回贫民窟，他被这个问题缠绕得很烦！“难道我要为了他而一辈子吃麦饼、睡墙角、做帮闲？”他摸了摸藏在怀里的那一块布币，犹豫了很久，终于说：“哥，今天我请你吃肉饼，好不好？”

“真的？”马尾眨着眼睛，见弟弟点头，高兴地说：“呵呵，呵呵，呵呵。”

"你在这里等我一下，千万别走开。"

马蹄转了个弯，走了两条街，买了一块肉饼和一包老鼠药。回来的时候，马尾还在那里高兴地等着。

"什么？"有莘不破跳了起来，问道："我们的钱不够买二十五驾铜车？"

"不是，"苍长老道，"是不够付二十五驾铜车的半数——五年前，台侯——呃，先台侯已经付了半数了。"

有莘不破道："怎么会这么贵啊？我们可是把窦窳寨搬空了。"

苍长老道："炼青铜甚是不易，而祝融所炼出来的青铜更是天下一等一的精品。不说质量，光是打上祝融两个字，任何铜器都能增值三分。而祝融为我们商队量身定做的铜车更是非同小可：每一驾铜车不仅实用，而且精巧。车城布开之际，一钉一板，丝丝入扣，的确巧夺天工。我有穷商队能畅行天下，和这铜车实有莫大关系。"

有莘不破苦笑道："我不是不知道这铜车的好处——实际上这些铜车根本就是一栋栋会动的房子。连成车阵，简直就是一座可以随时拆分的城堡。一分钱一分货，它这么贵原也应该。'这么说，有穷的钱是凑够了？'我终于明白芈城主那句话是什么意思了，可笑我当初还夸口说钱不是问题呢。"他顿了顿，问道："现在我们的钱大概能买多少？我们还剩下的大铜车还有几辆？"

"如果把所有货物全部脱手，大概可以买下二十四辆。我们原来还剩下十五辆，去残去废，只剩下十二辆。"

有莘不破道："那好啊，刚好是三十六辆之数。"

苍长老道："但这样的话我们就什么都没有了！只剩下铜车！没有本钱也没有货物！怎么做生意？还是少买几辆吧。下次回来再购齐。"

"不行！少了一辆，车阵便不完全。再说我从来不喜欢走重复的路，也许商队再来到祝融的时候，我早不是你们的台首了。"

苍长老心中一跳，看了看坐在旁边一直没开口的羿令符，想起他曾说过的话："如果有一天他要离开，这个商队也羁绊不住他……"

“买下，全买下！本钱的事情我再想办法。嘿，有了车阵，咱们商队又这么强，怕找不到钱？”

苍长老吓了一跳，道：“您、您不是想再找一个窫窳寨吧？”

有莘不破笑道：“不行吗？”

苍长老高声道：“不行！绝对不行！咱们是商人，不是强盗。上次铲平窫窳寨，还可以说是师出有名，如果再做一次这样的事情，那么以后我们商队周转遇到困难，就不会再考虑别的办法，只会想到去抢劫。这种理念一定要杜绝，它会伤害我们商会立足的根本。”

有莘不破笑道：“好啦好啦，我也是商国出来的，商人应该是怎么样的我还不知道？总之二十四驾铜车我是买定了，以后的事情……会有办法的。”

“那天晚上我在‘松抱’的时候很奇怪，当时自己思绪太乱没有细想，但过后总觉得有点不对劲。当时你也在场的，虽然说闭着眼睛，但我知道你没有睡着，对吗？你能告诉我哪里不对劲吗？”

雒灵静静地听着，不但一句话也不说，甚至连一个念头也不转。

“其实你不用这么紧张——嗯，对了，你现在不是紧张，而是全身放松，让心中没有一点想法。但你不用这样做啊。我又不是心宗的高手，别人不说话的时候，我是没法窥知她心里在想什么的。”

雒灵仍静静地听着，不但一句话也不说，甚至连一个念头也没转。

“你怎么又来了？”

“我把我哥哥安顿好了。”

“这么快？”

“其实在这座城里我还有个叔叔……”马蹄说着，摸了摸怀里还剩下的老鼠药。

“我有个主意。”一直不说话的羿令符突然说。

有莘不破喜道：“妙极！你的话就像你的箭，不发则已，发则必中！既肯开口，肯定有高招。”

羿令符懒懒道：“不是高招，是烂招！还记得前几天芈城主对你的鬼王刀赞不绝口么？”

有莘不破皱眉道：“果然是烂招，明知道我喜欢那把刀，还要打它的主意。”

羿令符道：“兜里没钱却想买好东西，还要一次性买好多好东西，总得放点血。我们也不会让你单独放血，咱们把刀连同子母悬珠、七香车一起抵押在这里。下次商队赚够了钱，再行赎回。反正芈城主看中的不是鬼王刀本身，而是炼制它的法门。有个一年半载，够他研究了。”

有莘不破自言自语道：“‘我们也不会让你单独放血’，看来倒像是你和江离早就商量好了的……那我还能反对？”

苍长老道：“这倒是好主意，不过只怕分量还不大够。”

羿令符道：“加上有穷之海，总可以了。”

苍长老急道：“不成不成。”

羿令符道：“只是抵押在这里，你还怕芈城主吞没了？”

苍长老道：“芈城主哪会吞没……不过……唉……”

“既然苍老也没有异议，”有莘不破拍板道，“那就这么定了吧。苍长老你再和芈城主讲讲价，让他打个折扣，钱就不用折现了，弄些刀剑弓矢就行。”

只听门外的芈压笑道：“不愧是商国来的，真会精打细算。”

“你走吧。”江离只看了马蹄一眼。

“为什么？”马蹄有些失态。

马蹄虽然不清楚江离在有穷商队具体的地位，但从众人对他的神态中也猜想得出这个肩头上睡着一头九尾灵狐的年轻人一句话就能决定自己的去留。

“我有的是力气，脑袋也够灵活，我吃的不多，但各种各样的活都能干。”他不甘心，只要还有一丝机会他也要努力到底，如果不是这种坚持，这种韧劲，他和马尾早就饿死在这个乱糟糟的时代了。

“而且我又没有什么牵挂，无论到天涯海角，我都会忠心耿耿、无怨无悔地跟着商队走。平时我也很老实，您可以打听一下，所有人都会说我是这座城里最守规矩的人。做个杂夫，我可以的。”

江离并没有再看他第二眼，只摇了摇头：“不行，你走吧。”

阿三在旁劝道：“小哥，江离公子说了不行就不行，你快回去吧。后面还有一大帮人排着队呢！”

马蹄有些绝望了，但仍不甘心：“能、能告诉我为什么吗？”

江离半阖着眼，没有说什么。

阿三又催促了几句，马蹄不服气地问：“算我求求你，告诉我，我为什么不行？”

“你身上有一股我不喜欢的味道。”江离的眼睛仍然半阖着，“这种味道和死亡有些关系。具体是什么事情我不知道，也没兴趣知道。我只知道如果追究下去答案也只有一个：这个商队不适合你。这样的答复，满意了吗？”

马蹄涨得通红的脸突然变得惨白异常。他没有再说什么，不甘心地退了下去。

看芈压走进来，有莘不破笑问道：“你来干什么？偷听买家的机密，很不道德的。”

芈压道：“我见你们招人招得差不多了，听说过几天就走，过来请你们喝酒，算是饯行。”

羿令符道：“是你请我们，还是芈城主？”

“当然是我！”芈压道，“如果是我爹爹请，你们就吃不到我的小菜了——他不会让我下厨的！”

羿令符道：“你年纪太小，还不应该喝酒。”

芈压道：“小！谁小？我今年十五了，已经成人了！别说喝酒，到天下哪里去闯荡都没问题。”

羿令符道：“顺便带上你那会飞的房子。”

芈压一本正经地更正道：“是厨房。”

羿令符道："顺便寻找传说中的丹阳之雀、昆仑之苹。"

"对啊！"芈压话一出口，便觉失言，有点口吃地说："你、你……"

有莘不破接话道："我们离出发还有好几天呢，你就自个儿要给我们饯行，只怕没那么简单吧。"

羿令符笑了笑，道："这孩子是给你撩拨得动心了。"顿了顿道："不过我们不会答应的，你还太小。"

芈压涨红了脸，强撑道："答应什么？"

羿令符道："我们行商在外，风餐露宿，带着个孩子太不方便。"

芈压给他左一句"孩子"，右一句"太小"，说得恼羞成怒："谁说我是孩子？谁说我小！我就是要出去闯荡，就一定要跟着你们吗？哼！"说完怒气冲冲转身就走。

苍长老说道："这位少城主的脾气倒是火爆得紧——来得快，去得也快。"

羿令符道："这不是火爆，是小孩子脾气，偏偏还不服小。"

有莘不破道："小孩子不服小，老人家不服老——这本来就是人之常情。你也过分了点，一点余地也不留下，让他下不了台。"

羿令符道："你呢？难道你真想带着他走？"

"我可没这么说过。"

羿令符笑道："那他临走前你那个眼色是什么意思？"

有莘不破瞪眼道："你这双眼睛怎么比你那头龙爪大鸟还毒！"

"我只不过是想提醒你，"羿令符笑着说道，"如果你真打算这样做，小心芈方出动大军把我们给灭了。千万别仗着咱们买了他的铜车可以布阵！芈城主虽然一直是彬彬有礼的斯文样子，但你要是敢拐带他的儿子，嘿嘿嘿，芈家的重黎（zhòng lí）[①]之火，可比蛊雕的胃液厉害得多。"

突然下起了雨。

---

① 重黎：就是火神祝融。

马蹄冷冷地看着在泥浆中滚动着的马尾，耳边传来他一句又一句的呻吟：“啊！弟弟，你，回来了，唉，好痛，我好痛……你走后不久，我，就痛，唉，肚子好痛。唉，弟弟……”

马蹄突然狂奔而去，回来的时候提着一个破桶，桶里溢着冷水。他把马尾按住，捏住他的鼻子往他口里灌。

马尾的呻吟模糊起来，手痛苦地乱撑、脚痛苦地乱踢。马蹄直灌到马尾口鼻冷水倒涌，这才放开他，任由马尾呕吐。等马尾吐到什么也吐不出来后，又压住他重新灌。

雨停的时候，马尾已经吐到整个胃里连酸水也没有了。

“肚子还疼吗？”

“不疼了。”马尾整个人虚脱了，躺在湿漉漉的地上，却呵呵地笑着：“我弟弟真好，真本事，又救了我一次。”

第五章
火神祝融的家族神迹

收服神兽驺（chú）吾

古道到了尽头。再过去，就是西南边境，已不是祝融城的势力范围——甚至连大夏王的威严在那里也大打折扣。从六百年前开始，始祖大夏王威震神州，诛异己，封边鄙，对巴国驰封尊位，巴国国主自知无力与之争夺天下共主的高位，拱手臣服，成为天下八大方伯之一。但自从太康失国、后羿代夏①，天下纷然，西南一脉又有划地自守之势。

"台侯，我们真的还要往前？"苍长老有些担心，毕竟这里是有穷商队历代以来最西南的极限。再往前的路，连行商六十年的苍长老也一片茫然了。

① 太康失国、后羿代夏：夏启晚年，生活日益腐化。他喜欢饮酒、打猎、歌舞，不理朝政。启死，儿子太康继位，也沉湎于声色酒食之中，政事不修，促使内部矛盾日趋尖锐，外部四夷背叛。东夷族有穷氏首领后羿看到夏王朝内部矛盾重重，借太康外出狩猎数月不归之时，乘机掌握了夏的政权。太康死后，其弟仲康继位，仲康势弱，当了傀儡。仲康死后，其子相继位。后羿把相赶走，自己当了国王，史书上称"太康失国""后羿代夏"。

“当然！”有莘不破一挥鞭，策马冲了过去。商队跟着台首的风马辚辚前行，江离居中，羿令符押后。当苍长老见羿令符也毫不犹豫地冲过这道有穷商队从来没有跨越的界限后，他知道，以后的路再也不是他所能预测的了。

有穷国的勇士们在荒凉的旷野中，唱起悲壮的歌曲，歌颂着永恒的鬼神。

凌乱的草木间，一头猛兽被歌声惊醒。这歌声何等熟悉。它模糊地记起那支吓得它千里亡命的羽箭。它放轻了脚步，慢慢走到丛林的边缘，看着一堆长长的东西在它身边经过：那堆东西里有风马，有犨牛，有人——但并没有那个天神般的人类的气息。看来这群人不是那群人。咕噜噜……它的肚子饿了。

“哈哈！”阿三兴冲冲地骑在从窫窳寨夺来的银角风马上，一边履行巡视的任务，一边享受驰骋的快感。近来和阿三结交成酒肉好友的老不死，骑在一头杂种毛驴上，扑颠扑颠地试图跟上他。突然老人家有点内急，驱驴到灌木丛解手，然后他看见了那双闪着凶光的眼睛，登时把要排泄的东西都吓回去了。

“啊——救命啊！老虎，不！怪兽！不，那个那个啊——”

阿三赶了上来，也惊叫一声：“驺、驺吾[①]！”

驺吾对老不死这堆烂肉不感兴趣，这堆人里有更新鲜的肉在。它抖了抖它得意的毛发，风一般向一个挡在它面前的骑士冲去。

阿三大骇，狂叫着向离得最近的江离逃去：“救命啊！”

驺吾闻到一股清香，食欲大增，舍了阿三，向那细皮嫩肉的人类扑了过去。只见那人类袖中突然生出一条长满鲜花与毒刺的巨藤，闪电般

① 驺吾：《山海经》中一种像虎的怪兽，骑上它能日行千里。据《山海经·海内北经》记载：“林氏国有珍兽，大若虎，五采毕具，尾长于身，名曰驺吾，乘之日行千里。”

卷了过来。

“怎么回事？”有莘不破问道。

“来了一只驺吾，和江离公子正斗着呢。”

“驺吾？那算什么。”但有莘不破仍回马向中队驰去。到了附近，只觉眼前一亮：只见一头神俊的猛兽全然不畏江离的藤鞭，一次次被逼退，又一次次勇敢地扑上。这只驺吾年纪还小，但已经显露出兽王应有的无限活力。

坐在有莘不破背后的雒灵突然听见一阵狂喜的心声。她刚想探出头来看看有莘看见了什么好玩事物，身前一空，有莘不破已经溜下马去了：“你待在这里别动，我去抓它。”

这时羿令符也已经飞驰过来，正要取弓，便听有莘不破嚷嚷着：“别伤了它！多漂亮的家伙，我要抓它做我的坐骑。”阿三看驺吾张牙舞爪的猛态，实在无法把它和“漂亮”这个词联系起来。但见有莘不破已经冲了过去，江离收了藤鞭，静静看着有莘不破徒手和驺吾缠斗在一起。“这人怎么这么没风度！和一只野兽打起架来。”哪像江离，只是单手挥舞，就把驺吾逼得进退不得。

有莘不破头顶着驺吾的脖子，两手叉开它的两对前爪，在地上翻来滚去，“简直就是两头驺吾在打架嘛！”

突然有莘不破一个翻身骑在驺吾的背上，双臂用力，勒紧它的脖子，大叫：“别闹！别闹！乖乖，我给你东西吃。”

这只驺吾虽然年纪还小，但却也有无穷大力，它是荒野的王子，丛林的骄傲。哪肯向人低头，身子一挺一震，竟把有莘不破抖了下来。它也知道今日在这群人类手下讨不了好去，四脚放开，向灌木丛飞奔而去，转眼到了灌木丛的边缘。有莘不破眼见难以追上，又不忍让羿令符放箭伤它，不禁叫道：“可惜可惜。”

突然灌木丛飞出一个火球，打了驺吾一个筋斗。驺吾吃惊，向左逃去，却遇见凭空出现的十几只火鸦，这些火鸦触物便燃，燃尽便死，驺吾不动，它们不动，但只要驺吾向左一动，它们便奋不顾身地向它扑来。驺吾肌肤毛发的潜质不在蛊雕之下，但它的道行可比大荒原那只蛊雕差远了，遇火吃痛，转头又逃，却见一只火雀从天而降，双翼一阖，灼得它两眼冒烟。不得已，正想往有穷众人的方向逃去，一条火龙从它身旁越过，倒卷过来，把它缠住。

火龙烧的是文火，火雀燃的是武火，这文武真火前后夹击，把驺吾烤得一佛现世，二佛升天，渐渐毛垂皮软，筋酸骨痛。这时灌木丛后边走出一个男孩，年纪不过十五，身高不足六尺，一脸嘻笑，得意非凡，正是祝融城少城主芈压。芈压手一扬，收了火雀火龙，十几只火鸦仍虎视眈眈地在半空中监视着。驺吾却没了半分逃跑的姿态，驯熟地走到芈压身边，俯下头亲热地舔了舔他的手。

有莘不破见状无限惋惜，道："小子你怎么来了？"

芈压抚了一下驺吾的毛发，嬉皮笑脸地对有莘不破道："我要到毒火雀池去啊，这么巧就在这里遇上你们。"

羿令符哼了一声，道："真巧啊。"

芈压向他吐了吐舌头道："令符哥哥，我可没得罪你呀，为什么你这么针对我？"见他不答，又问有莘不破："有莘哥哥，你要这驺吾做坐骑吗？"

有莘不破看着驺吾对芈压那副亲热相，摇头说："它这辈子跟定你了，你还是自己留着吧。"

芈压欢呼一声，跳上了驺吾的背脊，搂住了它的脖子，道："你不要就太好了。我一见它就很喜欢，都不敢用重黎之火，怕烧坏了它。"

有莘不破道："你就这样出来？你的厨房呢？"

芈压向灌木丛的后方指了指，道："当然要带着，在那边。"

有莘不破道："把它弄过来，你还是和我们一起走吧。"

芈压在驺吾背上翻了个筋斗，大喜道："你肯让我跟你们一起走了？"说完有点担心地看了看羿令符。羿令符哼了一声，不说什么。

有莘不破道："看见了吧，他向来面冷心热，口硬心软的，不说话咱们就算他没意见了。"

羿令符道："我没意见，只是这些小东西不知道有没有意见。"

众人顺着他的手指看去，只见空中东北方漂浮着一些若隐若现的蓝色火焰。阿三惊叫道："鬼火！大白天的怎么会有鬼火？"一弹指间，那些蓝色火焰飘到近前，才看清都作婴儿形状。芈压和这些火婴儿打了一个照面，脸色不由得变了，而那些火婴儿也惊叫起来，瞬间化作几股青烟冲天而上。

芈压道："糟了，我爹爹要到了。"

果然，不多时便见东北方一片红霞，就像整个大地都燃烧起来。

有莘不破问羿令符道："他们离我们不远啊，这两天你都没发现吗？为什么不把这些跟踪我们的东西弄掉？"

羿令符道："发现有什么用？弄掉这些东西有什么用？这小子既然跟定了你，难道他老子就不懂得只要吃定你就能找到儿子？"

芈压扁了扁嘴，说："有莘哥哥，江离哥哥，令符哥哥，雒灵姐姐，我不想回去，你们帮我想想办法。"

有莘不破道："瞧瞧，瞧瞧，这孩子多可怜。你们也不想想，这样的大好年龄，却要被困在家里哪里也不能去，像个囚犯一样。天底下没有比这更悲惨更可怜的事情了。"

羿令符冷笑道："我可看不出有哪里悲惨可怜的。"

有莘不破道："你是站着说话不腰疼，从小就有机会闯南走北，哪像我们，简直是关在鸟笼里面的金丝雀。"

江离一直不说话，此时却不禁失笑道："别乱比喻，金丝雀没这么大的块头，你们两个一个是猩猩，一个是猴子，是近亲，是好兄弟。"

有莘不破道："他哥哥都叫了，我们自然是兄弟了。小弟你放心，这声哥哥我不会让你白叫的，芈城主来了我挡住。"

羿令符冷笑："挡得住再说。"

"布车阵！"有莘不破下令道。

苍长老应道："地势太狭窄，布不开。"

"那你们都往前面走，我们几个断后。"

车队前行，几个首领越过位于最后的"鹰眼"，一字排开，横在路中央。有莘不破虽然是台侯，但晚上一直都坚持睡在客车"松抱"，车队最大的"鹰眼"便成了羿令符的主车。四长老私下说起这事都对有莘不破大生好感。

眼见红霞逼近，有莘不破对芈压道："你带着你的宠物进'鹰眼'去，藏着别出来。"

芈压大喜，骑着驺吾躲进了鹰眼。

他才进去，一团偌大的火焰横空飞来，离地面还有十余丈，却早把方圆二十丈内的草木都烘得干枯。众人定眼看去，那火焰竟是一头独脚怪鸟，其状如鹤，赤文青质而白喙，神情凶猛。江离喃喃道："毕方[①]，竟然是一只毕方。"一人巍然坐在毕方的背上，火烧得越猛，他越显得精神，正是祝融城城主芈方。数十只火鸟跟在毕方后面，背上都坐着人。远处沙尘滚滚，看来还有陆上人马，只是没有空中人马来得快，一时未曾赶到。

几个首领还不怎地，他们座下的风马可受不了了。他们便一个个跃下马来，任由它们逃去。有莘不破作揖道："芈城主别来无恙。来给我们送行么？呵呵，小子们可不敢当。"

芈方在毕方上回了礼，冷然道："有莘台侯！有穷来我祝融，芈某人也没有亏待的地方，怎么贵商会临走之前，竟然还要拐走我那无知小儿！"他不叫世侄，不称世兄，却称"有莘台侯"，显然来意不善。

有莘不破道："城主听我一言：芈压天纵奇才，眼见已长大成人，正该出来历练历练。他驱火的功夫厉害得很，我哪有本事拐带他？"

芈方冷笑道："没本事，那更不配和我儿一起！让他跟一群没本事的人一起在外胡闹，我怎么放心？废话少说，你是交人，还是看打？"

有莘不破道："我答应了芈方，要带他去见识见识天下奇景、万邦风情。男子汉和男子汉说话，不能不算数。"

芈压在车里听了暗暗得意，对驺吾说："听见没有？小驺吾，有莘哥哥说男子汉和男子汉说话算数！嘿，这两个说话算数的男子汉啊，一个是他，另一个就是我！"话没说完，一阵奇热逼来，吓得驺吾踊身出

---

① 毕方：《山海经》中长着一只脚的鸟，它出现的地方就会着火。据《山海经·西山经》记载："有鸟焉，其状如鹤，一足，赤文青质而白喙，名曰毕方，其鸣自叫也，见则其邑有讹火。"

车，芈压骑在它身上，也给带了出来。回头看时，千锤百炼的有穷主车“鹰眼”竟在瞬间被烧成一堆废铜！

芈方在空中冷冷道：“你是交人，还是看打！”

有莘不破还未答话，羿令符已然怒道：“芈世伯，亏你是天南一柱，你和家父号称至交，怎地把他老人家的遗物毁了？如此无礼，枉为长者！”

芈方道：“后生小辈，懂得什么礼节礼数，此车由我亲手打造，如今我亲手把它烧化了送还在天之故人，正是朋友之谊！”

芈压道：“爹爹，你别为难他们，是我自己要出来的。”

芈方哼了一声，道：“还不是这个有莘不破，说什么烹调至味，才蛊惑得你这无知小儿离家出走！”

芈压道：“不是的！我其实很久以前就有这种想法的。爹爹，有莘哥哥他们人很好，你让我跟他们去闯闯吧。”

芈方哼了一声，道：“人好有个鸟用！”

江离插口道：“那么芈城主如何才肯答应芈压呢？”

芈方笑道：“除非你们有本事把我打倒。否则……”

江离道：“否则怎样？”

芈方道：“就像这铜车一样！”

江离和羿令符回身看了看被瞬间烧化的鹰眼铜车，对望一眼，摇了摇头。

芈压冲了上来，拦在众人前面，对芈方道：“我跟你回去，不过，你不能伤害他们。”

有莘不破突然左手探出，抓住芈压后背，举了起来。

芈方脸色大变，喝道：“做什么？！”

有莘不破道：“小子，我答应了你，便不会失信，你给我到后面好好待着去，别掺合进来捣乱。”右手伸出，捏得芈压筋骨酸软。左手一托，芈压稳稳落在驺吾背上。有莘不破喝道：“背着你的主人，到商队里面去。”驺吾是通灵异兽，虽然不懂人言，却也能会意，背着不能动弹的芈压走进车队之中。

有莘不破大摇大摆地往前一站，倒也威风凛凛。雒灵暗暗担心，羿令符摇头苦笑，江离微微叹息。

这时祝融城的地面人马也已走近，人马喧嚣，不下千数，看来更增威势。

芈方道："你和我儿才认得多久？值得为他枉送性命？还是你以为我不会杀你？"

有莘不破道："都不是，但我知道我不会那么容易死掉的。"

芈方道："难道你有把握打败我？"

有莘不破摇了摇头："我没有，不过总得试试。当初我们面对大荒原的蛊雕也一点把握都没有，后来蛊雕还是被我们打倒了。"

芈方对羿令符道："你呢？"

羿令符哼了一声，一言不发地跨前一步，站在有莘不破左边。

芈方又对江离道："以公子的聪明，也要陪这小子胡乱送命？"

江离叹了一口气，道："自从被他从大荒原的雪堆里挖出来，我就没遇见一件好事。"也走上一步，站在有莘不破的右边。

芈方看了看一直贴在有莘不破身后的雒灵，雒灵并没有看他一眼。这女孩子总是低垂着头，从来都没说过一句话。

芈方道："看来你们决心倒是不小，好，我成全你们。"

毕方突然高声鸣叫，喷出一团黄色火焰，在半空化作三十三条火龙，疾冲而下。

火鸟送行

江离手一挥，登时满天花雨，把四个人都遮住了。原来这三十三条火龙和刚才芈压驱使的火鸦是一样的属性，都是火神祝融驯养流传下来的没有生命的自杀性火兽，触物即燃。飘在半空的花朵虽然脆弱，但火龙一触即燃，一烧便烬。一阵小旋风从江离身边刮了起来，把烧成灰烬的火苗火团吹散。

烟火散尽，只见地面不知何时已扎下了一株桃树，那桃树长得好快，弹指间长了七尺七寸粗，九十九丈高，枝如戟，叶如刀，向祝融城众人割去。

那数十只火鸟连忙展翅高飞。在百丈高空中各自吐出一支火箭，数十支火箭汇聚成一根腰围粗的大火柱，气势汹汹地撞了过来。眼见挡又挡不住，接又不能接，江离突然吟道："水木清华……"那巨大桃树根部一个大疙瘩从中裂开，喷出一道腰围般粗的大水柱，和火柱一撞，半空中水火相激，一半蒸发成云雾，一半烧成开水落下来，把祝融城的陆上人马吓得纷纷退开。

芈方在空中呵呵笑道："五行相生么？了不起。"

他旁边一个坐着青色火鸟的老者哼了一声，念动咒语，那青焰鸟突然好像被什么东西噎住，似乎欲呕吐却吐不出什么东西来，只是喉咙不断突起，突然格达一声吐出万点黑水，向水柱喷去。水柱沾了黑水，也染成淡黑色，竟遇火便着，克火的水柱转眼变成引火的火柱。

江离叹息道："我就知道没那么容易。"喝道："断！"桃树停止喷水。眼见半空中无数火团飘然落下，忙往巽位上吹一口气，激起一阵旋风，把火团倒刮回去。

有莘不破道："妙极！不要用水了，就用风！"

江离道："我控风的本事很一般，难不倒对方的。"果然火种没刮到对方阵势，风势便见衰弱，但火种却不落下，反而被一股倒刮风引上了九霄。

羿令符叹道："对方也懂得控风。"说着取弓在手，却捏箭不发。

那无数火种被芈方引上天空，在毕方周围聚成一个半径九十丈的大火球。火球凝而不散，烧而不绝，慢慢移到有莘不破等人的上空，徐徐压下。那景象，就像太阳降临大地，让人产生无处可逃的恐怖之感。

有莘不破嚼舌道："这么大的火球，不被烧死也被压死！"

羿令符道："看不见里面控火的人，我无法下手。"

江离道："这一招叫天火焚城，我也没办法了，准备逃吧。"

眼见那大火球离桃树顶端不过数丈，把桃树上半部枝叶全烤枯了。

江离正要收了这株食了蛊雕千年妖力、被他炼成宝物的“桃之夭夭”，却听一声怒鸣，毕方便如发了神经一般从大火球中急冲而出，去势凶猛，连九十丈的大火球也被它的威势带得偏了十几丈，江离趁势送出一阵旋风，那大火球又飞出数十丈，这才落下，把正东方的那个山头烧得通红。有穷商队众人见逃过大劫，无不庆幸。但看看不远处越烧越猛的燎原火势，又不禁栗栗自危：再来这样一场大火，可怎么办？

然而芈方座下的毕方仍然不断怒吼狂鸣，上下翻飞，似乎仍然处于失控状态。羿令符左右开弓，喝道：“着！”落日弓一箭射出正中毕方左翼，从左翼穿了过去，这一箭用的是“引火诀”，没有伤到这只神兽，却吸走了它左翼近一半的火焰；落月弓一箭正中毕方右翼，一遇到翅膀上的火焰马上消失得无影无踪，这一箭用的是“冰心诀”，也未伤到这只灵禽，但也化掉了它右翼近一半的火焰。

半空中经芈方不断安抚，毕方终于渐渐平静下来，但整个身体却比原来小了整整一半，身上的火焰也远不如刚才那样猛烈。

祝融城众人见连城主也受挫，无不骇然，那坐着青色火鸟的老者又哼了一声，驱鸟便要上前，一直没出力的有莘不破跃跃欲试，跨上两步，却见芈方摆了摆手，那老者引鸟退后。芈方缓缓降了下来，在离有莘不破等人十几丈处停住。

江离见对方有罢战之意，也收了“桃之夭夭”。

芈方盯着羿令符，缓缓道：“你为何不用‘死灵诀’？”

羿令符道：“小侄功力不纯，不敢在世伯面前献丑。”

芈方嘿然：“功力不纯，未必未必；手下留情倒是真的。”又看了看江离道：“在祝融城时，我一直不知为何令符贤侄甘心自屈人后，今日一见，嘿嘿，小小年纪，了不起！”

江离笑道：“城主谬奖了。令符兄的谦让实让我居之有愧。”

芈方道：“但能令毕方临阵发狂，这份心力更了不起！是你？还是有莘世兄。”

有莘不破笑道：“我可没这样的好本事。多半是江离搞的鬼。”

江离淡淡道：“我也没这好本事。”说着瞄了雒灵一眼。

有莘不破不由一怔。还没说什么，便听半空中芈方笑道："江山人才代代新。好，芈压跟着你们，料来不会吃亏。"

有莘不破喜道："城主肯让他跟我们走了？"

芈方笑而不答，打个手势，人马中拥出一辆崭新的大车来——赫然与方才被他烧化的鹰眼一模一样，但显然是辆新车。

芈方道："令符世侄，这辆车算是我饯行之礼。早在五年之前，羿兄来到祝融托我打造三十六辆新车，其用心之良苦，也只有我们这些做了父亲的才能完全体会。逝者已矣，但我深知羿兄泉下英灵，也必然希望你能够抛开过去，坐上新的鹰眼，开辟新的天地。"

羿令符听到一半，眼中早已全是泪水，待要说话，想到父亲如许期望，一时哪里还说得出话来，双目含泪，拜倒在地。

芈方道："小儿就拜托各位了，就此别过。"

有莘不破道："等等，我去叫芈压出来和您道别。"

芈方笑道："男子汉和男子汉，哪来这么多啰唆事情。哈哈哈……"

笑声中，眼见火势片刻间已经蔓延数里，烧成一片火海。芈方突然睁开眼睛，长长地吐出一口气，猛地一吸："咿！"那方圆数百丈的山火如水归海、如鸟归巢，竟被芈方一口吞了个干干净净。毕方双翅一振，火焰大张，回翼东归。祝融人众紧随其后，一片红霞慢慢消失在东北天地间。有穷众人举目望了望那一片焦原，无不暗自庆幸。

四长老在后方担心了半天，听说双方讲和，这才转忧为喜。查看新的鹰眼时，只见里面还放着四件宝贝：有莘不破的鬼王刀、江离的七香车、羿令符的有穷之海和子母悬珠。此外还有一些芈压匆匆离家没来得及带走的常用物件。

芈压道："原来爹爹一开始就没反对我跟你们走！嗨！早知道我一路就不用躲得这么辛苦了。"

有莘不破道："他刚才是试我们本事来着，但仍手下留情了。"

江离冷冷道："那还用说！难道你真以为就凭刚才我们那几下三脚

猫功夫能挡得住他们家族的重黎之火！”

芈压一听，忙道：“对了，刚才你们对阵我都没看到，阿三他们说场面好大！我只看到天空一团大火，知道爹爹用了‘天火焚城’——这一招你们怎么化解的呀？有莘哥哥，是你大展神威对不对？你怎么办到的啊？”

有莘不破听得大为尴尬，刚才一战，唯一没有出力的就是他。本来打架他一定是冲在最前面的，但刚才全是远程攻击，有莘不破竟然全无用武之地，忙岔开话题：“我说城主也太客气了，送我们鹰眼也就算了，怎么还把这几件宝贝也留下了。”

江离道：“其实他这样做的用意，明眼人一看就知道了。”

“哦？”

“这四件宝物的价值，大概是我们现在所有货物的总和，也是我们新买的二十四架铜车的半值！”

“对。”

“所以现在，有两种算法：第一，我们现在所有的货物，都是芈压的了。”

“第二呢？”

“第二，对这个铜车队的拥有权，芈压占了至少一小半。”

“所以……”

江离看了看一直眨着眼睛、越来越感兴趣的芈压，总结道：“所以，无论怎么算，芈压在商队里都不是一个客人了，而是我们商队最大的主人之一。”

“城主，刚才您为何不用家族中最厉害的‘重黎之火’？”

“我只是试试他们的本事，难道真能跟一群小孩子一般见识？”

“但这群人的来历也太杂了。那个有莘不破——光是这个姓，就会惹来杀身之祸。而他居然还堂而皇之四处招摇，我只怕牵连了少主。”

“哼！共主三代暴虐，大夏的气数，只怕撑不了多久了。有莘不破不怕惹祸，我们还怕牵连？共主现在就想像当年屠杀有莘氏那样对我们开刀，只怕也要顾及东方的局势。”

“那个江离无疑是太一宗嫡传弟子，但那有莘不破到底是何来历，城主你看出来吗？”

“那人你是见过的，有莘不破的相貌，和他年轻时不像么？有莘羖又是他的亲戚。哼！你还猜不出有莘不破这小子的来历？”

“难道是……”

“多半是他的孙子。也只有他的孙子，才配做伊尹的徒弟。”

“什么？伊尹！他，他……”

“我本来有些踌躇，但听了那番‘至味之论’，更无疑了。天下只有伊尹那个混蛋才说得出这样的话来。若不是因为有莘不破是那个人的孙子，羿之斯又怎么肯轻易让儿子屈居人后。”

“有莘不破和那个江离倒也罢了，来头再大，终究都是正道中人，但那招‘以心役心’，分明只有心魔的传人才使得出来。虽说城主一时不备，但在天火焚城施展之际仍能令毕方暴走，有穷商队中混了一个这样的人，叫人好生担心。”

“你既然猜出了有莘不破的身份，难道还猜不出心魔的用意？”

“难道她……她要借势反正！”

“她被逼到那个暗无天日的角落，难道会甘心？天下大势将有激变。她在有莘不破这还没有长大的狮子身边伏一招暗棋，嘿嘿，着！”

“什么东西？”

“‘心之火羽’！”

“毕方身上，怎么会有这东西？难道……”

“能够在毕方身上做手脚，只怕是她亲自来了。”

“若然是她亲至，少主在有穷商队，只怕……城主，请让我陪侍少主左右。”

“不必，商队中另有高人潜伏。”

“啊？”

“有穷商队要离开的前晚，那人曾来和我会过面。有那人在，就算那女魔头亲至也未必能肆意妄为。再说，现在有穷商队已经变成诸方角力点，各个势力相互制衡，大人物们反而不会轻易出手，至于一些杂碎，嘿嘿，这几个孩子应付得来。”

看着远去的火鸟群，两个幽幽的人影在树荫中闪了出来。

“不愧是祝融之后，这么快就发现了。”

“宗主，我们是否还要把雒灵带回去？”

“不，这次灵儿的际遇纯属偶然，远出我意料之外，让她在那个男孩身边待着吧。”

“既然如此，待我潜进商队，必要时助她一臂之力。”

“不可！现在这种形势，顺其自然无论对她个人还是对本门都是上上之策。”

“但她孤身一人，身边还有那祝宗人的徒弟在虎视眈眈。”

“但祝宗人的徒弟也是孤身一人啊。这已经是下一代的争端，不是你我应该直接介入的。”

远处大江奔流，青山隐隐；近处溪流哗哗，鸡犬之声不绝。溪山环绕里，小村如画。

有莘不破道：“最近你好像不是很高兴。”

江离道：“总觉得有什么人在附近，怪不舒服的。”

“人？”

“是啊。商队的气息有点怪怪的。我暗中勘查了很久，偏偏查不出什么问题。”

有莘不破道：“别是你胡思乱想。”

江离叹了口气，道：“希望如此。芈压和令符呢？”

“芈压睡着了，他正在长身体，熬不了夜——小孩子就是小孩子。令符在新鹰眼里发呆呢。有那条大蛇陪他，应该没事。希望银环能早日修成智慧，那样他俩便成双成对了。”

江离截道：“不！那样反而不好。”

有莘不破奇道：“为什么？”

江离道：“别忘了，不管有意无意，银环杀害了他的亲人。如果银环的元神和记忆还在，他反而难以面对。不过说这些也没用了，银环元神已经散了，再也回不来了。”

有莘不破皱眉道：“难道让他一辈子陪着一条大蛇？”

江离道：“或许他会遇到另一个女孩子……”

有莘不破摇头道：“瞧他那个固执的样子，我看不大可能。”

江离望向月明星稀的夜空，不知道是自言自语，还是回答有莘不破的话：“人类不可能得到的不死药，后羿不是得到了么？人类不可能涉足的月宫，嫦娥不是上去了么？当初我以为我不会回来的，结果不是回来了么？有时候一个念头一闪，所有的事情都不一样了……”

雒灵静静地坐在他们旁边，看着这个命中注定的宿敌，突然发现对方的心扉完全敞开了：那是年轻人独有的淡淡的忧伤，就像《蟾宫之曲》所描绘的——那无比孤独的女子在微凉的风中望着远去的大地，那片有着故乡与丈夫的大地，那片被自己抛弃或者是抛弃了自己的大地——这是年轻人独有的情怀，也是年轻人才愿意相信的幼稚想象。“或许，我和他会成为知己……”雒灵痴痴地想。

“什么，此路不通？”苍长老的对面，坐着小村的族长和几位长老。“祝融城主明明说，这条路是唯一通向巴国的途径，怎么会错？”

“唉，祝融城主说的，原本不错。不过，唉，不行的。”

“长老，你说话何必吞吞吐吐？”

“不瞒各位贵客，这条大道，乃始祖大夏王当年治水时所辟，后来厘定九州，驰封巴国，走的都是这条路。除了这条大道，还有若干山野小路可以越过这脉重山。过了这脉重重大山，便是巴国天府之国。物产富庶，市井如烟。但两年前来了一个强盗，带着数十人马，竟把所有道路给霸绝了。”

苍长老疑道：“巴国乃是大国，区区数十个人，如何能够断绝一国的交通主脉？就算他神通广大，但毕竟人数太少，几十个人总不能把山间小路也霸尽了吧？”

“唉，说到小路，那强盗不知用什么手段，竟然在数夜之间把所有小路都塞死了，只剩下一条大路。他带着人霸着巫山[1]巫女峰。那峰在大道之旁，望大江，背山林，像你们这样大的商队，要想去巴国，非打他眼皮底下经过不可。若是一两个流民游卒要过去，他或者也肯放行。但这大盗却像和经商的有前生仇，和买卖人有宿世怨。做生意的人若想过去，货物全数被扣下不说，轻的剔发为戒，重的就得丢了性命。”

苍长老道：“谅他几十个强盗，抢劫寻常路人还可，若遇到大批人马，多半不敢现身。”

“哎哟！不说他手下人马了得，只说他一人，实有惊天动地的本领，移山倒岳的本事。这两年想到巴国去的商队，加起来的人数，没有一万，也有八千。去年昆吾商队上千人的阵势，结果还不是铩羽而归。听说两个首脑一个丢了一只眼睛，一个丢了一只耳朵。整个商队雄赳赳地过来，灰溜溜地回去，一个个丢刀失盾，灰土满面，那样子，唉，难看，难看。”

四长老不由面面相觑：昆吾王乃八大方伯之一，昆吾商队以国为名，兵甲之利，号称三十六商队第一，商队两大首脑，台首号六目王，名声之响，不在羿之斯之下。何况昆吾国威隆盛，商队人多势众，远非有穷可比，难道真的会败得这样难看？

苍长老道：“什么强盗竟有这样的胆量、这样的手段？此事非同小可，难道巴国国主桑鏖（áo）望竟也不管么？”

“哎哟！不说也罢，说起来，听说那强盗和巴国主有亲呢。”

苍长老道：“有这等事？”

“道听途说，道听途说。”

苍长老又问道：“可知那强盗是何模样？”

“自他来此，不但商队不能通行，附近的毛贼也都统统不能安身。说来也是好事，只是要我们附近村子每月供给若干粮草，抽壮丁服役，

---

① 巫山：《山海经》中的古山名，位于现在重庆湖北边境，北与大巴山相连。据《山海经·大荒经》记载：“大荒之中有山……巫山者”。

命壮妇打杂。好在他们人少，人力物力都耗得不多。我小儿曾在那里干过三个月的长工，见过那强盗大王。”

苍长老道：“如何？”

“小儿见浅，回来说那盗贼大王眉目竟如画出来一般，衣服器物，都像神仙家里用的，就是那个强盗窝，也整的跟月宫般洁净。我们不敢送少女上山做杂活，但那一干多嘴的长舌妇人回来一播弄，把村里一些怀春女娃子也撩动了。说起来，老朽活了这把年头，哪听过强盗是这个样子的？”

苍长老道：“那多半是富贵人家落草，可知他的姓名？”

“也不知真确不真确，听说唤作桑谷隽。”

独狳（yù）之战

“看！有穷商队出发了！”

“快！快跟上！”

“懒狗，蠢猪！快起身。”马蹄和马尾被人一脚踢醒。

这一群人身份驳杂，以商人为核心：有的是小商贾，每过一处市镇，有穷商队做不了的生意，他们便拣个尾数；有的是没有强大武力、无法组成商队的富商，让有穷商队在前面开路，他们便尾随着把自己的生意渗入一个个遥远的市场。

围绕这些人的，有做保镖的武士，做杂役的无赖，以及一些没有产业想要冒险图个出人头地的各色人等。自从有穷商队从祝融城出发，这一群人便一路跟了上来。这群人不敢太靠近商队，怕触怒了他们；又不敢落后太远，怕离开了商队的威慑力范围。这个奇怪商团的发起核心是祝融城的五个富商，其中最富的两个本是商王国的商人，十余年间在昆吾以南、巴国以西闯出好大的财富，因不知从哪里听到有穷国有意开拓西南商路，这几个极有开拓精神的富商便选了两个领袖跟苍长老商量，希望能跟着西行。

有莘不破不想带着一群累赘，但也没有过多地反对，这群人便若即若离地跟来了。一路上有穷商队在前面逢林开路，遇水搭桥，倒成了这群人的开路先锋；而草寇流勇畏惧有穷商队的威势，远远避开不敢侵犯，更保了这群人的平安。每过一个市镇，便有若干新加入的人员，运粮草的，送女人的，坑蒙拐骗，小偷小摸，三教九流无不齐备。虽然只走出祝融数百里，但这个雪球越滚越大，到了巴国边界，人数早已远远超过了有穷商队本身。这堆人里有乘车骑马的，也有徒步行走的，幸好有穷商队数百里来没有驱车急行，这个“商团”大体都还跟得上。

“蠢猪！走快点，要是跟不上，宰了你做猪汤。”

马尾背着一大堆土货，气喘吁吁，却不敢抱怨。马蹄悄悄拿起马尾背上一件货物放到自己背上，头上马上挨了一鞭：“懒狗！刚才装得似模似样，倒像一根柴草也不能再添了，这会子怎么有力气了？”叭的一声，雇主牛车上的货物少了一件，马蹄的背上多了一件。

“这种又累又穷的生活，”马蹄心想，“总有一天我要结束它！”他望向前方，那个了不起的商队就在前面。虽然它拒绝了自己，但自己的出路一定就在那里。马蹄相信自己的预感。他想起了连看都不愿意多看他一眼的江离，咬紧了嘴唇：“总有一天，我要和你平起平坐，一定！”不知怎地，全身顿时充满了力量，大吼一声，快步向前，头上却又挨了一鞭：“蠢蛋！还走什么走，没见有穷商队停下了吗？”

有莘不破看着眼前挡在路中央的十几个人，为首那个身高不满五尺，却长着斗大的脑袋，老鼠须、八字眉，盛气凌人地喝道：“你等做什么来？如若是闲杂人等，速速散去。如若是什么商队商团，留下财货，远远滚开，大爷我还可做主饶了你们的性命。”

有莘不破放声大笑，又有点担心，问道：“你不会就是那什么桑谷隽吧？”

那人怒道：“大胆！我家少主的名号，可是你叫得的？我乃巴国一等勇士、巫女峰前山掌管使、左招财是也。留下你们的车马兵器，面对巫女峰向我家少主遥拜请罪，我可考虑饶你一命！”

有莘不破笑道："还好还好，原来不是桑谷隽。你去叫他出来，让我看看他是怎么神气的一个小子，竟然能够截断西南通途。"

那左招财大怒，迈开短腿，挺矛就来刺有莘不破。有莘不破道："好胆识！"待他走近，突然一勒缰绳，银角风马人立而起，铁蹄生风，向左招财踩了下去。只见铁蹄底下人影一闪，那矮子滚出七八尺远，右腿往地上一蹬，又滚近前来，挺矛直刺风马颈项。眼见风马避无可避，有莘不破蓦地大喝一声，声如惊雷，气压山岳，震得左招财手一抖，长矛落地。有莘不破抽出鬼王刀——那鞘只是又薄又短又窄模样，但刀一出鞘，立刻变得长如矛，大如斧——向左招财斩了下去。左招财大叫一声，作势往下一钻，突然不见。

有莘不破一愣，还没反应过来。坐在他背后的雒灵只听到地下传来左招财的心声，心道："遁地术。"悄悄在银角风马臀上一拧，马儿吃痛，驰出数丈。有莘不破回头看时，原来驻马处的地面刺出一根长矛，刚才风马如果不是"无端端"跑开，非肠穿肚烂不可，不由大怒，收刀回鞘，策马急冲过去，那矛还来不及收回，早被有莘不破斜俯身一把抓住，用力一拔，左招财舍不得这称手兵器，竟被生生扯了出来。有莘不破支起长矛在半空中抡了几抡，把这矮子抡得头晕脑胀。左招财手一软，整个人被掼了出去，重重甩在地上，眼冒金星，额生馒头，连遁地避敌也忘记了。

有莘不破奋起神力，把这杆精铜长矛折成两截，大喝一声，道："去把你主子叫来，就说一个商人在这里等他。"那左招财哪敢再犟嘴，带了那十几个人灰溜溜走了。有莘不破听得背后车马声响，原来是苍长老发出信号，布阵成圆，不由皱眉说："几个小小毛贼，用得着布下这样大的阵势吗？"

苍长老道："那桑谷隽能打败昆吾商队，肯定不是善与之辈，正所谓有备无患。"

有莘不破不以为然，片刻间车阵布成，辕门驰出一骑，头顶盘着龙爪飞鹰；又驶出一车，车上七香具备；跟着跃出一只猛兽，张牙舞爪，背上却坐着一个十四五岁的小男孩。这干人走上前来，有莘不破笑道：

“你们让苍老骗了，戏都还没开场，便急匆匆地赶来。”

江离倚在花丛中间，扫了扫周遭景象，闭目养神。羿令符目视苍长老，苍长老会意，道：“台侯和那桑谷隽的先锋左招财过了一个回合，大获全胜，现在对方正回去搬救兵。”

有莘不破道：“别说得这么好听，什么先锋、大获全胜的，不过是教训了一个矮子罢了。你们先回去热上两壶酒，等那桑谷隽来了，我拿下他，回阵喝了继续上路。”

羿令符道：“回去倒不必了。你这么有把握，我们便看热闹吧。嘿，来得倒挺快！”

只见那擎天独秀的巫女峰下，一圈沙尘滚滚而来。一人乘兽，一人骑马，其余人等徒步飞奔——那些人个个如左招财般身矮腿短，但奔跑起来竟然跟得上骏马神兽。

奔近前来，羿令符只觉眼前一亮，暗叫道：“好神兽，好！”

江离皱了皱鼻子，睁眼看时，只见对阵一头狗头虎身、马尾猪鬣的独狢[①]上，坐着好一个美男子：头上是亳都最新潮的一顶鳌骨镇发、两颊是臷国最异类的三道鹰血饰纹、口中咬着邰人丰收的麦穗、手中抓着昆吾精炼的铜戟，双眼如电，一脸怒色，大喝道：“哪个敢到我巴国门口撒野？”

常人听的是口中之言，雒灵却惯听内心之声，未察来人之意，先品来人气质：只觉心中一阵舒爽，便如听见一股对纤纤青草爱怜无限的春风，忍不住探头一望。那年轻人目空一切的眼神陡然一亮——雒灵只是一探头间，他竟然便看到了，脸色登变温和，瞪着有莘不破：“咄！你这不解温柔的莽汉，有这么可人的妹妹，就该在家中好生爱护着，怎么可以带在身边四处乱跑、惹是生非？要让风刮伤了脸可怎么办？”

有莘不破笑道：“你便是桑谷隽么？”

那年轻人傲然道：“正是！”

---

① 独狢：《山海经》中怪兽。据《山海经·北山经》记载：“有兽焉，其状如虎，而白身犬首，马尾彘鬣（zhì liè），名曰独狢。”

有莘不破笑道："我还以为这巫女峰盗首有三头六臂呢，原来只是一个见到女孩就两眼放光的花花公子。"

桑谷隽大怒，叫道："小子找死！报上名来，少爷我戟下不杀无名之辈！"

有莘不破骄傲地道："我叫有莘不破！"

桑谷隽手中铜戟一扬，旁边那个骑马的橘皮脸和矮子左招财率众退后，让出一片空地。桑谷隽铜戟指向有莘不破，示意挑战。

羿令符、江离、芈压和四老缓缓后退，有莘不破策马便前，却听桑谷隽喝道："且慢！"

有莘不破奇道："怎地？"

桑谷隽道："把你背后那位妹妹放下。"

有莘不破笑道："解决你这种花花公子三招两式就完了，哪用这么费事？"

桑谷隽道："我杀了你不要紧，若伤了这位妹妹一根秀发，那可是罪过。"

雒灵轻轻飘了下来，脚未着地，突然像被一阵风吹了起来，轻轻落在驺吾的背上，芈压的身边。一直以来，雒灵都如同女萝依树般陪在有莘不破身旁，这还是有莘不破第一次见她施展功夫——虽然江离和羿令符一直暗示雒灵的来历非同小可，但他一直都不太相信这样柔巧的女孩子会有遥控毕方的大本事——今日见了她这般轻盈如叶的身法，一时不由瞧得呆了。那边桑谷隽更是赞叹不已："小妹妹，这个男人是你哥哥吗？如果是，我今天便饶他一命。"

雒灵轻轻一笑，有莘不破回过神来，怒道："别小妹妹大姐姐地乱叫！她是你姑妈！我是你姑爹！"

桑谷隽一愣，随即大怒道："你定是强抢成亲，公猪配嫦娥！天底下岂有此理？今日定要为民除害！"

有莘不破不屑地嗤笑一声，拔出鬼王刀，晃一晃，变得硕大无朋。这边策马飞驰，那边驱兽怒奔；这边挥刀，这边举戟——两人在电光火石间兵器一撞，金鸣之声大作：身形分开看时，桑谷隽的铜戟竟然被鬼王刀硬生生砍作两半。

有莘不破笑道："中看不中用的东西，去换一把兵刃再来。"

桑谷隽大怒，那边那个橘皮脸大声道："少主，且用进宝的刀！"

飞刀掷来，桑谷隽一手接过，胯下神兽不等他驱使，飞足前来，两件兵器全力一碰，身形分开，桑谷隽手中又剩下一把断刀。

有莘不破笑道："哈哈哈，不如待我去换一把兵器过来。"

桑谷隽怒道："你笑我巴国无宝么？！"

有莘不破笑道："你们三个大小头目兵器都断了，还哪里找好兵刃去？嘿嘿，来来，小爷我赤手空拳和你玩玩。"

突然桑谷隽胯下神兽一声怒吼，桑谷隽急道："独狢，怎么了？"

有莘不破笑道："你家的小狗不愿驮你了，快回去换坐骑吧，别在这里现世了！"

桑谷隽怒道："胡说什么？这是我的独狢！"

有莘不破道："明明就是一只土狗，还独狢呢。"

桑谷隽勃然大怒，那独狢仿佛通灵似的，更恨得咬牙切齿，突然狂吼一声，吐出一颗尤自带血的牙齿。桑谷隽急道："不可，你还不到换牙期……"但那独狢仿佛完全没听到，一颗接一颗地把牙齿吐向空中。桑谷隽叹了一口气，不等那些牙齿落地，便一颗一颗地接在掌中。那独狢高大如马，牙长逾寸。桑谷隽划破手掌，以血凝牙，把三十六颗新齿连成一支骨鞭。

有莘不破看得兴趣盎然，苍长老还没来得及提醒"小心"，桑谷隽早冲上前来，喝道："试试我的神兵'地牙'！"鬼王刀遇到劲敌，长鸣助威。有莘不破打得兴起，拼尽全力，猛地座下银角风马四蹄一软，瘫在地上。

桑谷隽哈哈大笑，也不追击，挥鞭指着有莘不破叫道："换匹坐骑快来。"

羿令符一言不发地纵身下马，一挥鞭，座下风马向有莘不破跑去。有莘不破飞身上马，来斗桑谷隽，不三个回合，那风马承受不住背上的大力，四蹄一软，又瘫倒在地。桑谷隽微笑着并不催促，那独狢嘴边犹带新血，却咧开了嘴，似乎也在讥嘲有莘不破。

芈压对雒灵说：“雒灵姐姐，咱们下来。”凑到驺吾耳边哄道：“好驺吾，乖宝宝，咱们帮帮有莘哥哥，你才是兽中王者，不能让那不入流的土狗耍神气！”

驺吾震天一吼，仿佛听懂了芈压的话，冲了过去，一俯身，把有莘不破背了起来，张牙舞爪向独狢扑去。

这一战，兵器相抗，神兽相敌。

芈压手舞足蹈，既为有莘不破打气，更为驺吾鼓劲。

羿令符眼见桑谷隽刺砸扫劈，挡架遮拦，全无半点破绽，暗暗喝彩。雒灵听有莘不破固然越战越勇，而桑谷隽的心声也全没半分疲态，不由有些担心，突然想到：“他其实未必会输，我干吗这样着急？”江离则仍然安坐车中，仿佛对这场打斗毫无兴趣。

那橘皮脸眼见少主久战不下，悄悄取弓，对准有莘不破射出一支冷箭，却听一个雄壮的声音喝道：“贼子无礼！”这句话才听到两个字，便见那冷箭中途断成两截，跟着胸前一痛，被那射断自己冷箭的羽箭射中，掉下马来——正是羿令符的手段。

芈压见对方偷袭，羿令符出手，哪肯不凑这个热闹？捏个口诀，呼的放出一条火龙，纵飞而上，旋身而下，直袭桑谷隽面门。

羿令符怒道：“胡闹！”

桑谷隽听得背后爱将惨呼，本已有些分心，被火龙一扑，脸一斜，一鞭挡偏了，登时让收势不住的有莘不破一刀劈中左肩，翻身落地。

有莘不破叹道：“可惜可惜。本来就快分出胜负了。”却见一朵蓝花不知从何处来，在半空中随风飘荡，落在桑谷隽肩头上，不多时长成一丛深蓝，血也止住了。

有莘不破道：“今日胜负未分，待你养好伤，咱们改日再打。打不赢你，这巫女峰我就不过去了！”

桑谷隽哼了一声，翻身骑上独狢，救起那橘皮脸，绝尘而去。

有莘不破看着桑谷隽消失在傲然独秀的巫女峰下，兀自赞叹不已。

马蹄躲在灌木丛里，看得血脉贲张。“什么时候，我也一定要练成这样的本事，公开地叫阵！勇敢地决斗！”

他突然想起一事，摸了摸胸口，里面藏着那天趁着祝融火巫离城时偷到手的一本练功诀要。眼看双方人马散尽，巫女峰下风止尘歇，有穷车阵辕门紧闭，当代两大年轻高手的第一次决战已经结束，而马蹄尤痴迷地沉浸在对未来的憧憬中。

“弟弟。”白痴的马尾不知为何偏偏能找到藏得十分隐秘的马蹄，叫道：“快回去。老板说，再不回去今晚我们就没饭吃了。”

神兽相争

桑谷隽回到巫女峰营寨，忙看后山掌管使右进宝和独狢的伤势：右进宝是一箭贯穿右胸，幸而羿令符手下留情，没有性命之忧，但暂时是行动不了了；再看独狢，只见它满嘴鲜血，正一舌一舌地自己舔疗伤口，但在新牙长出来以前无法进食，对喜食硬物的独狢却是极大的隐忧。查看了它的伤势，他才运功查勘：肩头有自幼练成的三层极薄但却极坚韧的土之铠甲，若对手不是有莘不破，就是鬼王刀也奈何不了他，因此这回只是受了点皮肉轻伤，没伤到筋骨，而且那朵蓝花又极具外伤疗效，刚才在路上便已血止肉合，拔掉蓝花，肌肤宛如新生。

自他出道以来，从未遭此大败，有莘不破刀下相饶也就罢了，受伤后竟然没来得及拒绝敌阵中人为自己疗伤，这更是奇耻大辱，整个下午凭几呆坐，郁郁不乐。

眼见天色昏黄，手下摆上饭菜，桑谷隽哪里有心情下箸？两个喽啰把奄奄一息的右进宝抬了过来，他不悦道：“你不去静养疗伤，来这里干什么？”

那橘皮脸右进宝忍住痛，喘息着说：“少主，今晚是夜袭的良机，咱们不可放过这个机会。”

桑谷隽怒道：“夜袭，我为什么要夜袭？”

右进宝道："少主别急，听我慢言。他们人多，我们得先把大多数人放倒……"他连喘了几口气，一时接不上话来。桑谷隽忙命人取水。右进宝喝了，埋头向桑谷隽谢礼，这才继续道："我们得先想办法把他们商队的大部分人困住：一来，他们人多我们人少，此举可以扭转敌强我弱的局面；二来，我们困死他们以后再饶了他们，既显少主的气量，又报了今日之耻；三来，那有莘不破无论是否被困，只要他的属下遭挫，他的气势必然大受打击，少主再约他单挑，更增胜算。"

桑谷隽不置与否。

右进宝又道："两军对垒，不厌诡诈，何况夜袭，日间他们得了便宜，以为少主受伤，今晚防范必然松懈。但以我看，少主伤势已无大碍。正所谓机不可失，时不再来，请少主快做决断吧。"

桑谷隽道："我们才几十个人，如何夜袭？"

右进宝道："还是像上次对付昆吾那帮人一般：少主施展神通，趁夜色把他们的车阵底下挖空了，只留下薄薄一层。他们不动便罢，只要车阵一动，少主发动机关，管叫把他们数百人一起埋了！"

夜深人静。

马蹄取出那块刻着练功诀要的龟甲，一点一点地记诵着。那上面的字大部分都认得，但却大部分都看不懂。月光下字小如蝇，但却想得他头大如斗。一阵睡意袭来，忙一狠心，把嘴唇咬破了。

安详的夜里没有半点人语，只是时不时传来马尾幸福的鼾声。

桑谷隽带了左招财，又点了十二名擅长遁地术的手下，一路潜地而来。遁地是巴国"国术"，功法施展之时，入土如潜水。

但今天桑谷隽却走得甚不爽快，似乎总有一些令人不快的触物。眼见到了有穷车阵辕门的地下，左招财正要冲过去，桑谷隽心头一动，反而率众后撤。他的部属正在纳闷，才潜出数里，突然个个脑门碰壁，竟潜不过去。

桑谷隽闷哼了一声，率众浮出地面，道："快撤！"蓦地天上九道亮光一闪，一齐照向这十四个人，就如空中突然出现九盏大灯——却是九颗悬浮着的明珠。

黑暗中一个雄壮的声音道："你和有莘不破胜负未决，今夜射杀了你，他不免心中有憾，但若不稍加惩戒，任你来去自如，却叫你小瞧了我羿令符的手段！"

"段"字一出，一声急响破空而来，桑谷隽连"小心"都来不及呼出，那箭声突然化作十三道怒响，射穿了十三只脚板，自左招财以下全部被牢牢钉在地面。这十三个人都是巴国的猛士精英，脚板洞穿，竟然个个忍痛咬牙，一声不吭。

只听那个自称羿令符的声音道："好汉子！果然强将手下无弱兵，饶你们去吧！"

桑谷隽胸中无名火起，直袭脑门，恼羞怒愤，四感交织，便想挺身挑战，但此刻被子母悬珠的光芒照着，敌暗我明，再看看鲜血直流的部属，强压住心中怒火，挥手一招"望风卷土"，把众人摄回了巫女峰。

马蹄半醒半睡地打着瞌睡，突然西南方天空一闪一亮，把他惊醒，但那亮光只持续了一会，天空又回归黑暗。

"那不知道又是什么宝贝。有穷真是一个宝库。有一天，我一定也要拥有这些！"牙一咬，把凝固了的伤口咬破，继续读书。

"为什么会被发现？为什么会被发现？"桑谷隽来来回回地踱着，自言自语。眼见天色渐白，便爬上巫女峰顶，居高临下向有穷车阵望去：一环铜车，中间长着一棵树木。桑谷隽闭上眼睛，默念口诀，睁开"透土之眼"，不看还好，一看之下，惊得整个人跌坐在地：那棵树木也不甚高，但在底下衍生开来的根系竟然遍布方圆十里！怪不得对方能发现自己，昨晚碰壁的地方更横向长着几条巨大的树根，叠在一起如铜墙铁壁一般，看来也是这棵树搞的鬼。

"谁有这么大的本事？是谁？是谁？"桑谷隽失神地坐在地上喃喃自语，脑中晃过有莘不破的脸，摇了摇头；又晃过羿令符的名字，也摇了摇头；想起了那条火龙和那个孩子，又摇了摇头；突然想起了那朵蓝花，想起了那辆由三种乔木盘成骨架、两块巨根雕成马形、两条藤蔓盘绕而成的怪车。“是他，一定是他！”

他丧气地回到厅堂，只见部下都集聚在此，左招财道：“少主，那有穷的人甚是可恶，一大清早的就派了几个喽啰叫战，说少主您既然还能去、去、去袭营，就该出去应战。咱们、咱们出去跟他们拼了！”

桑谷隽大怒，但一看周围，神兽疲饿，爱将重伤，所有精锐个个动弹不得，再想起这几天来三番五次受挫，不但被对手击败，甚至被对手“饶命”，登时一股愤怒转为悲凉：对方几个喽啰也敢上门相欺，而自己居然再也派不出人手，躲在巫女峰孤掌难鸣——我桑谷隽难道已经到了英雄末路的绝境了吗？这巫女峰已经守不下去了吗？难道从此要任由这些川外人继续西行，去欺骗我的国民、去伤害我的亲人吗？不！不！

巫女峰突然一阵颤抖，它在害怕什么？

有莘不破自幼养成了早睡早起的好习惯，但出了商国势力范围以后，便坚持着要过腐化堕落的生活，四更醒来，吩咐阿三去骂战，灌了一壶酒，便又回车呼呼大睡。

雒灵躺在他的身边，正数着他的呼吸声，突然心中一动，仿佛听到了一阵萧萧疏疏的大地长鸣。出什么事了？她走出车去，太阳初升未久，勤劳的有穷勇士正整顿衣甲，察看牲口，整个车城一片安宁，谁也没有感到不妥。

雒灵向辕门走去，门户大开，轮值守夜的羿令符铜柱般钉在辕门十步外，望向远方。一阵清香飘近，江离走了过来，望了她一眼，道：“很肃杀的气味，是不是？”

几个人抱头鼠窜地逃了回来，正是阿三等人，见到羿令符，叫道：“他、他、那人、那人……”

羿令符喝道：“不用说了，去把有莘不破叫醒！”

“不用了，我没你想的那么迟钝。这么强烈的士气，就是死猪也吓醒了。”有莘不破对阿三等人道，“送雒灵姑娘回‘松抱’去。”

雒灵秋水般的眼睛微微闪动了两下，有莘不破劝道："我没有把你当累赘的意思，是怕那个花花公子看到你后出手顾忌，我们打得不够尽兴。"雒灵低下了头，转身回车。

这时四长老和芈压也出来了，江离淡淡道："关上辕门，四长老好生看守，我们三个出去看看。"

芈压生气道："怎么是三个？我也要去！"

有莘不破道："你昨天胡乱出手，今天罚你不准出门！"芈压鼓起了嘴不服气，辕门却已经关上，隔绝了门外的三人，也隔绝了大地的气息、吹起的沙尘。

江离道："走吧。"

三人并肩走去。不愿意结束的风兀自刮着，仿佛要刮到永恒。

三人并肩止步。在风沙朦胧间，一个人影渐渐显现、渐渐清楚。只见那人一身薄薄的绸衫，头发披散，肤如白雪，神色冷然，空着双手，简简单单、孤独寂寞地站在那里。

难道这就是昨天那个全身花哨的花花公子？难道这就是今晨那个令大地震撼的人？

羿令符道："我没把握。"

江离道："我也没把握。"

有莘不破突然冲了出去。江离忍不住骂了一声："笨蛋！"

桑谷隽的头发突然飞舞起来，有莘不破只觉得脚下的大地似乎也要随着桑谷隽的头发而起舞：地面龟裂，百十块大石柱隆了起来，布成一个庞大的石阵，有莘不破躲避着不断隆起的大石柱，闪避着扑面飞来的棱角石块，飞速前进，却怎么也走不到头。

"有莘不破在里面迷路了。"羿令符说，"这里的石阵有幻术。"

江离道："看来桑谷隽已经没有兴趣和他斗武艺了。"

突然地面裂开，所有石柱泥土同时向有莘不破挤压过来，瞬间把有莘不破埋在地下。地面又回复了石阵隆起前的平坦状态。

江离正要出手，却听背后一声高叫："有莘哥哥，我来救你！"芈压骑着驺吾从他身边窜了过去，眼见到了已经消隐的石阵边缘地带，芈压一挥手，幻化出千百只火鹊，形成一座跨过石阵地界的鹊桥，便如一道火光烧成的火虹。

驺吾放开四脚，踏火鹊而上，到了桥顶，芈压肚子鼓起，双手用力一捶，一张口喷出七十二条火龙，居高临下向桑谷隽烧去，石阵地带的另一个边缘陡然竖起一面厚实的土壁，把火龙挡了回来。芈压手指向天一指，七十二条火龙反向他倒冲过去，在他的手指上方聚成一个直径十丈的巨大火球。驺吾大吼一声，跃进了火球之中，整个火球慢慢西飞，到了桑谷隽头顶百丈高处。

桑谷隽抬起头，看了那个大火球一眼，冷冷道："天火焚城么？"右手张开，按在地面上。

火球中传出一声狂吼，直压下来。桑谷隽周围的土地突然像浪潮一样倒卷到他身上，把他淹没。跟着地面一阵震动，仿佛是一座山破土而出，把压下来的火球撞成粉碎，芈压抱着驺吾在泥土纷飞、火苗乱窜中从那"山上"滚了下来。

泥土渐渐褪尽，芈压仰起了头，那座"山"原来竟是一只二十层楼高的巨兽！他目瞪口呆地仰视着这头巨兽，但由于离得太近，根本看不清这巨兽的全貌，只知道跟前那根一小半还埋在土里的"大柱子"就是巨兽的一条前腿。

一条长藤越过数里飞了过来，把芈压连同驺吾卷了回去。芈压这才看清楚，原来那巨兽是一头巨大无匹的独狢。一个人衣发飘扬地站在这头独狢的头上，身上一尘不染，仿佛一直站在风中，而不是来自土里。

江离无奈地叹息道："没想到他竟然把九天之外一等一的幻兽也召唤来了。"

"怎么有穷今天还不走？"

"听说前面有很厉害的强盗。"

"那怎么办？"

"等，情况不妙就逃。"

“桑谷隽？长这么大了。”远处的重山回响着独狢的声音，声音中尽是沧桑的感觉。

“巍峒，是我。”

这头被桑谷隽叫做巍峒的独狢道：“用你们人类的光阴来说，这一晃就是十年了。这是你第一次独力把我叫出来啊。你怎么这么严肃啊，以前你挺活泼的呢？是眼前这几个人类惹了你吗？”

“我败给了他们两次，不想再输第三次，”桑谷隽悠悠地说，“不得已，只能借助你的力量了。”

“呵呵，是吗？”巍峒一笑，“你的力量已经能召唤我了，居然还被他们打败。不简单啊，不简单啊。”它看了看江离和羿令符，说道：“就是你们吗？来，咱们玩玩。”

巍峒微微俯身，作出攻击的姿态，一阵土潮登时狂卷过来，三弹指间便卷到三人眼前不到十丈处。江离急道：“退！”龙爪秃鹰抓起羿令符，飞向高空；驺吾背着芈压，放开四脚狂奔；江离却被土潮淹没了。

芈压逃到辕门前回望，哪有江离的影子？不禁哭道：“江离哥哥……你……”却见一支脆弱的枝干从那片被土潮淹没的地面艰难地破土而出，一弹指舒枝发芽，二弹指枝繁叶茂，三弹指遍树花开，芳香满天，落英遍地。一颗巨大的花苞从大树的主干中长了出来，蓦地绽开，一个清秀脱俗的年轻人立在花瓣中间，正是江离，九尾灵狐在他肩头安然无恙。芈压在后方化悲为喜，羿令符在空中暗暗佩服。

江离交叉胸前，长长地吐出一口气，一阵清风刮起，把满树的种子送了出去，见土便入，入土便长，虽无主树高大，但长得和主树一般飞快，片刻间繁殖成好大一片桃林。那些种子飞到独狢巍峒身上，也慢慢开枝散叶。

巍峒笑道：“桃之夭夭么？”

桑谷隽两手合拢，向地面虚劈，地面马上裂开；桑谷隽两掌分开，作势虚引，一股岩浆喷了出来，岩浆到处，桃木纷纷灼死。喷到巍峒身上，它却毫无所谓。眼见岩浆越喷越烈，渐渐向“桃之夭夭”漫来。

“水木清华……”

桃树大根部的疙瘩喷出巨大水柱，向岩浆冲了过去，阴阳相撞，岩浆冷却成岩石，水汽却蒸腾成一片大雾。大雾中慢慢出现一个比“桃之夭夭”更加伟岸的背影，隐隐然竟有与巍峒分庭抗礼之势。

远在“松抱”车中的雒灵心中一跳：“青龙？不，不是。”

雾气散尽，桃木芳香中竟是一条巨龙的雄姿。巨龙看了看巍峒，又回头看了看江离，道：“小江离啊，你该不会第一次亲自召唤我出来，就是为了帮你打架吧？”

江离还没有回答，巍峒已经笑道：“你怕了吗？赤髯。”

“怕？”巨龙赤髯红须飘扬，傲然回首对着巍峒，昂然道：“江离，过来！”

江离被一阵旋风刮起，稳稳地落在赤髯的龙角上。

巍峒道：“不错，是个好对手，这样才有意思。”一声长嗥，方才岩浆冷却后形成的岩石层层断裂、块块悬浮，呼呼呼向巨龙砸去。赤髯一笑，道：“就这样？”身躯稍转，巨尾挥出，把千百岩石打得粉碎。

芈压突然觉得地面剧烈震动，便见前面的地面隆了起来。羿令符在空中看得更清晰：巨龙四周的地面都隆了起来，仿佛是隆起了四座山丘，把巨龙夹在中间。

赤髯冷笑道：“要压死我么？”腾空而起，仰天一声龙吟，天色顿黑，一团黑云凝聚在巍峒的头顶。

巍峒也冷笑道：“要用雷么？”它所在的地面突然下陷，泥土纷纷，把它埋了起来。江离往下凝望，只见一个土块不停挪动，向有穷车阵的方向冲去，脱口道：“不好！”

赤髯道：“别急。”两根红须抖了抖，突然扬起来，长成不知多长，直飞下去，穿透那团土块的土层，跟着龙须一紧，赤髯回头力拽，那土块不再向前冲，仿佛在地下的巍峒已经被这龙须缠住。两大幻兽一在空中，一在地下，互相角力。江离手捏法诀，轻轻念道：“雷惩！”

黑云中九道青色闪电一齐劈下，打在龙须上，沿着龙须上下传送。赤髯本身不怕电；龙角绝缘，因此江离也无恙。但地下的巍峒给雷电一震，却惨呼狂叫起来。赤髯喜道：“行了！”猛地全力一拽，巍峒被生生拽了出来，抛向空中。

羿令符眼尖，心中一动：“怎么不见桑谷隽，难道被雷劈死埋在地下了？”

赤髯呼地向被甩在空中的巍峒冲了过去，一口咬住它的喉咙。牙齿触处又硬又脆，不由生疑：“怎么这么脆弱？”正要松口，“巍峒”身上却生出一种黏性把它粘住。跟着“巍峒”身体中传来桑谷隽的声音：“泰山坠！”这“巍峒”变回原形，原来是一块极大的石头！

赤髯被大石头的下落之势带得跌落地面，砸出一个大坑。江离被这股巨力一震，也摔了出去。地面再次裂开，真正的巍峒跳了出来，张口扑来。赤髯奋力甩开巨石，奋力往左一避，却仍被巍峒咬住颈下。赤髯头部无法动弹，长身倒卷，勒住了巍峒。巍峒的利牙一点点地刺入赤髯的鳞甲，但身体被赤髯勒住，呼吸也越来越难。两大幻兽在地面挣扎拼命，左右翻滚。眼见向有穷车阵滚去，羿令符大惊，取出有穷之海，运起神通，把车阵连同芈压都装了进去，两大幻兽刚好压到。羿令符叫了一声“还好”，却见两大幻兽往回滚去，这回却是冲向巫女峰！

桑谷隽大骇，正要行动，地面突然生出一双手，就如同两个铜箍，把自己的双脚牢牢扣住。一个人探出头来，笑道：“还抓不到你？”桑谷隽大怒，挥拳击下，有莘不破头一歪，这一拳打偏了，在地上打出一个坑来。

“住手！”半空中羿令符发急，来不及阻止桑谷隽第一拳，这第二拳哪容他再落下去。

桑谷隽听得破空之声大作，偏偏双脚被扣无法闪避，匆忙间空手向来箭挡去，那箭穿透他三层“土之铠甲”，穿透他的掌心，牢牢钉在他左肩琵琶骨上。跟着又是一箭，刺穿他右肩的琵琶骨。江离左手虚引，两道藤蔓从有莘不破身上长出，向上缠绕，把桑谷隽绑了个结实。

正在这时，西边发出一声震天大响，巫女峰经不住两大幻兽的反复折腾，终于轰然倒下。百里之内，无不震动。那杂商团的富商小贾，武士无赖，无不四散奔逃。马尾咬住半个麦饼发怔，马蹄心知一定是前方的大战引起的异象，腔中热血涌动，便想跑过去大喊大叫，突然背后一个人道："这几个人是越来越难对付了。"头一扭，只看到一个迅速远去的背影，看那服饰，似乎是个方士。

有莘不破破土跳出，对被摔倒在地的桑谷隽笑道："没想到吧，我……"突然发现桑谷隽完全没有听他说话，眼睛直挺挺地望着那倒下的巫女峰。有莘不破立刻便明白了，知道他在担心部属的生死，眼中掠过一点歉然。敌人死了多少他本无所谓，但这时却对桑谷隽生出惺惺相惜之意，心中也不愿害死他的部属。

回头望时，见江离也在叹息。江离背后更远处，一个女孩子的身影怯生生地站在凌乱的地面上，居然是不知如何没有被"装进"有穷之海的雒灵。

灰土落定，两大幻兽已经分开的身影再次映入众人眼中。巍峒狼狈地喘着气，看了看被制住的桑谷隽，叹道："没想到我来了以后，还是扭转不了你的败局。我在这个世界的生命之源也用得差不多了，对不起啦。"身体周围一片扭曲。巨龙赤髯周围也正发生这种空间扭曲的现象。它的模样也不比独狢好多少，颈项上甚至流着血，才对江离说了一句："小江离，保重……"便和巍峒一起消失了。

羿令符落在有莘不破身边，道："你打算怎么处理他？"

有莘不破一言不发，走了过去，拔出把桑谷隽全身力量锁死的两支羽箭。桑谷隽一愣，随即全身运劲，啪啪几声把缠在身上的藤蔓震成数十截，一跃而起，似乎完全不知自己伤口处还流着血，双眼冷冷地盯着几个劲敌，身体却慢慢沉入地底。

江离面对山峰，黯然不乐。

羿令符突然道："为什么放他走？"

有莘不破道："为什么不放他走？"

羿令符道："他委实是个劲敌。自与蛊雕一战，我们显然都各有所悟，功力更进一层。但仍没有把握独力胜过这个人。"

有莘不破道："对，是一个难得的好对手！"

羿令符道："这样厉害的敌人，又和我们结下了深仇，将来只怕成为我们的心腹大患。”

有莘不破道：“你这么说什么意思？”

羿令符道：“我的意思就是想问你：为什么放他走？”

有莘不破不答，反问道：“你想杀了他？”

羿令符道：“我没说过要杀他。”

有莘不破道：“你如果不想放他，那你为什么不阻止我？我刚才的动作又不是很快。”

羿令符道：“我也没说过不让你放他。”

有莘不破奇道：“那你是什么意思？”

羿令符道：“什么‘什么意思’？”

有莘不破道：“如果换作是你，你会怎么做？”

羿令符道：“放了他。”

有莘不破恼道：“既然你也是这么想，还问来做什么？”

羿令符举起有穷之海，对着一块空地把车阵释放出来，有穷之海使用过后，慢慢失去了光泽，变成一只破碗模样，这才回答说：“因为我想听听你的答案，是不是和我的答案一样。”

桑谷隽也不知自己在什么地方走着。突然听到一个熟悉的声音说：“哎呀，刚才是怎么回事啊，天空一黑，然后就……”

“难道是他们……那怎么能够？可是……”

“咦！少主，你怎么在这里？”

桑谷隽一阵狂喜，冲了过去。

“刚才明明有股奇怪的力量。”完全处在旁观状态的雒灵心中思量着，“在两大幻兽滚到巫女峰脚下之前的那三十六弹指间，到底发生了什么事情……如果不是我的错觉的话，那股力量也太可怕了……”

劈山开路

巫女峰倒塌以后，通往西南的道路也被隔绝。

有莘不破望山兴叹道：“如果要再开出一条大路，你说要多久？”

羿令符道：“如果你肯带头做苦工的话，一年半载的应该可以。”

有莘不破道：“凭咱们几个的本事，要辟出一条大道，难道也要一年半载？”

羿令符道：“不是咱们几个。芈压是个小孩，雒灵是个女子，江离现在心情不好，所以要做苦工的话，就只有靠你了。”

有莘不破奇道：“你呢？”

羿令符道：“我啊，我不适合做这一类伟大的工作。”

甲：“怎么办？听说前面的路被倒下来的大山堵住了。”

乙：“先看看吧。”

丙：“要不咱们撤吧。”

丁：“傻瓜，有穷商队的那几个首领，哪一个是正常人？我打赌，过不了两天事情就解决了。”

众人：“也是，也是。”

有莘不破坐在地上对着大山发呆，已经过了三天了。

突然，他整个人兴奋起来：“啊！我怎么没想到？真笨！”

羿令符冷淡地问：“又想出什么办法了？”

芈压也泼冷水：“有莘哥哥，你这几天想了几百个馊主意了，没一个管用，昨天还赌气说不如撇了铜车队自己过去算了，真是孩子话！”

羿令符道：“他要是肯一开始就少说话多做事，老老实实动手搬石头开山，这几天至少开出好几丈的路了。”

有莘不破也不生气，说：“撇了车队是气话，气话，说说而已，说说而已……这个……我已经想出了两个办法了，任何一个都行。”

羿令符道：“嗯。”

芈压也道：“嗯。”

江离不说话。

雒灵也不说话，但勉强笑了笑，鼓励地点点头。

有莘不破没有被这几个好伙伴的冷漠冰冻自己的热情，依然兴冲冲地描述起自己的大计：“其实很简单，羿兄，你把有穷之海拿出来，我们把车队装进去，然后……嘿嘿嘿，这个乱石堆车过不去，还难得倒咱们几个？”

“真是好主意。”羿令符道，“不过得等等。”

有莘不破问道：“什么意思？”

羿令符拿出变成一只破碗的有穷之海：“你看它这个样子，还用得了吗？”

有莘不破道：“要多久才能回复？”

羿令符道：“寿华城里用过一次，之后每天我都会定时取出来吸收日月精华，五天前刚刚恢复——你这个办法好啊，这个破碗给你，记得每天都要给它点生命之源让它自己去吸取能量，方法我会教你的。”

有莘不破连忙闪人，离羿令符远远的：“别，这么麻烦的事情别找我。这个，我另外还有个办法。”看了看坐在七香车上一言不发的江离，叫了一声：“嗨！”

江离眼也不抬，冷冷地道：“有什么馊主意，说吧。”

有莘不破信心十足：“把你那巨龙朋友请出来，山是它撞倒的，路也得靠它来开。轰隆隆几声，保证一条路就开出来了。”

江离怒道：“你以为它是我的宠物么？说叫出来就叫出来！我的生命之源早耗光了，就算恢复了也不会把赤髯叫出来开山挖石头，就算叫出来了它也不肯干。你自己不想做苦力，凭什么让别人做？”

有莘不破碰了一个大钉子，恹恹地走开了，对着一块大石头道：“好，做苦力就做苦力，就算只凭这只拳头，我也给你们开出一条路来。”呼地一拳打了过去，把石头打得粉碎，但是这块石头一碎，一些靠这块石头做支点的泥土沙石纷纷滚下，有莘不破向后一避，眼见路没开出一尺，人倒得退后两步。

羿令符心想：“要他也要够了。江离没心情，我总得帮他拿个主意，但如何是好呢？刚才他那两个办法，其实我也不是没想过，但……”

“这么晚了，你还要去哪里？”马尾问。

“我要去看看。我知道有穷商队那个大首领一定不会放弃的。”马蹄说。

“老板最近心情不好，小心被他打死。”马尾说着咬了一口麦饼。

朋友们都休息去了。

属下们也都休息去了。

有莘不破仍坐在倒下的巫女峰前，脸上没有白天那般嬉皮笑脸，认真地看着被堵塞住的道路发呆。

“为什么不找找别的路？”

有莘不破摇摇头。

“一座山倒下，就完全把你难住了？”

有莘不破摇摇头。

他突然想起了什么，猛然回头：“你是谁？”

月光下，一个穿着杂役衣服的人站在他身后不远处。月光从他的背后照来，看不清面目。有莘不破仰视着他，心中涌起一种奇怪的感觉：这是一个值得让人仰视的人。

“你是谁？”有莘不破重复着。

“拦住你的，真是这座山？”来人并没有回答有莘不破的问题。

有莘不破也不再问那个问题，回过头，再次望向巫女峰：“一直以来，我以为自己完全有能力领导这个商队。直到那天。”

“那天？”

“芈方追来那天的大战，我突然发现自己是这样无力。那场战斗，我根本插不上手。现在想想，大荒原和蛊雕的那一战，我也不是出力最多的。”

“嗯。”

“从那天起，我开始问自己：我真有资格领导这个商队？羿之斯把商队交给我，到底是看得起我，还是看得起我的背景？”

“你开始怀疑自己的能力？”

“不是，是怀疑我的信念。”

“信念？”

“我从小就很任性，一直以为，男子汉大丈夫，简简单单也可以在这个世界立足。我有个好家庭，有个好师父，我的家人和师父都是很了不起的人。而像他们这样了不起的人并不认为我这种想法不对。因此，我也就认为自己没错。”

“嗯。”

“不但做人做事这样，连武功也是。我喜欢的都是那些直来直去、简简单单的功夫。但现在我开始怀疑：我是不是应该也学学像江离那样的本事？尽管我不喜欢那样的机巧，但如果我拒绝这些机巧，我在他们面前却又显得这么无力。其实我也见过我的师父施展很多奇奇怪怪的法门，但当时我却没什么兴趣，因为太复杂了，他也没强要我学。不过有一些东西他仍抓得很紧，说那些是我这个年龄一定要打好的根基。”

“你这个师父还不错。”

“是吗？我想，他大概是要等我转变想法以后再教我那些东西。”

“转变想法？”

“我常常听人说，人长大以后，很多想法也会变的。也许我应该学会像江离和羿令符那样，多用用心思。”

“但你好像并不喜欢这样。”

“但人总是要长大的。我常常听人说，长大以后，或许就需要做很多自己并不喜欢的事情。江离说我的根基不比他差，如果我能像他那样使用召唤幻兽的法术，也许这座山早就劈开了。虽然这些技巧百变的法门，我并不喜欢。”

“你刚才说‘常常听人说’，说这些话的人是你父亲？”

“不是，我父亲已经去世很久了。”

“那是你的祖父？”

“不是，他自己也是一个很简单的人，尽管很多人很敬畏他。”

“那是你的师父？”

“不是，他总让我自己拿主意。我想不通的事情问他，他就跟我讲一些上古的传说和故事，从来不告诉我：应该怎么做。”

“那你说的‘常常听人说’，到底是听谁说？”

“……”

“这些人比你的祖父更亲？”

“不是。”

“这些人比你的师父更睿智？”

“不是。”

“……”

“我明白你的意思。你是要我相信我的祖父，我的师父，但是，但是，”有莘不破说，“我现在已经开始遇到要用心思的事情了。不仅仅是武功。”

“比如呢？”

有莘不破默然，背后的男人应该没有恶意，自己和他说这么多话，仅仅因为有很多话白天憋得太久，在月色下想找一个人倾诉一番。但对方毕竟只是一个陌生人，有些话是否该这样贸贸然地说出来？

“比如你的女人？”

有莘不破身子一震。

他突然发现这个男人知道的比他想象中要多得多。

“当自己身边的人开始交织成一个复杂的关系网的时候，像我们这样头脑简单的人，夹在中间应该怎么办？唉，曾经，我和你一样迷惘过……也许到现在依然迷惘着……”

有莘不破看着地上的影子，男人似乎抬头望天，他在想什么？是否想起了他年轻时候的事情？

马蹄躲在草丛里，远远看见有穷商队那个年轻的台首坐在地上，背后不远处站着一个山岳一般的男人。

“他们一定是在商量开路的事情。”马蹄想。

“你身边也有很复杂的人？”有莘不破问。

“所有大人都很复杂的。想法简单的，除了孩子，就是那些不愿意长大的人。不过我不知道是幸还是不幸，遇到了一个人。这个人不认为我的简单是一件坏事，喜欢我，信任我，爱护我；我也以此报之。但我们之间的情谊是不被允许的，后来……”

“后来怎么样了？”有莘不破问。他并没有问“为什么不被允许”，因为直觉告诉他男人不想提这事，也因为这对他并不重要。

“我开始会用心思，很痛苦，白天开始恍惚，夜里开始无眠。”

“那你是怎么走过来的？”有莘不破问。

“就这么挨着。这些年过得很痛苦，但也过得很快。很多事情都改变了，我也早不是当初的少年，但依然改不了把事情想得简简单单的坏习惯。虽然我周围有很多很复杂的人，我的朋友，我的对头，我的亲人……我没必要为我的敌人而改变，因为对付他们我只需要挥一挥拳头。但对亲人和朋友，我该怎么办？当他们期望着我按照一条不适合我的路走的时候，我能怎么办？”

“后来呢？你按他们的期望走下去没有？”有莘不破问。

“我不知道。我是一个笨人，笨人并不会因为痛苦而聪明啊。相反，我迷糊了。我背叛了对那个人的承诺，在我的亲人和朋友开始按照他们认为的幸福模式为我张罗的时候，我没有答应，也没有反对。就在那个迷糊的晚上，那个人来了，就是那个最喜欢我、最信任我、最爱护我、而我也如此报之的人，那个晚上，那个人在我面前杀了我的亲人，我的至交，招来无底洞，吞噬了我的故乡。”

“啊——”和有莘不破的震惊相比，男人的声音却出奇的平静：“当时我呆了，甚至疯了。我直到今天都不知道，那天晚上我到底知不知道自己在做什么。”

“你们后来怎么样了？”

“哦，很多人听我说起这个故事以后，都会问我：‘后来你报仇没有？’你为什么不这样问？”

“你说过那人喜欢你、信任你、爱护你。那这么做一定有原因。”

“原因？有很多事情有意义的只是事情本身。原因什么的是没有必要的。他杀了我的亲人，毁了我的故乡，这两件事情，已经注定我们之间不可能再像当初那样简简单单地相处了。”

“那你怎么办？”有莘不破问。

“我一拳打了过去……”

“你杀了他？”有莘不破吃了一惊。

“没有。但这一拳把我们的爱护和信任都粉碎了。那个眼神……本来那个眼神永远都比我的拳头复杂得多，但那一刻也变得简单清澈起来。我突然意识到自己做了什么，可是我不应该这么做么？世俗中的朋友都认为我这一拳打得对。或许还应该打得更重一点。除了有莘羖。”

有莘不破一震：“有莘羖！你认识他？”

“嗯。一个和我一样不幸的朋友。”

“你知道他在哪里吗？”

“很久没见面了。你找他？”

“对！”有莘不破盯着眼前的巫女峰，“所以我要劈开这座山。”

“为了走得更远，甚至不惜放下一直以来的坚持？”

有莘不破摇了摇头：“我不知道。你呢？”

“我并不是你的好榜样，因为我活得并不是很开心。”

“但你还是一路走过来了，是吗？”有莘不破说。

“对。”

“遇到大山阻路的时候你怎么办？”

“用拳头劈开它。”

“拳头？”

“对。”男人走上前去，有莘不破清清楚楚地感到一种很难言说的气息慢慢在他的右手凝聚起来。“那个人对我说，像我这么笨的人，嘿嘿，‘就只会用这只拳头，不过，用这只拳头也就够了。’”男人再次抬头，仰天长叹，叹息声中说不清的萧索：“可惜，这拳头就算能劈开山脉，断绝江流，也理不清我们之间的恩怨情仇。”

日间有莘不破说“我想一个人待一会儿”，他的朋友们都知道，他需要一个人静一静。芈压进了他的“灶间”，雒灵回了“松抱”，羿令符上了“鹰眼”。有莘不破又对轮到值夜的江离说：“咱们换一个晚上吧。”江离也不说什么，把七香车驶进车阵。

这个晚上，风声若无，虫鸣隐隐，有穷的人都睡得很安稳，连羿令符、江离和雒灵也悠然入梦。

但突然之间，他们一齐被一股可怕的力量惊醒：“巫女峰前到底出了什么事？”

那是什么？这股力量不像桑谷隽的战气所引起的大地之鸣那样惊人。这股力量，就像一把隐遁了锋芒的宝刀，就像一瓶消尽了辛辣的藏酒，就像一个忘记了风骚的女人。

“这股力量，到底是谁……”

马蹄远远望去，不知那个男人握着拳头和有穷商队的台首说些什么，渐渐的，仿佛看到那个男人的拳头笼罩着一层若隐若现的光泽。

“是不是要出什么事了？”

“我懂了，我懂了。”有莘不破大叫着跳了起来。

“懂了？懂什么？”

“我知道怎么用我的力量了。”

“是吗？这事值得那么高兴？”

有莘不破一愣：“难道不值得高兴？”

“我说过，我的拳头就算能劈断山脉，也不能帮我解决那些对我们而言真正重要的事情。你的烦恼，还得你自己想办法解决。”他叹了一口气，一拳挥出。

倒下的巫女峰里逃出无数蛇虫鸟雀，它们在害怕什么？

马蹄远远地只见人影一晃，一股恍若有质的气劲从那男人的拳头发出，触到山石，如刀切豆腐。

“出了什么事？”

那一拳并没有前几天有穷和桑谷隽决战时那天崩地裂的声势，但马蹄分明看见阻路的大山被硬生生劈开一条大道。

山岳在那个男人的拳头面前，就像一块大豆腐。

马蹄的心几乎跳出了胸口，他知道，他一辈子都不可能忘记今晚的奇景。“男人，就应该像他们这样，活得惊天动地！否则，毋宁死！”

“有穷商队走了！”

“什么？”

“快！快跟上！”

……

“天！这，这条路是怎么回事？”

“这！如果不是亲眼见到，我说什么也不相信，一夜之间开出这样一条大路，这不是人做的事情。这简直是雷公劈出来的！”

“嘿！我早说过，有穷那几个首脑，根本就不是人！”

“有莘不破还在那里琢磨着呢。”羿令符说，“已经一天一夜了，也不说话，也不理我们。”

江离道：“或许他从那个人身上，学到了什么东西。”

“那个人……那天我出来的时候，只来得及看见他的背影。”

“我也一样。”江离叹了一口气，“一弹指间开山劈岭，就是九天幻兽，只怕也做不到。原来我们身边藏着这么一个人，我们居然懵然不知，嘿嘿……”

羿令符道："这样一个人，绝对不是默默无闻之辈。"

江离道："你在猜想他的来历？"

羿令符道："嗯。"

江离道："你认为他是谁？"

羿令符道："虽然各大家族都有自己独特的血脉绝技，像芈家主火，桑家主土，但这个人并没有显出各个家族血脉相传的特质。"

江离道："嗯。"

羿令符道："除了各大家族以外，能达到这等境界的……或许只有四大宗派。"

江离道："四大宗派？"

羿令符道："对四大宗派我可就没你熟悉了。"

江离道："如果是四大宗派的人，能发出这种力量的，怕也只有四大宗师吧。不过这手笔，并不像是心宿，也不像是血祖。"

羿令符道："天魔呢？"

江离道："不知道。我对洞天派最不了解。我师父跟我提到这个宗派的时候，从来都是略略带过。"

羿令符道："听说天魔是一个极美的人，可惜我们没见过那人的面，但看那人的身形体态太过健壮，和传说中的天魔也不相符。"

江离道："其实除了四宗师以外，还有几个人的……"

羿令符一震。

江离道："但对于那传说中的三大武者，我却没你熟。"

羿令符出神良久，道："不错，很可能是他！"

江离道："谁？"

羿令符道："三大武者里面，不用兵器的……就只有他了。"

江离道："那个号称防守力最强的人？"

羿令符笑道："你该不会因为这个传言就以为他只懂得防守吧？"

江离道："只是，他干嘛要帮我们这个忙？"

羿令符道："我曾听我爹爹说过，他和传说中的大高手有莘羖很有交情。"

“有莘……”江离望向西南，“仅仅就因为这个姓氏吗？”

“弟弟，老板哪里去了？”马尾啃着麦饼，很高兴地说。今天不见那个经常打人的老板，弟弟又多给了他一个麦饼，这两件事情都很值得他高兴。

“不知道，不见了。”

“那我们还跟着那铜车队走吗？”

“当然。不过以后不用走路了，我们可以坐在牛车上跟上去。”

“真的？不过我怕这牛拉不动我。”

“放心，这是犟牛，何况我把那些没用的货物都处理掉了。”

“处理？”马尾随口说，但并没有追问的意思，一手抓着麦饼，一手挥着鞭子，兴冲冲地跳上车。

马蹄有些疲倦，那天晚上，那个连鬼神也震惊的场面，让他再次下定了决心一定要出人头地。他的心肠越来越硬了。昨晚把雇佣他们的老板解决掉的时候，心不跳，手不抖，就像杀了一头猪。

有穷车队划出来的车辙，改变的不仅仅是有穷商队本身的命运。

第六章
深藏巴国的秘密

进驻巴国

西南自古就是偏安之局。

在虞朝（即舜统治时期）和夏朝之际，巴国屡有席卷天下之意。当时夏人崛起于河洛，建都阳城（今天的河南登封），东征有扈族，大战于甘，一战而令诸侯惧。巴国主自知不敌，不得已接受大夏的分封，成为西南霸主。太康（夏朝第三代君主）时大夏朝政大乱，后羿代夏为王，西南诸国又蠢蠢欲动。但巴国谋划尚未成功而少康已经复国，大夏中兴，巴国人才再次打消了东进的想法。

自少康复国至桑鏖望为巴国主、执掌西南牛耳，西南偏安之局又过了三百年。

桑鏖望背着双手，看着壁上的《山川社稷图》，知道天下又将动乱。西南的英雄们已经错过了两次机会，能否趁乱而起，或许就在这几年之间了。

桑季静静地站在兄长背后。这是一个斯文儒雅的男子，看到他，便会让人想起桑谷隽的将来。

“听说中原有人过来。”

“是一支商队，商属国有穷的商队。”

“哼哼！”桑鏖望回过头来，或许这张脸二十年前也是十分俊秀的，但这些年来却因承载了太多的压力和悲痛，而不再有年轻时的轻松与闲逸。

“成汤的势力，扩张得好快啊。不过现在就来经略西南，是不是太早了些？”

“隔着昆吾，商国要过来不容易。这支商队或许也只是一个刺探性的动作，不过这支商会的头脑人物倒不简单。”

“哦？”

“这支商队的后头，还跟着大大小小数十个商团，龙蛇混杂。从巴国边界到孟涂[①]，已过十二城，三十九镇。这些年，巴国民对外来商队本来并无好感。”

桑鏖望哼了一声，说：“这是中原人自己种下的恶果。”

“不过，”桑季说，“这支商队却很受欢迎，每过一处，几乎都引发满城的狂欢。”

桑鏖望皱了皱眉头：“或许是这两年平淡得腻了。”

桑季笑了笑：“这应该也是一个原因，自小隽封锁川口，民众可好久没见川外人了。”

桑鏖望道：“胡闹！”

桑季继续道：“不过，有穷和以前的商队确实也大大不同。”

“哦？”

“他们每过一处，除了买卖公平以外，又有一干人等给本地商家讲解商国的经商之道，传授中原人的筹算之法。更派出一批人给当地人讲

① 孟涂：巴国的首都，现在的重庆某区。据《山海经·海内南经》记载：“夏后启之臣曰孟涂，是司神于巴。”孟涂本是人名，他的后代以他的名字为地名来纪念他。

解中原的物价和风俗。我派出去的人正好听他们在向本地人讲解：青石在巴国虽然贱如泥沙，在阳城亳都却有百金之价——诸如此类。如今青石等土产在城内已经价格狂涨，据说连附近乡野也有愚民赶来贩卖。更有一帮本地财主，忙着扩建房屋，有意囤积居奇，甚至组建商队。”

“这对他们有什么好处？”桑鏖望道，“他们能够赚取的，不外乎两地的价差。我国民众消息闭塞，按理，他们应该尽量利用小民的无知压价才对。”

“所以才说这支商队和以前的商队大大不同。除了有穷自己的买卖外，连跟着商队来的那些杂商团也受有穷约束，买卖做得甚是公允。听说有穷的台首亲自出面告诫：若有商家违反他所定下的三条规章，便不得再尾随有穷商队前行。”

桑鏖望问道：“哪三章？”

桑季道：“不得欺诈，不得偷盗，不得犯当地之俗。”

桑鏖望回头看《山川社稷图》良久道：“台首是谁？羿之斯么？”

“不是，是一个年轻人，叫……”桑季顿了顿说，“有莘不破。”

桑鏖望倏然回头：“有莘？”

桑季缓缓重复了一句：“有莘，有莘羖的有莘，有莘不破。”

桑鏖望眼睛突然变得空洞：“一个姓有莘的人居然能活着从有穷走到这里，看来川外的局势确实变了。”

兄弟二人对视，都从对方的眼睛里看到不甘寂寞的光芒。

“我要见一见他。”

桑季道：“就因为他姓有莘？”

桑鏖望道：“也因我想知道把小隽逼得狼狈而回的人是不是他。”

“现在？就现在去？”芈压兴奋得跳上跳下。

有莘不破道：“这么兴奋干什么？”

芈压叫了起来：“桑鏖望宴请，八大方伯之一、堂堂西南霸主桑鏖望宴请唉。”

有莘不破笑道：“你好歹也是祝融城的少城主，别搞得像一个没见过世面的乡下孩子。”

“你不知道的！”芈压说，“巴国桑家，器皿天下第一，偏偏爹爹又不肯帮我的忙——我花了好大的工夫，才收集到两个第二等的陶盘。才第二等啊，在我的架子上已经是最好的陶盘了。他们国主筵请，用的一定是一等一的菜式和器皿。啊，想不到我这么快就可以见识到。要是呆在家里，不知什么时候才能看到。”

有莘不破笑道：“原来你不是看上桑鏖望这个人，而是看中他家的厨房！”

芈压叫道：“那当然，这么大的国家，国主的厨房我就算没有被邀请，也要摸进去看一看的。”

有莘不破道：“看你这个样子，看过了只怕还不够，多半要顺手牵羊，‘借’上几件。”

芈压不好意思地挠挠头：“桑家自家用的器皿是不肯外流的。要是桑鏖望肯卖的话，咱们就正正当当地买几件，好不好，有莘哥哥？”

有莘不破道：“少来！要买你自己跟桑鏖望说。你要摸进厨房的话，千万等我们走了再去，可别让我们筵席吃到一半，你却被人捉住了，让我们当场献丑。”

雒灵不喜应酬，留在商队。

众人一进盂涂宫，有莘不破便紧紧看住芈压，眼见大殿门户已在眼前，却发现江离不见了。前有巴国侍者领路，有莘不破不便开口，目视羿令符。羿令符会意，微微一笑，那意思是说：江离这人无论做什么都不需要我们担心。

江离顺着一条弯弯曲曲的小路走着。

进了盂涂宫以后，他突然有一种很奇怪的感应。在有莘不破没有注意的情况下，他闪进一个岔口，踏上了这条草木拥簇的小路。

前面到底是什么？为什么会有这么熟悉的味道？这味道为什么这么吸引他？甚至让一向慎重的他也在那一刹那间忍不住离开队伍独自探

险。周围平静而安宁，处处花香草绿，鸟鸣幽幽。但江离却知道这条小路每三五步都设有机关，每个机关都暗藏杀机。然而即使是这些暗藏杀机的机关，江离也觉得特别熟悉——如果不是确定自己从来没到过巴国，他几乎要以为这些机关是他自己布下的。再往前走，到底会遇见什么人？

一株食人妖草亲昵地嗅了嗅江离，乖乖地让路，江离眼前登时一亮：一片清澈的池塘，池塘边一颗桑树，桑树底下一片草地，草地上坐着一女子，白衣如雪，黑发如云，一只鹦鹉停在她手上，牙牙学语。

白衣女子转过头来，见到她那娇弱有如蝴蝶的气质，江离心中顿时生出怜惜无限的感觉。

“你是……若木哥哥的……师弟？”

桑鏖望道：“小王闻说有穷买卖公道，鄙国民众交口称誉。又听闻台首命令下属教小国边民筹算之道，小王感激之余又颇不解，有穷一路以来都行此义事么？”

有莘不破说道：“我们不是行义，而是谋利。这一路来我们过葛国南疆、昆吾边城，途经六国、十二城、三十九市镇，其中又以寿华、祝融、孟涂最大。如寿华、祝融商贾繁华，物流人流旦夕百变，虽在东边南疆，与中原声气相通。巴国物产丰饶，但地偏西南，山川阻隔，民不知川外物价，商不欲出川货贸，商虞不活则地不能尽其利，民不能得其财。若能让西南商贾广知中原之利，必然群起而出川，熙熙攘攘，为利来往。市井越是繁荣，利益所系，商路也必更加通畅。将来我商人行旅西南也必更加便利。因此，我说我们不是行一时之义，而是图谋长远之利啊。”

桑鏖望微微点头，虽不说话，神色间却甚是赞许。

羿令符偷眼看桑鏖望：这个威震西南的方伯眉宇间没有一点霸气，也看不出一点威势。但从那深邃的眼神中，羿令符还是察觉到一种傲然自我的气度。

桑季也打量着眼前两个年轻人：有莘不破的飞扬和羿令符的沉稳搭

配在一起，给人以无懈可击的感觉。桑季问道："听下人说道，还有一位江离公子。"

有莘不破打了个哈哈，正不知如何分说，羿令符接口道："我们这个朋友雅好草木，刚才见到孟涂宫草木奇美，频频流连，只怕是中途脱队迷路了。"

"不好！"桑季微微一惊，忙唤来家宰，吩咐寻找。

羿令符道："桑侯何故吃惊？"

桑季道："鄙府花卉草木，颇有些古怪，莫要冒犯了贵客。"

芈压笑道："不用着急，天下间的花草树木都和我江离哥哥有亲，不怕不怕。"

"我叫桑谷秀。"白衣女子微笑着，似乎很高兴见到江离。

江离忍不住问道："你认识我若木师兄么？你怎么知道我是他的师弟呢？"

"在我刚才还没有回头的时候，我几乎以为是若木哥哥来了。"桑谷秀说，"你和他的气息很像。虽然我没见过你，但却很肯定你不是他的亲人，就是他的同门。"

"若木师兄知道我？"

"你没见过他么？那我想，他或许还不知道。"桑谷秀说，"但他跟我说过，他师父一定会再收一个弟子的。"

"这些……"江离指着来路的草木，"都是若木师兄种的？"

"嗯。"

"你，和我师兄……"

桑谷秀仰起了头，看着那棵孤独的桑树："从懂事开始，我就对着他为我们姐妹种下的这棵桑树，痴痴地等着。一开始是陪姐姐等他，后来渐渐地自己也渴盼着见到他，再后来姐姐走了，就只剩下我一个人，每天在这里痴痴地等着……总希望有一天，他就像你刚才那样，突然出现在我背后……"

江离看着她，突然感到一阵哀伤。因为他隐隐感到，那无数个日夜所期盼的，会是一个永远无法成为现实的幻梦。

“姐姐——”一个耳熟的声音打破两个人的沉默，一个清爽的年轻人跑了过来，手中抓着一只鹦鹉：“瞧，这只鹦鹉和你那只……咦！你，你怎么在这里？”

江离也微微吃了一惊：“桑谷隽！”

桑谷隽眉毛一挺，就要动手，但看了看坐在地上的桑谷秀，登时连脸上的杀气也消了，憋住一肚子气，以一副斯斯文文的样子对江离说：“是男人就跟我到外面见真章！”

江离突然笑了，他早就应该猜到这姐弟俩的关系：这么像的容貌，这么像的名字——或许正因为有这么惹人怜惜的姐姐，才会造就桑谷隽这样的性情。

江离还没答桑谷隽的话，便听桑谷秀说：“小隽，你怎么变得这么没有礼貌？这是姐姐的朋友。”

桑谷隽道：“姐姐，你别给这些川外人蛊惑了！这些人无情无义，没有一个好东西！”

桑谷秀道：“你怎么可以在我面前说这么难听的话！”

桑谷隽不敢辩驳，桑谷秀又道：“这是若木哥哥的师弟，我不知道你们以前有什么过节，总之大家一笑，算过去了吧。”

桑谷隽道：“什么若木？那个扮年轻的老头，还哥哥呢！他师弟也不是什么好……哎哟，姐，你，你别生气。”他瞪着江离说着，再看桑谷秀时，只见她气得全身发抖，登时慌了手脚。

“姐……”

“你走，我不想见到你。”

“姐，这小子在这里我不放心你。”

“你走，我不想听你说话！”

桑谷隽犹豫着，却见桑谷秀站了起来：“好，你不走，我走！”忙道：“好好好！我走，我走。”威胁性地盯了江离一眼，忿忿不平地离开了小园。

桑谷秀勉强笑了笑，对江离说：“真对不起，我弟弟不懂事。”

江离歉然说："我们在巫女峰打过一场大架，还无辜害死了他好几个部属，是我们的不对。"

桑谷秀道："部属？你是说左招财右进宝他们？"

江离怃然点了点头。

桑谷秀道："他们受了不轻的伤，但前几天都回来了啊。"

江离惊喜道："他们没死么？难怪我在巫女峰的乱石中什么也找不到。还以为是桑谷隽带走的呢。"

桑谷秀微笑说："小隽他一时意气，做什么垄断川口的傻事。本来我爹爹已经准备让我二叔去把他抓回来了，谁知二叔还没出发，他便满身是伤地回来了，模样着实狼狈。当时我们一家都在猜测：是谁那么大本事，原来他是遇见了你。"

"对不起，"江离道，"我们原本以为只是一个强盗。"

桑谷秀笑了笑："他做这样的傻事，活该让你帮我教训一番，也好让他知道天外有天，人上有人。"

江离道："其实如果不是朋友插手，我一个人也打不赢他的。"

"朋友？"

"嗯，"江离说，"我有几个很不错的朋友……"

桑季听了芈压的话，只当是小孩子夸口，不久便听家宰急急忙忙过来禀告："不好了！少主，少主他……"说着看了有莘不破等人一眼，迟疑道："少主又跑出去了！"

桑季道："跑出去便跑出去，大惊小怪干什么？！"

那家宰踌躇了一会儿，终于道："少主怒气冲冲的，说要去烧有穷的……"

桑鏖望和桑季对望一眼，芈压嘴快，叫道："你们巴国什么规矩啊？一边请我们吃饭，一边要烧我们家当！"

桑鏖望笑了笑，桑季忙起身说："有穷既已是巴国贵宾，商队在盂涂便不该有什么闪失。待我去看看，诸位安心用膳。"说着起身而去。

羿令符道："弊商队在进川之时，遇到一个好汉，自称桑谷隽，不知国主是否听说过此人？”

桑鏖望笑道：“正是小儿。”

芈压吃了一惊，“我们跑到强盗家里啦”这句话还没来得及说出来，口里早被羿令符塞了一口肥肉。

羿令符道：“弊商队无知，在巫女峰下曾冒犯了桑少主。”

桑鏖望笑道：“小孩子家胡闹，当不得真。”

正劝酒，一个侍女从幕后走出向众人施礼，桑鏖望停杯问道：“小公主可好？饭吃下了么？”

侍女答道：“今天小扶桑园来了一个贵客，公主笑了好几次，好久没见公主这么好的心情了。”

桑鏖望大喜道：“是哪位贵客？”

有莘不破和羿令符对望了一眼，果然听侍女道：“是一位叫江离的公子。公主还吩咐下来：有莘公子、羿公子、芈公子若筵后得便，请到小扶桑园一叙。”

侍女在前引路，芈压压低声音对有莘不破说：“不妙！我们到了仇人家里了，现在还要去见仇人的姐姐，谁知道对方安下什么圈套？多半江离哥哥已经落入他们的手里了！”

有莘不破笑道：“你别乱嘀咕。”

芈压道：“不行，我们得分头行事，就算出了事情，也不会让对方一网打尽！”也没等有莘不破回答，便“啊啊啊——”地大叫起来。侍女诧异地回头看他，只见芈压捂住肚子说：“肚子！我肚子痛！快！方便的地方在哪里？”

侍女忙一指：“一直走到尽头，左转，再右转就看到了。”

眼见芈压一溜烟不见了，侍女向有莘不破和羿令符请示：“我们是不是在这里等芈压公子？”

有莘不破笑道：“不等他了。我怕等到桑家的厨房给人搬空了他也不肯回来。”

侍女大惑不解：“厨房？”

有莘不破饶有兴趣地看着桑谷秀，那直愣愣的眼光有些失礼；桑谷秀也饶有兴趣地看着有莘不破，却温柔得让人妒忌。

有莘不破叹息说："我终于知道桑谷隽为什么会那样了。我要是也有这样一个好姐姐，嘿嘿，我一定比他还会怜香惜玉。"

桑谷秀微微笑着说道："凤凰不与鸦雀同枝，江离的朋友，果然很不错。"

"小隽回来了？"

"回来了。"桑季道，"我把他困在蛹里，暂时出不来的。他们几个呢？"

"现在在秀女那里。"

"阿秀！怎么会去那里？"

"他们那个掉队的同伴，叫江离的，好像闯到小扶桑园去了。也罢，听说秀女很开心，只要她开心就好。最近她饮食渐少，越来越让我担心了。"

桑季看着眼前这个兄长：不再是那个意图染指中原、称王天下的巴国主，而只是一个为女儿担心的老父。待桑鏖望回过神来，桑季才问道："有莘不破等人，应该就是小隽在巫女峰结下的仇家。"

"那又如何？"

"是非曲直且不论。毕竟小隽是吃了亏的，这个场子……"

桑鏖望淡淡道："小孩子家的事情，让他们自己解决。"

"大哥说的是。"桑季道，"另外，还有一件事情。我出去的时候，遇见了几个人。"

"什么人？"

"夏都来的人。"

"什么？"桑鏖望眉毛飞扬，须发厉张，神色突然凌厉起来：这是激动，还是愤怒？

大夏王朝的不速之客

暗柳啼鸦，单衣伫立，小帘朱户。

“很久很久以前，当我还是一个小女孩的时候，是七岁，还是八岁？”桑谷秀挑了挑灯芯，仿佛回到了当年，“我第一次见到他，那个叫若木的美少年。那时候，他身边似乎还有一个人吧，我已经不记得了，为什么只记得他？也许因为他长得很好看吧。他把我抱起来，我用手去摸他的脸，他也不生气。

“已经过去很多年了，但这段记忆为什么还这么清晰？我想我是把当初的记忆和后来的想象混错了，那时候那么小，我不可能记得清楚的，是吧？要不然那段记忆里，为什么没有大姐的身影？为什么没有那个男人的身影？

“后来，过了几年，我十二岁？对，是十二岁那年的生日，他来了。他送了我一个仿佛是用谷穗串起来的手链，呐，很好看，是吧？”

桑谷秀凝视着右手，白皙的手腕上一串黑色纹理的手链，在灯光下隐隐生辉：“他说，这叫迷穀，戴着的人不会迷路。那一天，他花了整整一天的时间，为我们姐妹营造了这个小扶桑园，开出那个池塘，养下了文鳐鱼，种下了一株小扶桑，播下了萆荔草[①]的种子。他告诉姐姐：文鳐鱼可以为大地带来丰收，萆荔草可以治疗心痛病——嗯，这是姐姐的痼疾，后来，我也患上了。鳐鱼是对巴国子民的祝福，萆荔是对我们姐妹的关爱——但我体会到他这样仁慈的用意、这样体贴的爱心，已经是多年以后的事情了。

“他在小扶桑园住了五天，给我们姐妹俩讲了很多很多有趣的故事。那时候，我十二岁，姐姐十五。小隽呢？嗯，才八岁吧。那几天他

① 萆荔草：《山海经》中的植物，人吃了心不痛。据《山海经·西山经》记载：“其草有萆荔，状如乌韭，而生于石上，亦缘木而生，食之已心痛。”

不在这里，跟着和若木哥哥一起来的那个男人出去玩了。这个小扶桑园，当时就只有我们三个人，朝暮相对，我们几乎以为这么快乐的日子会一直持续到永远，但没想到会那么快就结束了。

“五天以后，那个男人回来了。那是个须发都很浓密的男人，和若木哥哥很不一样，爹爹让我们叫他伯伯。本来他还让我们叫若木哥哥做叔叔的，但若木哥哥怎么会是叔叔？他那么年轻，那么好看。虽然后来我们听说，在我们姐妹还没出生以前，若木哥哥就来过我们家了——那时他就是一个长得很好看的年轻人模样，就像我第一次见到他的模样，而我们第二次见到他的时候，他的样子也一点没变。但无论如何，我们都不肯叫他叔叔，若木哥哥也不喜欢人家叫他叔叔，于是我们就一直‘若木哥哥、若木哥哥’地叫了。

“那个男人回来的时候，小隽坐在他的肩头上，很兴奋地唱着一首很悲凉的歌，是那男人教他的吧。小隽根本不知道自己在唱什么，或许因为小隽很喜欢那个男人，便连他教的歌也爱上了，就像我毫无保留地爱上这园子、这桑木、这池塘、这萆荔……

“那天，爹爹安排了一个筵席，我并不喜欢这种很多人的大场面，但从姐姐的忧愁里看出或许要发生什么事情了吧。果然，那天傍晚，若木哥哥走了，跟着那个男人走了，从此再没有回来过……

“那个男人，我是不是应该恨他呢？是他，把若木哥哥带到我家来的，但把若木哥哥从我们身边带走的，也是他。那个男人，他叫什么来着，嗯，和你一样，也姓有莘，有莘羖。”

有莘不破全身一震：他要寻找的人，越来越近了。

桑鏖望正中端坐，桑季侧向而坐，一个方士由家宰领了进来，作礼唱喏：“小招摇山靖歆参见国主、侯爷。”

桑季冷笑道：“大夏的规矩是越来越乱了，白天不敢进门，半夜求见，又要做什么见不得人的事情？”

靖歆微笑道：“小可虽然也在夏都当过差，但这次并不是以夏使的身份而来的。”

“哦？”

靖歆诚恳地说：“灵禽择木，智者择主，小可弃官多时，遍游九州，深知天下将乱，因此欲择一明主，以作起身之阶。”

桑季笑道：“天下群雄，富莫过于成汤，威莫过于夏桀，甲兵之利莫过于昆吾，天下就算将乱，厘定神州者，只怕就在这三强之中。上人本在中原，何必舍近求远？”

靖歆笑了笑，道：“小可在川外总听人说，川人器量狭小，不能容天下之士，却总不信，今日一见……”

桑季面色不悦，桑鏖望哼了一声，道：“怎样？”

靖歆道：“果不其然。”

桑季大怒：“好无礼的方士！今天让你见到国主，乃顾念你是东方名士，巴国虽然僻处西南，可也容不得你放肆！”

靖歆神色镇定如恒，放声大笑。

桑季怒道：“笑什么？！”

靖歆道：“连句逆耳的话都容不下，还谈什么席卷天下的大志？”

桑季冷笑道：“逆耳忠言，自然是要听的，却不是任你这等狂徒胡言乱语。也罢，你且说说我巴国国人如何没有容人之量。若有三分道理，暂且饶你；若说不出个理儿来，嘿，我巴国的鼎俎，便请上人尝尝滋味。”

靖歆笑了笑，不紧不慢道：“巴国表面上虽然仍服大夏，实际上早有深仇。见我从东方而来，先存了三分厌恶；本来以为我或者将为大夏说话，哪知我却说出意想不到的话来，因此又存了三分怀疑。三分厌恶，三分怀疑，再加上彼此陌生，便令国主与侯爷生出十二分的戒心。不知靖歆说的是不是？”

靖歆只听桑季哼了一声，看桑鏖望，却见他仍端坐不语，又道：“国主若想一辈子困守巴国，愿意子子孙孙、世世代代为中原共主守这西南藩篱，那我们这些川外的散兵游勇，用不用都无所谓。但如若有席卷天下之志，第一步，便得有起用天下人的胸襟。小可听说：地广则粮多，国大则人众，兵强则士勇。山高在于不让细土，海深在于不择细流；王者能成大业，在于能容纳各地人才。三皇五帝之所以无敌于天下，是因为他们不会因为豪杰来自外国就不加信任。若是国主只相信川内人而排斥川外人，那将使天下之士退而不敢进入巴国为国主效力，这是逐客以资外国，损民以益仇寇，这样的国家想自保都难，更别说称雄天下了！”

桑鏖望听得悚然动容，下座施礼，道：“小王僻处山乡，坐困西南，非上人，不闻天下至理，还请上人不计前嫌，多多指教才是。”

靖歆连忙谦逊。桑季亦下座致礼，并请靖歆上座。宾主坐定，桑鏖望便问川外大势。

靖歆道：“半个月前，成汤以葛侯不祀为借口，不奏共主，妄行方霸征伐之权，把葛国灭了。”

桑鏖望兄弟听了都是一惊。

靖歆继续说道：“成汤吞并葛国，等于把自己的野心一并挑明了。虽然暂时还未向共主挑战，但双方已经势成水火，东西决战，只是时间问题。”

桑季道：“以上人法眼看来，双方胜负如何？”

靖歆道：“自孔甲以来，有不少诸侯都开始反叛大夏，当今大夏君王无德，百姓的日子过得苦不堪言。当今可能左右天下大势的几大诸侯中，邰国自姬不窋（qū）[①]失国以来，至今带领族人混迹在戎狄之间，其国存亡未卜；有穷氏作乱，国家灭亡，遗民并入商国；有莘氏犯忌，祭祀也被斩断；朝鲜乃商族人的分支；涂山氏[②]与夏人虽然是至亲，但表面亲和，暗中各怀猜忌；唯有昆吾国还服大夏的调遣。如今之势，昆吾必从桀，朝鲜必从汤。涂山氏若袖手，则东西两大势力胜负的关键，就在于巴国的动向了。”

桑鏖望兄弟对望一眼，心中都是一震。

① 姬不窋：后稷的后人，周族的首领，到夏王朝末期的时候，他不愿意再做夏朝的农官，率部族迁徙到了戎、狄等少数民族居住的西北地区，故称失国。

② 涂山氏：大禹之妻，传说为九尾狐狸精。中国上古神话中，涂山氏为夏族的始祖神。涂山氏部族是夏朝的重要成员。

燕雁无心，来去只是随云。

桑谷秀捂着心口，微微喘息着。江离忙到屋外取来一丛萆荔，手一晃，萆荔变得焦黄，仿佛被烤焦了一般，一股味道散发开来，有点酸，桑谷秀闻过以后似乎好多了。

“你真像他。”桑谷秀说，“那么细心，那么体贴……”

她伸手挑了挑灯芯，窗外有风云变幻的势头，但隔着一扇纱窗，这盏小灯却燃得如此安详。

“若木哥哥在我们家里，并没有住很久，他们重新启程了，因为有莘羖的夫人被一头叫‘九尾’的厉害邪灵附体，他们要捉住‘九尾’，送到西南的毒火雀池去祓除邪灵。

“若木哥哥走了以后，姐姐开始对着那小扶桑树发呆，当然，我也在她身边陪着她。我们姐妹俩反反复复聊着他，仿佛这个话题永远也不会厌烦。我渐渐长大，若木哥哥在我心中的印象也慢慢清晰——比十二岁亲眼见到他的时候更加清晰：无论是他的俊秀，他的温柔，他的风采……

“那时候，小隽也常常在我们身边玩耍，但他提得最多的是有莘羖——那个和若木哥哥一起来的男人。小隽经常向我们夸耀他是多么的神勇、多么的威武。我们对那个男人并不是很感兴趣，但提到他，多多少少会勾起一些我们对若木哥哥的回忆。然而，这个让姐姐牵肠挂肚的若木哥哥，却再也没有回来过。

“终于有一天，姐姐变了，变得狂躁不安，她扯乱自己的头发，撕破自己的衣服，大叫着：‘我受不了了，我受不了了！’突然冲进了小瑶池，空手把文鳐鱼抓了出来，撕破它的鱼鳞，挖出它的肠子。当时我和小隽都被她吓呆了，不知道一向温柔如水的姐姐，为什么会突然变成这样。接着，我们看见她发疯地乱拔萆荔，小隽吓得跳起来逃了。就在姐姐准备推倒小扶桑树的时候，小隽带着爹爹赶来了。

“爹爹用天蚕丝把姐姐裹住，过了很久，姐姐才安静下来，不再闹了，但她的容颜却逐渐憔悴下去。有一天，夏都来了使者，原来大夏王从昆吾商队首脑的口中得知姐姐的美貌，派使者来向爹爹提亲，让姐姐去做大夏王的妃子。我想爹爹肯定不会同意的，姐姐也不会愿意。

“爹爹推说要问女儿的意思。那天，在接见夏都使者的时候，姐姐盛装华服，我们从来没见过她打扮得这么漂亮。那个夏都的使者，看得合不拢张开了的嘴。就在那天，姐姐说出了让所有亲人都不敢相信的话：她愿意嫁给大夏王做妃子。

“我们当时都惊呆了，但话却已经收不回来了。‘为什么？为什么？’事后我们不停地追问她，但姐姐却什么也不肯说，把小隽气得好几天赌气不吃饭。尽管如此，姐姐的决心仍没有半点动摇。不过，她的心意虽然坚定，气色却仍然是一天比一天差。终于，迎娶的队伍来了。在走上花车的前一天晚上，我看见她偷偷溜到小扶桑园，在桑树下无声地哭泣着。

“我冲过去，抱着她。姐姐也抱住了我，对我说：‘我再也受不了了！其实，在几年前，我就知道我等着的不过是一个露水一般的幻梦。但为什么我要继续等待？因为我还期待着见他一面。我要等着见到他，亲口对他说我想嫁给他——哪怕之后他拒绝我……我多想再见他一面啊！可是这么久过去了，他还是没有出现。我受不了了，我无法再继续等待下去，我要离开这个地方，离开这个埋藏了太多回忆的地方！’姐姐走了，那天迎亲的队伍虽然奏着喜乐，但我却知道，前面等待着姐姐的，不会有幸福。

“姐姐走了以后，我每天都坐在小扶桑园，每天独自望着那棵小扶桑树。那个永远年轻的美少年，在我千万次回忆中更加清晰起来。我渐渐懂得了姐姐为什么会那样幽怨、那样不安、那样痛苦乃至于疯狂。因为我正一步步走上和姐姐一样的道路——哪怕明知道这条道路不能通向幸福，只能通向痛苦，可我还是管不了自己。我只能日复一日地等待，日复一日地幻想，幻想上天赐给我意外的幸福。可上天并没有垂怜于我，正如它并没有垂怜于姐姐一样，它留给我们姐妹的，只有对那个美少年永远如新的回忆，只有若木哥哥一去不复返的无情！”

羿令符想起了银环，不由黯然神伤。有莘不破和江离还太年轻，有些事情没有经历过，便不能体会到那种刻骨铭心的痛苦。

“后来，你姐姐怎么样了？”

“后来？”桑谷秀惨然说，“没有后来了。不久，夏都就传来噩耗：姐姐到了那里不到一个月，就水土不服，去世了……”

“啊——”

见桑鏖望心动，靖歆继续道：“东方近来好生兴旺，无论士气、民心、物产均有压倒西方之势。但大夏为天下共主数百年，余威至今犹存，因此东西胜负，倒也难言。”

桑季问道：“依上人之见，巴国当助东方，还是助西方？”

靖歆笑道：“助东方有顺大势之利，助西方有勤共主之义。”见桑鏖望微微皱眉，又道：“但无论是助东方还是西方，到头来做天下共主的，还不是别人，于国主有什么好处？”

桑季道：“依上人所言，当两不相助？”

靖歆微笑道：“又不然，依小可之见，当明攻大夏边境以扩疆土，暗毁商人根基以图将来。”

桑鏖望听后不由得不动容，起身问道：“明攻大夏易解，商人根基，却如何暗毁？”

靖歆忙起身，说出一番令风云变色的话来。

十里青山远，数声啼鸟近。旧时笑语，今日何在？

桑谷秀望着窗外的小扶桑树，望了这么多年了，她是否还要永远地望下去？

“本来，姐姐一直就身体不好。她在夏都病逝，我们虽然伤心，但并不十分意外。但，但实际上不是那样的！”桑谷秀的声音悲痛中夹杂着愤怒，“二叔到夏都迎回姐姐的遗茧的时候，夏都的人告诉他：已经随着姐姐的遗体下葬了。二叔登时起了疑心，我们这一族羽化之时，全身吐丝，作茧自缚，化蝶而去，哪会留下什么遗体？原来，原来……”

桑谷秀气喘不止。江离忙说：“秀姐姐别说了，改天再说。”桑谷秀凄然道：“我不要紧。”深深吸了一口气，这才继续说：“一天，大夏王宴请四方诸侯使者，筵席上，二叔看见大夏王身边那个最受他宠爱的妃子身上，分明披着一领天蚕丝袍。那天蚕丝的颜色光泽，分明凝聚了最灿烂的生命精华。后来二叔经过多方刺探才发现真相：原来姐姐并不是病死的，而是被夏都的那群魔鬼抽丝剥茧……”

羿令符和江离全身剧震，有莘不破有些听不懂，但看两个同伴脸上都露出不忍的颜色，知道这多半是一件很残酷的事情，便不敢多问。心细如发的桑谷秀却看出来了，惨然道：“你不懂是不是？抽丝剥茧对我们这一族而言，就像……就像常人被剥皮而死……临死不能结丝成茧、破蛹化蝶，对我们这一族而言是最残酷最痛苦的事情。因为这不仅毁掉了我们的肉体，更让我们没有来生。”

有莘不破一听，怒火上涌：“什么？！”

桑谷秀惨笑说：“所谓迎娶，原来完全是一个阴谋。威震天下的大夏王啊！富有四海的大夏王啊！伟大的大夏王啊！仁慈的大夏王啊！他为了讨他最爱的妃子的欢心，听了血魔的怂恿，定下了这条毒计。听到了这个消息，爹爹的第一个反应就想反了。但后来终于忍住了。或许，他想起了空桑城那次悲惨的屠杀；或许他想到了更多。他是一国之主，有太多的掣肘和顾虑。我们隐忍下来，不过心中虽然苦痛，却还要瞒着小隽，因为他太冲动了。但事情还是没有瞒住。小隽终于知道了。他和爹爹大吵了一架，带着几个家将走了。我们很担心他会到夏都去胡闹，但还好，小隽只是跑到川口封锁了入川的道路。爹爹当时对川外人余恨未消，也就任由他胡闹去，直到他遇到了你们。

“小隽回来后跟我提起，他原来是要到夏都去的，但到了川口附近，接连吃了好几次闷亏，挫了锐气，人也冷静下来，这才在巫女峰驻扎下来。我爹爹说，那个在川口附近挫败小隽的人是友非敌，若真让小隽到了夏都，凭他这点本事，无异于灯蛾扑火，自取灭亡。还好，小隽还是回来了。虽然受了点伤，但总算是完完整整地回了家。受了这次挫折，他似乎长大了。我已经失去了一个姐姐，不想再失去弟弟。这个世界太冷清了，能让我感到温暖的人，实在太少了。”

纤纤池塘飞雨，断肠院落，一帘落花。

“成汤委国政于伊尹，”提到这个人，桑鏖望也不由心中一紧，只听靖歆继续道：“此人实有夺天地造化之功，鬼神莫测之变，明攻暗斗，都难有可乘之机。但成汤王族本身，却有一个极大的隐忧。”

桑季忙问道：“什么隐忧？”

靖歆道：“成汤虽英明，可年事已高。这就是商国最大的隐忧！”

桑季道：“父死有子，子亡有孙。成汤膝下有子有孙，并非孤老。只要国政清明，辅弼得人，先王崩，后王继，何忧之有？”

靖歆笑道：“侯爷此言，乃不知商王王族近况。”

桑季忙道：“还请上人指教。”

“不敢。”靖歆步行到殿中，此时已是夜深，殿中只有桑氏兄弟与靖歆三人，殿外雨声沥沥。靖歆道：“成汤有三子，但长子早夭，余下二子亦非长寿之相。唯有一孙，堪堪成人。”

桑季接口道：“有孙成人，不正好承接大统？”

靖歆笑道：“若这个长孙也死了呢？”

桑季倒吸一口冷气。

桑鏖望道：“暗算稚子，断人血脉，非我辈所为。”

靖歆道：“不需巴国动手，只要国主袖手旁观，自有大夏代劳。”

桑季不解道：“商人既知此子干系重大，自然严加保护，大夏纵有高手，也未必能够得逞。有伊尹在身边，就算血魔亲自出手，只怕……嘿嘿！”

靖歆笑道：“如果这年轻人肯乖乖待在商国，别人也不敢打他的主意。嘿嘿。”

桑季心中一动：“上人的意思，莫非这年轻人竟然出了商国？”

靖歆道：“何止出了商国？他现下就在西南，就在巴国！”

桑季惊道：“有这等事？”

“有莘一脉，除了有莘羖以外，早已死尽死绝！天下哪来的有莘不破？”靖歆冷然道，“这个有莘不破，正是有莘氏的外孙、成汤的血脉、商国大统的继承人！”

大雨中霹雳一闪，怒雷轰鸣，不知惊醒多少梦中人！

藏在暗处的敌人

马蹄吞并了雇主的财物以后，过得并不安乐，即使他宣称“老板的老母得了急病，连夜赶回去了，不得已，把生意交给我们兄弟俩暂时看管”，周围的商人还是没几个相信他的。不过马蹄说得也有些道理：“这可是撒不得谎的，将来回到祝融城，如果老板的话和我是两说，请各位送我们兄弟见官！”于是老实一点的就信了，心眼多一点的半信半疑，商群中几个说话有力量的人物既然没说什么，旁人也就不好出头——何况也没拿到什么证据，何况这小子看来还会点功夫。

马蹄虽然连夜把三分之一的财物拿出来四处打点，但他也知道，只要回到祝融城，发现那个“老母得了急病”的商人没有回去，周围的人——特别是那些收过财物的人绝不会放过他。因此他从没打算回祝融城，反正那里既不是生长之乡，也不是心目中的老死之地。

“跟随有穷，到天涯海角去！”这是他的雄心壮志，不过到了孟涂以后，这些想法开始转变。一路来转买转卖，他已经积累下了不大不小的一笔钱财。如果把货全数脱手，够他在孟涂舒舒服服地生活好几年。如果连犛牛和车也倒卖掉，那足以让他在孟涂置下一处铺面，做个稳固的营生。这想法一开始只是一个念头，后来越想越是开心，越打算越是仔细，什么到天涯海角去的雄心壮志，早丢到大荒山无稽崖去了。

“这个地方其实很不错。”马蹄说，“没有川外那么多的动乱。只要咱们置下一块产业，嘿嘿，凭我的本事，不几年就能翻翻。”

马尾咬着麦饼，含糊地说：“我觉得还是祝融好。”

“祝融？”马蹄不大想提这个地方，他怀里还揣着祝融火巫的秘籍，手上还握着一个被他害死的祝融商人的财货，“那不是好地方！”

“这里又有什么好处？”马尾问。

“好处？”马蹄笑了，“最大的好处就是让你天天有麦饼吃！”

“哦，那就好。”马尾心满意足地说。

“至于我……”马蹄的理想可就大多了，“哼哼，三年之内，我要把我这店面……”

“店面？你有什么店面啊？”

“就快买了！”马蹄有点生气了，“别打断我的话，吃你的麦饼！”他停了停，重新找回被打断的兴奋感：“我要把这店面变成两个，五年之内变成四个——哈哈，那就是半条街了！我会成为孟涂的富翁——哦，不对，就算五年后我还是很年轻的，是富少——对，是富少！然后，再娶回一个漂亮的小媳妇……”

“娶媳妇干什么？”马尾问。这回他不是打断马蹄的话，因为马蹄说到女人，神态开始发痴，自己也不知自己在嘟哝什么。

“娶媳妇干什么？呵呵，那好处你不懂的。放心，我也会帮你娶一房的。”

“我不要。我要一个媳妇干什么？”在马尾的眼里，女人还不如他手中的麦饼来得实在，“要她来和我抢麦饼吃么？”

“去去去！那时候，我们还怕没麦饼吃吗？那时候，我们兄弟俩的钱，就是多十口人，三辈子也吃不完！唉，这女人的事情，等你娶了之后就懂了！”马蹄有些淫秽地说，“……然后洞房，然后，嘿嘿，就生下一个白胖娃娃。”

“生娃娃干什么啊？”马尾说，“哦，我明白了，你要生个娃娃来帮你吃麦饼。”

马蹄有些哭笑不得了：“你除了麦饼，还懂得什么？”

马尾咬了一口麦饼，摸了摸肚子，他最近越来越胖了：“除了麦饼，咱们还需要懂什么啊？”

马蹄怒道：“钱！女人！这个世界比麦饼好的东西多的是！”

“嗯，”马尾说，“钱的好处我知道，它可以换麦饼吃。不过我不要钱，我有弟弟你就够了，你没有钱也能弄麦饼给我吃。”

马蹄一愣。

马尾又说：“女人……哦，我知道了，她会帮你生娃娃。然后……生了娃娃出来帮我们吃麦饼，然后……然后怎么着？”

马蹄又是一愣："有钱，买地买铺面，娶媳妇，生娃娃，然后怎么样？"他突然发现自己给这个白痴哥哥问住了："我几乎拼了性命，然后有了这点钱。然后辛苦经营，然后买铺面，然后娶媳妇，然后生娃娃……然后呢？"

停下来想一想，他突然发现，当初激励着自己一路走来的念头，早被自己忘记了。

商通西南，止于孟涂，这是大多数人的选择。当有穷商队决定再次出发的时候，跟在后面的人不足原来的五分之一——其中还包括新加入的巴国商人。对大多数商人来讲，开通西南一脉的目的已经达到，接下来的事情，是如何保持这条商道的畅通和巩固自己在这条商道上的利益与地位。只有怀着极大的冒险精神的人，才会选择跟着有穷商队去探索那不可测的蛮荒。

其时已近三月，草木繁盛，西南的蛊瘴也到了大爆发的季节。不过有江离在，这些都不是问题：七香车就像活起来一般，在瘴气中来回飞行着——经过几十天的培养，拉车的木马已经长出了枝筋叶羽的翅膀，可以在空中自由飞行了。木马在瘴气中驰骋，所到之处，瘴疠被七香车的七色异花吸食一空。吸食瘴疠以后，七香车的香气变得更浓，花开得更艳，马飞得更矫健。

"真是一个好东西啊！"一个妖冶女子远远地望着七香车，无限艳羡地说。在她身旁，聚集着四个人：两个年轻英挺的黑衣人，一个背负长剑、长相古朴的老者，还有一个赫然是方士靖歆。

"看来杜若心动了。"其中一个黑衣青年笑道，"既然如此，他便交给你如何？"

杜若咯咯笑了起来："不过，我还是对有穷门下有把握些呢。这样吧，你们哪位帮我去把那车抢过来，等我卸下那个什么羿令符的日月弓来交换，如何？"

那个老者长长的眉毛跳了跳，似乎颇为心动。

"好了，先谈正事。"那个一直阴沉着脸不说话的黑衣青年看起来年纪最轻，但这句话说出来，其他人便都敛笑端容，看来他是这群人的首脑。他转头问靖歆道：“那天为什么让我们别去见桑麏望？”

靖歆微笑着答道：“桑麏望对大夏表面臣服，实际上怀恨在心，只是畏惧我大夏威严，隐忍不发而已，若直说我们是夏都派来的，只怕反而让他坏我们的事。”

那青年冷笑道：“他敢？”

靖歆道：“若在平时，他当然不敢，但现在东方局势日渐紧张，这些西南夷痞就蠢蠢欲动了。东方局势一朝未定，咱们都不宜在西南多生事端，只要把血祖交代下来的事情做好便是。何况我那番说辞，也足以让桑家有吞灭有穷商队、擒杀有莘不破之心。”

那青年冷笑道：“这次就算了，但你不要忘记，小招摇山不过是本门旁支，你更不是这次西南之行的主帅，以后凡事不要太自作主张！”

靖歆忙赔笑道：“是，是。我这把老骨头，最大的作用原也不过是替各位引路而已。”

“大哥，那个叫靖歆的方士……”

“这方士不是什么好人。他来游说我们的这番话别有用心。不过他的话，倒有几分道理。”

“既然如此，我知道怎么做了。”

“莫要轻举妄动。成汤和伊尹可都不是好惹的。何况，有莘羖也在西南。”

“他应该还不知道有莘不破的身份。”

“有穷商队、有莘不破的名字早就响遍西南，只要听到这个姓，有莘羖不会不出来搞清楚的。何况……”

“难道就放任有穷来去？”

“唉……那靖歆虽然说得好听，但我也知道，以当今天下的局势，我们俩这一辈子是无法取得大势了，但我还是想给小隽开个头，让他当家的时候，可以完成祖宗们一直没能完成的心愿。”

这天傍晚布下车阵，芈压做了丰盛的晚餐：不但食物色香味俱全，器皿更是空前的精美。

有莘不破笑道："那天晚上你虽没去小扶桑园听故事，但在厨房的收获倒也不错。"

芈压乐滋滋的，却见羿令符不动筷子，问道："令符哥哥，菜不好吃吗？我今晚可是下足功夫的！"

羿令符正儿八经道："偷盗始终不是什么好事，咱们是商人，以后少干这种不上台面的事情。"

芈压抗议道："我可不是存心的，谁叫桑家那么小气，几个盘子碟碗也不肯卖。"一转眼，见江离也没动筷，有些生气地说："江离哥哥你也怪我偷东西啊？"

江离淡淡笑了笑，道："不是，不过我是想到一路被几个贼跟着，心里疙疙瘩瘩的。"

芈压叫道："贼？我虽偷了回东西，但你也不用说得这么难听！"

江离道："我不是说你。"

"那是说谁？"

江离道："我们从孟涂出发到这里，一路都被几个贼盯着啊，难道你没发觉？"

芈压大喜："你是说有贼跟着我们？外贼？"

江离道："嗯。本事只怕不小，那些气息若隐若现的。本来让他们跟下去也没什么，但前面如果再遇到什么强敌，这些小贼又在后面跟我们捣乱，那就讨厌得很了。还是趁着无事，先解决掉的好。"

芈压叫道："江离哥哥你的意思是要去把他们打跑吗？太好了！有莘哥哥，吃完饭我们打贼去，上次遇到那头大土狗太厉害了打不过，这次，嘿嘿，我要让他们试试我的重黎之火。"

"在孟涂我们忌惮桑鏖望，现在离孟涂都一千八百里了，为什么还不动手？等什么？"

"雷旭，你急什么？"那妖冶的杜若一笑，道："血晨都不着急，轮得到你急？”说着向那年纪较轻的黑衣人挨过去，把那年纪较大的年轻人雷旭看得眼中冒火。

“别碰我！”血晨厉声叫道，“再碰我，小心我杀了你。”

杜若笑得就像一只发春的猫，让血晨感到全身发毛，血晨大喝：“别笑了！”

杜若止住了笑，却用一副让血晨更受不了的媚态追问说：“为什么？你不喜欢我吗？还是说你不能喜欢？”

血晨就像被人踩痛了脚，脸色一沉。杜若心下一怕，知道他真个发火了，不禁退了两步。雷旭赶紧走上来拦在两人中间，道：“师弟，别这样。咱们大事为重。我们已经跟了这么久，不如就今晚冲进商队，把事情了结了。”

“不行！”血晨恢复了镇定，“我们来得晚，没见到川口的那场大战。但如果如靖歆所说，那个江离竟然能召唤九天外一等一的幻龙赤髯，那这帮人就绝不是那么好对付的。最好的办法，就是各个击破。”

“赤髯又怎么样？”那个相貌古朴的老者冷笑道，“如果你们是忌惮那个驱使七香车的少年，那就放心好了，这小子由我来对付，我保证他连赤髯都没法召唤！”

杜若笑道：“我们本来就要安排你去对付他啊，不过你对付人就可以了，那车可小心些，别把它烤焦了。”

靖歆看着这帮夏都来的年轻人，心中暗暗冷笑：“这就是镇都四门新一代的才俊么？虽然实力不错，但如果不是有我在旁照料周旋，这些人根本不是有穷商队那几个年轻人的对手。”

饭后，芈压便抢着要出去“打贼”，被羿令符眼睛一瞪，这才噤声，转头向有莘不破求援，连使眼色。

有莘不破见状笑了笑，对江离说：“今晚？”

“不，现在出去了也不一定找得到他们，”江离说，“他们从孟涂跟到这里一直不出现，就是心有所忌，想找到我们人手分散的机会，然后各个击破。只要我们不分开，他们多半就不会出现。”

“那我们就分开好了。”有莘不破说，“各个击破没那么容易！”

“你有把握？”江离道，“如果来的是四五个和桑谷隽不相上下的人，你有办法一个打五个？”

“如果有五个桑谷隽联手来打我，我是打不赢的。但一时半会儿只怕也死不了。只要那个受到袭击的人撑得住，其他人一起赶来，前后夹攻，这事就成了。”有莘不破说，“不过，你认为那些毛贼真有桑谷隽那么厉害？”

“我知道你的意思。”江离说，“不过这个战术要成功，前提是这些毛贼的实力比我们弱。如果真有五个桑谷隽，嘿嘿，你撑不了一时半会儿的，一个照面就死翘翘了！”他掏出五个种子：“这是多春苗的种子，每人一个，遇到危急状况把它捏爆，其他的种子就会有感应。”江离分派完种子以后又开始分派人手：“车阵不动，有莘不破向西，令符兄向南，我向东。其他人留守。”说着看了雒灵一眼。

芈压急道：“不行！我也要出去。”

有莘不破道：“中间策应的任务最重要了，而且敌人直袭大本营的机会也最大，所以其他方向都只有一个人，只有大本营需要两大高手坐镇，你要出去的话，和我换好了。”

芈压想了想，笑道：“那我还是在这里陪雒灵姐姐吧。”

有莘不破道：“那你可得照料好雒灵姐姐啊，保护女孩子是我们男子汉的责任！”

芈压傲然道：“这个自然！”

“禀、禀王上、侯爷：不好了！”

“什么事这么慌慌张张的？”

“少主，少主他又不见了！”

月隐日出。

羿令符策马南行，江离七香车腾空向东，有莘不破疾奔向西，车阵不动，辕门大开。

“他们竟然无缘无故分开了，这算什么？”雷旭冷笑道，“向我们挑战吗？”

“如果是挑战，”杜若看着血晨，道，“那我们应战么？”

血晨断然道：“当然！不管他们打的是什么主意，既然敢分开行事，那是自寻死路，大伙全体向西，先攻有莘不破！”

“不！”那个相貌古朴的老者突然说。

血晨冷冷地盯着他，道：“乌悬！你说什么？”

乌悬给血晨看得有些忐忑，但仍坚持道：“对付一个有莘不破，不需要那么多人。我向南去擒住羿令符。”

血晨冷冷道：“我看你是想报师门之仇吧！”

乌悬道：“就算是，难道没有我你们就拿不下那个有莘不破？”

“我同意乌悬的话。”杜若道，“一个有莘不破，不需要那么多人一起动手。不过我有个更好的提议。”

血晨冷冷道：“哦？”

杜若嗲声道：“你别老对人家这么冷淡嘛。”

血晨怒道：“有话快说，有屁快放。”

杜若仿佛很喜欢逗血晨发怒，但也不敢太过分，正色道：“乌悬和那把落日弓有仇，但让他去对付那个有穷传人不大适合，相反，我却是他的克星。”

血晨道：“说下去！”

杜若道：“我的意思是，我去对付那羿令符，乌悬对付那江离。你们三个，嘿嘿，别告诉我连个有莘不破也拿不下。”

乌悬接口道：“好！我赞成。”

雷旭淡淡道：“无所谓，反正要拿下那有莘不破我一个人就够了。其实我不懂师尊为什么要这么劳师动众的。明明我一个人就能干完的事情，还要动用这么多人干什么？”

血晨看了一眼靖歆，只见他笑道：“有各位在，其实用不到小可这点力气。无论如何安排，小可在旁呐喊助威就是了。”

有莘不破向西奔出十余里，遇见一座大山：山坡上桂木成林，山谷有很多无条草[①]，那草形奇特。猛然，林间窜出一只玃（yīng）如[②]，形状像鹿但有一条白尾巴，有马一样的脚人一样的手，还长着四只角，随即又隐于山谷林荫间。

“出来吧。”有莘不破叫道。

一个人微笑着从一株桂木后面踱出，衣襟青青，神态悠悠，却是桑谷隽。

“哈，”有莘不破有些惊讶道，“怎么是你”？

“你以为是谁？”桑谷隽笑道，“以为是一路盯着你们的那几个小贼么？”

“你来这里干什么？”

“干什么？”桑谷隽笑道，“报仇啊！在孟涂我是主，你们是客，且放你们一马，但巫女峰下的账，迟早要找你们算清楚的。”

有莘不破微微觉得脚下有异，连忙跳开，原先立足那地面竟然陷了下去。他不敢停留，撒腿便逃。桑谷隽笑骂道“没出息的东西”，立马赶来。有莘不破逃得好快，桑谷隽连施展法术的空当都没有，全力追赶，这才没让他逃脱。眼见有莘不破越逃地势越险峻，他冷笑道：“不向东边和你的伙伴会合么？你一个人斗不过我的。”

有莘不破不理他，慌不择路，竟走上一条死路。桑谷隽见他停在悬崖边上发愣，不禁放声大笑：“真不知道你这样糊涂的家伙一路是怎么走来的？竟然能带着商队从东南一直走到巴国，都是多亏你几个朋友的帮忙吧。可惜啊，现在他们都不在你身边。”

有莘不破回过头来，怒道：“少爷我一个人也能对付你！”

说罢，他如风如箭，冲了过来。桑谷隽微微一笑。有莘不破冲到他身前五丈处，脚下地面突然下陷，沙石纷飞，把他裹了起来。

---

①、② 无条草：《山海经》中的神奇植物，古人的老鼠药。玃如：《山海经》中的马脚人手怪兽。据《山海经·西山经》记载：“有草焉，其状如稾茇，其叶如葵而赤背，名曰无条，可以毒鼠。有兽焉，其状如鹿而白尾，马足人手而四角，名曰玃如。”

桑谷隽看着有莘不破的狼狈相，笑道：“人家说笨蛋一千年也学不乖，果然……咦！”一股劲风有如刀割，凌空劈来，桑谷隽不敢硬接，微微一让，那劲风猛地斜斜缩了回去，桑谷隽被这股如大海退潮般的力量一带，身子被带得向前冲了两三步，却见有莘不破从沙石中突围而出，两人已是短兵相接之势。

有莘不破大喝一声，右拳夹着一股气劲挥了过来，桑谷隽微微变色，身子微侧，左手一挡，右足一点，就要跳开，哪知有莘不破变拳为抓，牢牢把桑谷隽的左手给缠住了。

桑谷隽一挣没脱开，右拳跟着抢攻，两人贴身肉搏，这时候，什么法术都顾不上了。

方才有莘不破自陷绝路，为的便是激起桑谷隽的轻敌之心。他早有对付乱石阵的法门，假装冲动被桑谷隽的乱石阵困住，再用新练成的气刀破阵而出，等到桑谷隽发觉上当，两人已经缠在一起，桑谷隽相对于有莘不破的优势一时尽失。

这当代才俊中的两大高手武艺相当，但有莘不破用右手制住对方左手，空着左手和桑谷隽的右手搏斗，未免不够灵活，砰砰连挨两拳。

桑谷隽占了上风，锐气大盛，连攻三拳，哪知有莘不破拳路一变，只攻不守，还了两拳：桑谷隽那三拳如石碰金甲，有莘不破这两拳如刀劈石头。

有莘不破自在巫女峰下得那神秘人启发，对自身真力的运用更是得心应手，这时虽是左手对右手，但落拳之重，远胜对方。不到三个回合，桑谷隽便暗暗叫苦：这有莘不破的蛮力自己真是甘拜下风，无奈左手被他拿住，被迫和他近身对决。一刻钟下来，桑谷隽的拳力还没攻破有莘的气甲，却早被有莘不破揍得全身发疼，跟着太阳穴上连挨两下，更是头晕脑涨。

有莘不破叫道：“服不服？”

桑谷隽怒道：“服什么？”

有莘不破大声道：“不服再打！看谁先挨不住！”

两个人口中说话，拳脚不停。砰砰砰砰，缠在一起，你打我一拳，我打你一掌，桑谷隽不如有莘不破皮坚肉厚，脸被揍得像个猪头。

有莘不破笑道：“打小白脸就是爽，把你打得猪头肿脸，看你以后还怎么做花花公子？”

桑谷隽一愣，惊道：“你说什么？”

有莘不破笑道：“我说你现在就像一个猪头！”

桑谷隽也微微感到自己面部肿痛，急道“放开我！放开我”，全力挣扎，连攻击也忘了。

“你认输，我就放了你。”

桑谷隽怒道：“谁认输？”

“那好，那我们就互相揍到没力气！”说着连进四拳，拳拳打在桑谷隽的脸上，最后一拳正中鼻梁，桑谷隽登时鼻血长流，心中暗暗叫苦：“我何必和他比拼蛮力？真是笨。”咬咬牙，道：“好了，我承认蛮力比不过你。”

有莘不破见劲敌认输，心中大喜，当下见好就收，松手跳开。桑谷隽双手合拢，向地面虚劈，地面裂开一道小缝。

有莘不破左拳右掌，横在胸前，蓄劲待敌，却见桑谷隽双手分开，凌空虚引，一道清泉喷了出来，旁边的地面一陷，凹成一个小池，清泉注入，明亮如镜。桑谷隽伸头一照，几乎哭了出来：水面照出那人，好大一个猪头。

有莘不破骂道：“你长得很男人，怎么做事还这么娘娘腔？”

桑谷隽怒道：“谁娘娘腔了？”

只听背后一个声音冷笑道：“男人爱照镜子，那还不是娘娘腔？”

桑谷隽不愿意现在这副尊容再给第二个人看见，狠狠对有莘不破道：“咱们没完。”立足之处如水荡漾，瞬间沉进去不见了。

有莘氏的最后一人

江离乘坐七香车，向东方飞去。

日出河谷，扶桑何在？江离浪漫地幻想着那个从来没有见过的师兄，他是怎么样的一个人，竟能得到桑谷秀那样一个女子的心。

七香车越飞越东，太阳越升越高，迎面吹来的风也越来越热。阳光渐渐毒辣起来，片刻间，七香车上的七色异花全部被烘得萎谢。江离回过神来，抬头看时，天上竟然有两个太阳：东方一个，头顶一个。

举目下望，郁郁苍苍的山林全变样了：草木枯死，江流干涸，走兽渴毙，飞禽敛翼。“我是误闯了空间，来到太阳幻境，还是走错了时间，来到十日时代？”

气温仍然在上升，水分仍然在蒸发，大地开始龟裂，七香车逐渐干枯。江离降下七香车，走下车来，隔着薄薄的鞋底，脚下传来一阵滚烫。他跪了下来，抚摸着干涸的泥土，这片土地的生命，都已经被那多出来的太阳烤死了。

“我死了以后，是不是会如同这些树木和禽兽一样，归于尘土，不留下一点痕迹？”江离痴痴地想着，竟然呆了，完全忘记自己的处境。

似乎只有在死亡的问题上，人才有抛开“万物之灵”这种虚幻自大的觉悟。

大雾。

以羿令符的鹰眼，竟然也看不清一丈以外的光景。龙爪飞鹰早已经被隔绝在这个大雾的世界外，座下的风马也早已迷途。

银环蛇缠在羿令符腰间，睡得很舒服——空气对人类来说太过潮湿，对它来讲却正合适。

羿令符默默地看着它：它已经不是她了。多年以后，在自己死后，朋友或后人把自己埋葬，在某块土地上隆起一个坟墓，有多少人还会关心黄土之下葬的是一个叫羿令符的人？或许没人敢靠近这个坟墓、没人敢近前凭吊吧，因为有一条大毒蛇徘徊在坟墓旁边，久久地守护着，直到它也老死，或者飞升。

“唉……”羿令符长长地叹了一口气，知道自己想得太多了。人生不过数十年，就算没有这场大雾，人类的眼睛又能够看多远？

江离如果死了，雒灵也许会叹息一声吧，但她知道这个命中注定的对手不会那么容易就死掉的；羿令符如果死了，雒灵也许会为他祷念几句吧，但她也知道这个男人也没那么脆弱；有莘不破呢？雒灵拿不准自己对这个男人的感情。“我会为他而拼命吗？那次江离召唤出的青龙想杀有莘不破，如果江离不及时阻止，自己会怎么办？”

那五个心声，一个奔东方去了，一个奔南方去了，三个奔西方去了。“对方的目的果然是他，可为什么不五个人一起围攻上去呢？那样胜算应该大得多吧。”雒灵看了看手中“多春草”的种子——那是江离发给大家缓急之时用来报信的——趁着芈压没注意，随手扔了。

“别人的死活，和我什么关系啊。不过，他……去看看他吧。”她伸了个懒腰，向芈压笑笑。

“雒灵姐姐，你累了吗？”芈压说，“不如你先休息一下吧，有什么状况的话，我应付得来！”

看着芈压挺起胸膛、大人样十足的样子，雒灵微笑着点点头，回到了大车“松抱”。

桑谷隽消失以后，有莘不破见到了血晨、雷旭和靖歆。

那两个陌生人是谁，有莘不破没有兴趣，但在有莘不破的印象里，靖歆却是一个欠揍的小老儿。他掂量了一会儿，收起了那多春草的种子，决定独力斗斗这三个家伙，也好试试从巫女峰下那个神秘人处学来的法门。

“小王孙好。”靖歆躬身行礼，脸含微笑，不知道他的人准认为他是有莘不破的至交。

有莘不破却听得脸色一沉："什么小王孙，别乱嚷嚷！"他不喜欢靖歆这个人，更不喜欢"王孙"这个称呼。

"不喜欢这个称呼么？"雷旭笑道，"放心，很快就不是了，什么都不是了。"他原本离有莘不破有十丈远，但说完这句话突然出现在有莘不破身前，两个人的鼻子几乎就要碰在一起，以至于他那远远看起来很潇洒的笑容，在有莘不破的眼里却变得非常诡异。

雷旭笑声不断，左手已经扣住了有莘不破的右肩，右手插向有莘不破的左肋，触手处如铜铁，如岩石。雷旭微微变色，砰的一声，竟被有莘不破一拳打得飞起，不等落下，手足早被有莘不破凌空抓住，脊梁骨对准抬起的右腿，"咔咔"两声，雷旭的背脊骨被生生折断。有莘不破把软成一堆烂泥的雷旭丢在脚下，冷笑道："下一个是谁？上来！"

血晨冷然不语，靖歆微笑不动。

"嘿嘿……"倒在地下的雷旭突然阴笑，冷笑，狂笑，慢慢爬起来，和吃了一惊的有莘不破鼻子贴鼻子，一脸猥亵："小王孙，要不要再来一次？"

恶心！有莘不破脸色一沉，啵的一声，右手如刀，从雷旭的前胸刺入，后背穿出。雷旭脸上露出不可思议的表情，但那表情却假得极度夸张，就像一个痞子在逗一个孩子："哎呀，我好疼啊！哈哈哈，懂了没有啊小子，少爷我是杀不死的。"

有莘不破大喝一声，抽出右手，迅速抓住雷旭双肩，奋起神力，竟然把眼前这人硬生生扯成两半，左边的尸体连着头，右边的尸体带着生殖器，心肝脾肺肾大肠小肠流了一地，手一扬，两瓣尸体远远抛开。

"你再不死，我服你！"

"是吗？"说话的是血晨。他在冷笑。

"是吗？"说话的是靖歆，他依然脸含微笑。

有莘不破的脸色却有些变了。地上那些内脏突然蠕动起来，两瓣尸体也各自站起来，合在一起，那些内脏自觉地爬回尚未合拢的胸腔腹腔，连一地的鲜血也流了回去，片刻间，只在那诡异的胸腹上犹有一条斜斜的血痕，雷旭伸出蛇信一般的舌头舔了舔血痕，舌头过处，肌肤平复如初。如果不是那被连带着扯烂的衣服，这个人简直没有半点才刚刚被“分尸”的痕迹。

“你是人？还是怪兽？”有莘不破突然想呕吐。他杀人不少，但眼前这人明明活着却比死尸还令人作呕。

“我说过，你杀不了我的。”雷旭又走了上来，鼻子贴近有莘不破的鼻子，“要不要再试试？”

血晨忽然道：“别玩了！”

“呵呵，可惜啊，”雷旭笑得像一个男妓，“本来还想和你再亲近亲近，这么健硕的身体，我好久没有……”话没说完，他的脸部突然凸出无数尖锐的骨头，刺向有莘不破的五官。

有莘不破眼皮一阖，骨头竟然刺不进去！雷旭怪叫一声，全身上下长出三百根骨刺，或直或曲，刺向有莘不破的咽喉、心脏、背心、腿弯、下阴……但刺破衣服以后，便被一层淡淡的真气挡住。

雷旭变了变脸色，有莘不破一声冷笑，气刀发出，雷旭头断、肩卸、肚穿、内脏横流。有莘不破怒吼一声，一招“刀剑乱”，把被分成五块的尸体剁成粉碎。劲风到处，连远处的靖歆和血晨也受波及。靖歆一闪避开，血晨却任由劲风劈砍，刀风的余威只割断了他几根头发，划开他身上的衣服，竟无法割伤他的皮肤！

荒山野岭，鲜血乱溅，碎肉遍地。但那鲜血和碎肉，竟然还在流淌，还在蠕动。

有莘不破脸色大变：这个“东西”，难道真的是杀不死的么？

雒灵停了下来。

那是什么？她闭了六感，隐隐约约察觉到西面除了有莘不破和三个陌生人，还存在一个奇异的心响。那么平稳，又那么飘忽。是什么人有这样的心声？多么雄浑又多么悲凉？是巫女峰下那个神秘男子么？

这样的人，不是她能够对付的，如果对方是敌人，自己是否还要为有莘不破而前去冒险？

“看来，我应该找一件会自己恢复原样的衣服。”再次恢复的雷旭欣赏地看着自己赤裸的身体，笑得很自恋。

血晨喝道：“别闹了！攻不破他的护身真气，用血蛊！”

“为什么这么急？”雷旭回头看着他，“难道是因为你不喜欢别人看见我的身体么？”

血晨的脸色变得异常阴郁，雷旭脸色变了变，不知怎地，他最近变得和杜若一般，喜欢逗血晨生气，但他和杜若一样，也不敢真的把这个可怕的师弟惹火。“别生气别生气，我这就把他解决掉！”

实际上，雷旭并不像他的表情那样轻松。“化零为整”的混元大法并不能够无止境地使用，一旦生命之源耗光而有莘不破的力量还没有衰颓，他就危险了——而更危险的是，假如有莘不破竟然看出他的死门……眼前这个男人攻守兼备，实在不好对付。他第一次被“分尸”是主动卖了一个破绽给他，意图以“杀不死”的震撼一举击溃有莘不破的信心，不过看来并没有成功。

看着再次走近的雷旭，有莘不破抬起了手，就算知道这样未必杀得了他，但眼前这个男人“完整”的时候比变成一堆碎肉的时候更恶心。

“没用的。”一个声音说。

不是靖歆，不是血晨，也不是雷旭，这三人大吃一惊。

有莘不破循声看去，一个须发又密又长的男人坐在不远处的石头上，一身破破烂烂的衣服，如果不是那双明亮得叫人吃惊的眼睛，有莘不破几乎以为他是一个野人。

“你是谁？”四人异口同声喝道。这个男人是什么时候来的？在场四个人竟没人察觉。难道他是对方早就埋伏在这里的杀招？

虽然从来没见过他，但对这个连容貌也看不清楚的男人，有莘不破心中竟无来由地生出一股亲切的感觉。那男人看着他，眼神似乎也很亲和：“小伙子，你这么乱打杀不死他的，不过你身体不错，力气够大，说不定能把他累死。只是太浪费力气了。”

“哦？”有莘不破眼睛一亮。

他早就意识到对手用的可能是某种邪法，只是自己没找到对方的死门而已。“可我几乎都把他打粉碎了啊。”

那男人笑了笑，说：“找不到血宗传人的血婴儿，就是把他剁成烂泥也没用。”

血婴儿！听到这个词，血晨和雷旭脸色大变。

“血婴儿是什么？”有莘不破恭谨地问，“是他们的死门吗？”

“应该说是他们最坚韧的生命源点。不过你只要能摧毁它，嘿嘿，他们就完了。”

有莘不破喜道：“怎么才能找到他们的血婴儿？”

雷旭阴沉着脸，以影魅神功催动影子暗暗向那个男人袭去；血晨跨出了一步，只要那个男人再提到什么，他立马就要动手杀人；靖歆却忽然想起了什么，左脚向后微微挪动。

那个男人似乎完全没有注意到他们的举措，在他眼里，仿佛这个悬崖边没有其他人的存在，只剩下眼前这个看着很顺眼的少年。不过他也并没有回答有莘不破的问题，却道：“小伙子，你问了我好几个问题了，还没告诉我你叫什么名字。”

“有莘不破！”

这神秘男子的眉毛扬了扬，连眼睛仿佛也在微笑：“为什么要姓有莘啊。这个姓不好。”

“谁说的？这是一个了不起的姓氏！”

“哦？”

“这个家族有着无数动人的故事，也出过无数英雄好汉！”

“这些故事是谁告诉你的？”

“我的祖母。”提起祖母，有莘不破脸上不由复现出了笑容，一时间忘了身边强敌环绕。“小时候，她常常在我睡觉前给我讲有莘氏的故事……”

“哦，是吗？”那男子微笑着，似乎完全没有注意到一个淡淡的影子绕到了自己的背后。

“你呢，你叫什么名字？”有莘不破问道。

“我年纪比你大，说话不能这么没礼貌。”神秘男子言语间仿佛带着点责备的意思，但语气中却充满了和善。

有莘不破一愣，重新问了一句："前辈您贵姓，怎么称呼？"

一直在琢磨着的靖歆突然想起了什么，眼光中现出恐惧的光芒，便听那个男人说："我也姓有莘，这个姓，好久没人提起了……"

有莘不破狂喜道："你、你……你就是……"

"我叫有莘羖。如果没有你，本应是这个姓氏最后一个男人……"

有莘羖？这个男人竟然是有莘羖！

乌悬隐身在日晕之中，盯着江离。这个家伙真是奇怪，七香车都快被烤焦了，人也被烤得脱水，居然还在那里唱歌。

江离的嘴唇已经干裂，喉咙更是沙哑，唱出来的歌词连他自己也听不清楚，可他还在那里忘情地唱着："青云衣，白霓裳，举长矢，射天狼……杳冥冥……杳明明……"

江离终于倒下去了，是想起了杳杳不可见的过去，还是感悟到茫茫不可知的未来？这些乌悬都不可能知道，他只知道，这个被血晨视为有穷商队最难对付的人终于在叹息一声之后就倒了下去。

一滴水珠从江离的脸颊滑下，那是泪水？还是汗水？

狂喜中的乌悬没有注意到那滴水珠：它在被酷热蒸发掉以前，溜进了龟裂的地面。他也没有留意到一片小叶被一阵热风吹起，悄悄地飘离江离的身边，飘向高空。

杜若见羿令符拿起了落日弓，但她并不担心。箭手在大雾中等于失去了眼睛，射出来的箭也就失去了威力。

雾越来越浓，视力可以穿透大雾的杜若可以清楚地看到羿令符连衣袂也变得湿漉漉的。再过半刻，湿气就会侵入他的肌肤；再过一刻，湿气就会侵入他的血液；半个时辰之内，湿气就会侵入他的骨髓。那时候，这个男人将在她湿气的控制下生不如死，只剩下两个选择：成为她的傀儡，或者自戕！

祝融之羽！一道火光破空而上，随即落下，化成一个火环，在羿令符的周围熊熊燃烧着，给火环内的一人一马带来了短暂的干燥和温暖。

“你撑不了多久的！”杜若暗暗道，催动比方才更浓的湿气，向羿令符掩来。

血晨的脸色变了，雷旭的脸色也变了，靖歆脸上早已惨无人色。

“擒杀有莘羖者，赏万金！庶人封侯，官卿加爵！”在这样的激励下，还是没人敢接下这个“美差”，这件事情甚至连血祖也做不到。

大夏王的威严、血祖的暴力，这是最令天下人战栗的两件事情。但叛逆了大夏王几十年，和血祖做了一辈子的仇敌，有莘羖却还活着！

“你就是有莘羖么！”雷旭突然狂笑起来。

“他疯了吗？”靖歆想。

“听说有莘羖是天底下寥寥几个能召唤始祖幻兽的人，嘿嘿，如果你真的是，召唤出来让小爷看看啊！”雷旭额头流着冷汗，狂笑着向有莘羖迈去。

靖歆懂了，这个不知死活的后生小子在冒险，他在赌眼前这个人是不是真的有莘羖。但对靖歆来说，无论真假，他现在只想逃。“有莘羖”这三个字太危险了，哪怕眼前是个假的，他也不愿意面对。“让这愚蠢的小子去试探吧，我争取的就是他动手的那一刻。”

雷旭一步步向有莘羖走去，有莘不破不动，血晨也不动，两个人的理由是一样的：如果这个有莘羖是真的，那么根本没有帮忙的必要；如果这个有莘羖是假的，那么何必帮忙？

雷旭离有莘羖还有十步，但有莘羖背后的影子却渐渐显现出来——一条蟒蛇的形状。雷旭动手了。他的影子突然变成红色，盘绕上来，像一条巨蟒一样缠向有莘羖的脖子，死命勒住，收紧……

“用影子远攻，如果情况不对，马上就撤……”这是雷旭自以为聪明的打算。

“雷旭一落下风，马上就撤！”这是血晨自以为万无一失的计划。

“雷旭一动手，马上就撤！”这是靖歆胆小而谨慎的行动。

“哈哈……管你是不是真的有莘羖，被我的血影之蟒缠住，也只有死路一条。”雷旭狂笑着。

这时候雷旭没有发现，那个被他笑为“胆小鬼”的靖歆已经逃了；他更不知道，隐身在一块巨岩后面的雒灵，正无声地悠悠一叹。

九尾狐的邪恶

“哈哈……”

狂笑中的雷旭正期待着对手的颈骨被自己的血影勒断的声音，但听到的却是血影笼罩下的一声长叹。这声长叹仿佛是在说：本来，我并没有打算直接介入你们小一辈的争斗……

有莘不破大喜，血晨大惊，但所有的反应都来不及了。

在电光火石的那一瞬间，有莘羖的手从血影中伸了出来，往那晃若实体的血影上一掏。

雷旭没有落下风，因为根本就没有对抗的过程，有莘羖一出手，战斗就结束了。血影之蟒烟消云散，雷旭的整个身子也停顿在那里。唯一证明他还活着的，是那对充满恐惧的眼睛，那是自知必死的人才有的特殊眼神。

雷旭唯一还能活动的眼珠紧紧地盯着有莘羖手掌中漂浮着的一团指头大小、缓缓蠕动、若有若无的血块。

有莘不破眼睛一亮：“这就是他不死的秘密——‘元婴’吗？”

有莘羖点了点头。血教的肉身修炼号称天下第一，如果不能毁灭血宗传人的血婴儿，他们就有无限次复活的可能性。

“我懂了。”有莘不破说，“但怎么找到他们的血婴儿还是一件很不容易的事情。”

有莘羖笑了笑，并不说话，因为有莘不破这个问题也不是一两句话能够说清楚的。他制住血婴儿的手掌开始收拢。

“不要——”血晨厉声惨叫着。

雷旭的身体轰然倒地，片刻间便化成一滩血水。

血晨顿时仿佛失掉魂魄般跪倒，突然放声大哭，跟着放声大笑，跟着发疯般爬到那滩腐臭的血水旁边，用脑袋去撞地面，用指甲抓破自己的脸，用舌头去舔那些腐烂的血肉和发臭的血水。

有莘不破看得肠胃反转。他没想到活着的这家伙比死了的那家伙更加令人作呕。就在这时，地上的血肉炸了开来，化成一片血雾，有莘不破一惊，向后急退，脚下一空，掉下了悬崖，危急间右手急抓，插进了悬崖边上的岩石，一借力，跃了上来。

崖边一片狼藉，有莘羖镇定如恒，坐在一堵不知何处来的铜墙后面。厚达一尺的铜墙在这片刻间竟然已被血雾腐蚀得千疮百孔。

那个刚刚还在为同伴之死伤心哀嚎的血晨，却早已杳无踪影。

“可惜，让他跑了。”

“不一定跑得掉吧，你的一个同伴追过去了。”有莘羖说。他仍然安坐在那里，死了一个雷旭，跑了一个血晨，对他来说都无所谓。

“我的一个同伴？”

“嗯，刚才一直隐身在岩石后面。那人对你没有恶意，对那三个人却充满戒备，应该是你的同伴。”

“我赢了。”杜若想。湿气在她的催动下已经攻进了那个火圈。

这时，羿令符又张开了他的弓，落月弓！

“他又想干什么？”让杜若吃惊的是，羿令符的箭这次不是对准了天空，而是瞄向她所在的方向！

“他发现我了，怎么可能？不！他瞄得偏了。是了，我刚才湿气催谷得太急，让他察觉到湿气的来源！哼！看来他的鹰眼还是没法看透我的‘云迷’，所以才没法瞄准。”就在杜若想转移阵地的时候，羿令符发箭了。

“哼！什么神箭手？没看清楚就乱射！啊，好好听啊，这是什么声音？是曲子么？咦？为什么这么冷，这，怎么回事？”

大雾突然消失了，空气中所有的湿气都被那一箭“广寒曲”引到了杜若周围，结成一块大冰。

被冻在巨大冰块中的杜若，愤怒地盯着冰块外的那个男人。对方仅仅用了一点寒气，就让整个形势逆反。而困住自己的，竟然是自己招来的水汽。

他会怎么对付自己？是要把自己活活冻死？还是等寒气耗光自己的体力，再打开冰块折磨自己？

杜若想求援，可是这会儿动都没法动。或许自己死掉以后会被血晨和雷旭他们嘲笑吧。一向看不起男人的她，竟然被一个自己以为吃定了的男人一招制服。

见血晨利用雷旭残存着灵力的血肉施展“血雾之遁”逃命，雒灵就追了下去。其实对追击血晨她并没有很大的兴趣，只是不想在那种情况下和那个自称有莘羖的男人见面。师父说过，世上有一个叫有莘羖的人，是天下第一负心男子。

雒灵不想在有莘不破面前表露出对有莘羖的厌恶，因为有莘不破很崇拜这个男人，每一次听到有人提起这个名字都两眼放光。雒灵也不想因为有莘不破的原因而讨好有莘羖，所以她避开了。

“都已经追出数里了，由他去吧。”雒灵转身向车阵掠去。

血晨化作一道血影狂逃，在雒灵转向的时候也缓了缓，似乎发现了什么，但这迟疑只持续了一小会儿，便又加快了速度。

羿令符以祝融之羽引来南方之精，烧化了巨冰。被冻得全身发颤的杜若掉了出来，跌坐在地上，抬起头，不解地望着羿令符：“为什么要放了我？”

羿令符在马上冷冷地看了她一眼，什么话也不说，一勒缰绳，绝尘而去。

“羿令符你给我回来！给我说清楚！”

“羿令符！不杀我！你会后悔的！”

“你会后悔的！你一定会后悔的！”

杜若声嘶力竭地叫着，突然发现自己遇上的，是一个完全无法捉摸的男人——就像这个男人的箭一样。

“不错不错。”

杜若猛地抬头，一个威猛的男人正站在身边不远处。竟是巫女峰下那个神秘男子！但杜若却不认识他。

“你，你是谁？”

那男人仿佛完全没有听到她的话，自顾自赞道：“羿之斯有个好儿子啊！”

乌悬举起乌金剑正要击下，给垂死的江离最后一击。突然脸部一痒，晃开头一看，惊得瞠目结舌：不知什么时候，日晕中竟然长出若干枝叶来，刚刚碰到自己脸部的就是一片刚刚长出来的小叶芽。

“不可能！不可能！在太阳上生根发芽，开什么玩笑？”火能燃木，但是那些枝叶的确是在自己召唤来的幻日中蚕食着太阳之精。

“这，这是什么法术？没天理！没天理啊！”面对这种超乎自己想象力的事情，乌悬的神经几乎在一瞬间崩溃。

“躲在日晕里不闷么？”

乌悬向下望去，原本裂开的地面正源源不断地涌出清泉，不知何时已经在凹凸不平的地面上形成一个浅浅的小池，深不过膝，清澈见底。拉七香车的木马欢快地嘶叫着，践踏着不断漫开的泉水，沐浴着过分灿烂的阳光，它身上的花开得更香更密了。

幻日长出来的枝叶向下生长，插进水中，植根泥土以后，枝干迅速变大，长成一株下抵汤谷、上接幻日的大树。

“扶桑……这莫非是扶桑？”乌悬吼叫道。

“不错。”江离坐在水中，扬起水滴滋润自己的肌肤，同时不忘向肩头上终日熟睡的小九尾灵狐洒上几点，轻抚几下它的毛发。这是一头奇怪的宠物，方才几乎被烤成一张焦狐皮，可它居然还能睡得着。

幻日的太阳之精被扶桑吸食得差不多了，乌悬驾着乌金剑降了下来，双足没入水中，踏到地面，手一反，紧紧握住自己的乌金宝剑，心中却一点胜算都没有。此时此地，有水有木，枉费了自己偌大真元才幻化出来的“幻日之境”已被这小子破了！可江离还在不断地催生扶桑。

“他一定是为了积储对付我的力量！”乌悬想着，赶忙横剑挡胸，做好了和对手同归于尽的打算。

江离站了起来，吓得乌悬连退两步，但这美少年却没有动手的意思。“你为了对付我一个人，把这片土地糟蹋成这样，唉，作孽！”

江离说着，袒露了自己的右肩，露出琉璃一般光滑的肌肤。天下间便是女子也没几个有这样漂亮的肩膀。乌悬虽是一个正儿八经、不懂风情的大男人，可也看得呆了。

这个年轻人就像一朵刚刚出水的芙蓉，又像一个刚刚摘下的青苹果。如果把乌悬这个大煞风景的家伙剔除出去，这副图画简直可以令成千上万男人和女人为欲望而犯罪。

“要动手了吗？来吧！”乌悬色厉内荏地呼喝道。

江离却不理会他，伸出赤裸的右臂，按住扶桑，一滴水珠从他修长的手指末端流下来，如一颗珍珠滚下，滑过他的手背、手腕、手臂，落在浅浅的池水中，化作一个涟漪。

天色变了：是扶桑树招来了风，还是风摇动了扶桑树？是扶桑树招来了云，还是云笼罩住了扶桑树？乌悬挪开剑，“对方要动手了，一定！”他知道自己将面对的是一个前所未有的强敌！不能再留手了。他深深地吸一口气，布满皱纹的脸上啪啪啪地掉下十几块死皮来。

“哗哗哗……”暴雨骤至，雨水冲在乌悬的脸上，死皮落尽，一张年轻阴郁的脸出现在这个风雨交加的土地上。这就是那个长相古朴的老者吗？为什么他会突然变得这样年轻？

江离没兴趣知道。他背对着乌悬，仿佛根本不怕对方偷袭。乌悬握紧了乌金剑，却犹豫着不敢进攻。他已经失败了一次了，这是他最后的力量，只能成功，不能失败。

江离收回了手，轻抚长发；乌悬五指出汗，握紧剑柄；江离扯下了镇发；乌悬赶紧横剑挡胸；江离手一甩，飞扬的长发暴射出千万道光芒，在风中化作九万九千九百九十九颗种子，怒雷一震，千千万万的种子随风飘扬，随雨入土；乌悬呆住了，他突然明白眼前这个少年根本没兴趣对付自己，他做这么多动作，为的仅仅是给这片被自己烤焦了的大地重新植入生机。

“你走吧。”江离说。他的头发已经落下，被雨水打湿了的头发已经变成灰白色，暗淡无光地垂在这个年轻人半裸的肩背上。

雨渐渐小了，但乌悬却觉得冷，冷得发抖。还没过招，但他知道自己已经输了，彻底地输了。

桑谷隽在地下千丈处取了黄泉之泥敷脸，把头包得只剩下两只眼睛，这才回来找有莘不破晦气。“这小子骨头又硬又臭，应该还没给那几个家伙整死吧。”先到崖边，在地底用透土之眼一望，嘿！他居然还在！那三个跟屁虫却不见了，只多了一个须发满面的男子。有莘不破拉着那人的手欢天喜地地不知在说什么。咦，那人是……

桑谷隽定眼一看，不禁又惊又喜：喜的是那人竟然是多年不见的有莘羖，自己最崇敬的有莘伯伯。惊的是有莘不破竟然好像也和有莘伯伯很熟，看两个人的神态，亲密得有如一对父子。

“有莘伯伯怎么……慢！他们都姓有莘啊！难道是亲人？不管他，先把有莘不破打一顿再和有莘伯伯相见。若先和有莘伯伯见过礼，他一出手调停，我这仇可报不了了！”

在桑谷隽的阴笑中，有莘不破足下周围的土壤开始发生变异。

有莘不破手舞足蹈地向有莘羖诉说着自己从小以来的生活和这段时间的经历：“江离啊！嘿，这小子竟然……”他不但未留心脚下慢慢成形的陷阱，更未注意到有莘羖嘴角似有意、似无意的一笑。那一笑就像一个老奸巨猾的大人看见一个小孩蹑手蹑脚地掩上前来，要把另一个小孩绊个跟头。这个大人会不会给那个就要吃亏的小孩一个暗示？

有莘羖笑了笑，想给有莘不破做一个鬼脸。就在他脸上肌肉想扭动的时候，才突然发觉自己因为严肃了太多年，脸上的肌肉变得有些僵。原来想作鬼一回，也需要年轻的心境。

有莘不破见有莘羖突然怔怔出神，问道：“舅公，怎么了？”突然脚下一沉，整个人陷了下去。

"你走吧。"江离说。

乌悬呆了呆，突然扑通一声在过膝的汤谷中跪下了。他知道自己不是被这个少年打败了，而是被这个少年征服了。

"你，您是太一宗嫡传，对不对？"

"那又怎么样？"江离还是没有回头。

乌悬喜道："那你为什么还要帮那个商人？那个有莘不破！你应该和我们站在同一战线才对啊！"

听到这么一句没来由的话，江离不禁一怔，回过头来。

"您是大夏王族啊！怎么能帮着叛逆的商人来打我们！"

江离又是微微一怔，道："你胡说什么？"

乌悬跪在水中，阴郁的脸开始绽放着满怀期盼的兴奋，双手张开，仿佛要欢迎一个王子的归来一般："您是大夏王族啊！太一宗的嫡传，每一代都是大夏王族的血脉，大夏立国以降，几百年来从没有例外过。您是我们镇都四门这一代传人的首领啊。我、还有杜若，这一代镇都四门的所有传人，都是您的下属。"

江离呆呆地听着，默默无语。

"回来吧。"乌悬欢喜地呼喊着，"血晨那家伙根本就不配做我们的首领，自从上一代太一正师出走夏都，镇都四门已经四分五裂。山鬼入魔，河伯远走，现在只有像您，您这样的神通和器量才能让我们重新统一起来，振作起来！您……"

"你走吧。"江离打断了他。"我不知什么镇都四门传人，我也不是什么大夏王族。我只是一个修天道的人……以后别让我再见到你。"

"可、可是……"

"趁我还没改变主意，快走。"见江离的脸色沉了下来，乌悬不敢再说，叹了一口气，流连着御剑东飞。

"大夏王族么？"江离挥一挥手，想要帮助刚刚破土发芽的林木花草生长，才发现自己的灵力几乎已经用尽了。

他没有发现，扶桑树上，一个人正静静地看着这一切。

“他们还没回来？”羿令符问。

“没有啊。”芈压立在辕门，大有一夫当关之势。

“雒灵呢？”

“雒灵姐姐好像累了，在‘松抱’休息着呢。”

江离吸一口气，真气行到太阴肺经，突然一窒，呼地吐了出来。

“不要太勉强。”

江离微微一惊，抬头看时，一个青衣人立在扶桑上，衣袂随风，飘洒的雨点却没有一滴落在他的身上。

“师父？”江离几乎叫了出来，但随即知道那人不是，但为什么会有这样熟悉的感觉？

青衣人挥了挥手，雨停了。

青衣人再挥挥手，云散了。

太阳露出了可爱的脸，暖洋洋地照耀这片生机盎然的土地。日光下，江离终于看清了那人的容貌：那是朝阳愿意亲近的青春树，那是凤凰愿意停留的梧桐枝，那是爱情诗里歌咏的美少年。

“若木……”这个名字江离几乎就要脱口而出，虽然从没见过他，但江离知道他就是。是师兄若木！

青衣人双手优雅地捏了个口诀，风过扶桑，给万物带来一阵草木清香，幼稚的花草树木在清香中欢快地生长着，一弹指草成圃，再弹指花吐芬，三弹指木成林。

“若木……”江离终于呼唤了出来。

风托着一片巨叶，巨叶托着青衣人，缓缓降落在江离面前。地下不再涌出的泉水已经退尽，一丛解忧草长出来，托出青衣人的双足，仿佛怕地面的污泥亵渎了他。

“师兄？”看着近在咫尺的青衣人，江离叫道。

“江离？”青衣人点点头，也叫出了江离的名字。

江离笑了，若木也笑了。

羿令符来到“松抱”车前，正想敲门，却见雒灵已经微笑着打开了车门。

“他们冲有莘不破去了？”

雒灵点了点头。

“解决了？”

见雒灵又点了点头，羿令符便离开了，“松抱”门也轻轻关上了。

“能看穿男人心事的女人……”羿令符望了一下在头顶盘旋的龙爪秃鹰，“体贴得让人找不到讨厌的借口，这究竟是可爱，还是可怕？”

“师兄……我，你……”

“你到底要说什么啊，小江离？”

“别这样叫我！”江离说，他努力地控制自己的情绪，希望自己能像若木那样平静，“我不小了。你怎么知道我的名字的？”

“青龙啊。他是这样叫你的。”若木微笑着，伸手抚摸了一下江离灰白色的头发，在他的额头上轻轻亲了一下。江离只觉额前一点清凉透了开来，随着这股凉意，披在右肩的头发已变得乌黑亮泽。

“师兄……”若木的关照，江离承受得很自然，心中又多了几分亲切，刚想说什么，却见若木的右手不知什么时候变成一段枯木，根节如刀，劲风大作，向自己栖息着九尾灵狐的左肩戳了过来。

杀肥遗

江离被若木的举措惊呆了，不过，若木袭击的并不是江离，而是他肩上的九尾灵狐。

就在这电光火石的一闪间，无论什么情况下都安睡着的九尾灵狐突然暴醒，嘴巴一张，化成血盆一般大小，利牙如刀，硬生生把若木的整个枯木形右手给咬断了。接着向江离的脖子咬了下去，若木左手一挡，不敢恋战的九尾灵狐趁势跳开，几个起落，消失在隐隐青山间。

江离惊魂稍定，疑惑地看着若木：“师兄……它……”

“它是一只千年妖兽！你是最近才遇到它的，是不是？最多不会超过三年。”若木甩了甩被咬断的右臂，长出三色蔓藤，包住了伤口。太一宗并没有像血宗一样强大的身体恢复能力，但若木被九尾灵狐咬断的那段枯木只是若木用右手幻化出来的分身，因此不一会儿便恢复原样。

“嗯。”江离点了点头。小九尾灵狐是他在与师父分手以后、初入大荒原时遇到的。当时觉得它身上有一股很亲切的气息，虽然很淡，却让他起了收养它的心意。

“它狡猾得很！我们追击了它几十年了，有好几次都已经把它逼入死角，还是让它给逃了。”

“‘我们’？”

“我和我的同伴，他叫有莘羖，有没有听过这个名字？”

江离心中一震，这个名字，他怎么会没有听过？

有莘不破陷进了一片黏力极强的泥潭之中，越是挣扎，越沉得快。有莘羖的人却早已在十几丈外，也没有援手的意思。对此有莘不破倒没有很大的意见，遇到危险就赖人救援，那还算什么男子汉！

“这泥潭里面混合着一些东西，用蛮力出不来的。”看着有莘不破的狼狈样子，有莘羖忍不住提醒说。

东西？什么东西？有莘不破冷静下来，下沉的速度也减慢了很多，但污泥已经没到了胸口。冷静下来以后，凭着灵敏的触觉，他隐隐感到是泥土和污水中混着一些丝状的东西，这些东西缚手缚脚，却又坚韧异常！有莘不破想用气刀割断这些逐渐收缩的东西，但在泥潭中却一时间使不出力气来。

“桑谷隽！你给我滚出来！”有莘不破叫道，“我知道是你！”

“嘿嘿嘿！”桑谷隽从地面浮了出来，依然是一副风度翩翩的公子哥儿模样——如果不考虑那用蚕丝包得像个粽子的脑袋的话。

“哈！”虽然污泥已经淹到了脖子，但有莘不破还是笑了出来，“好猪头！好猪头！用上等丝绸包着，拿到集市上也一定能多卖两个布币！巴国的人也很有生意头脑啊。”

桑谷隽大怒，跳了过来，拳头暴雨一般向有莘不破的脸砸去！

“有莘不破倒也罢了，怎么江离也还没回来？敌人真的那么强？”羿令符沉吟道。旁边芈压摩拳擦掌，恨不得外敌马上就来攻寨。

“你和有莘羖前辈联手，还捉不住它？”江离有些诧异。

“我们也不敢逼得太急。”

“为什么？”

“有莘羖和九尾狐的事，你听过吧？”

“嗯。”江离想起了有莘不破，“我有一个朋友跟我讲过。”

若木叹了口气：“这么多年过去，有莘夫人的灵魂已经在九尾的逼迫下越来越弱了。如果把九尾逼入死境，它的元神有可能会全面觉醒，在那个强大的怨灵面前，一个没有修炼过的人类灵魂根本不堪一击。”

“怨灵？”

若木似乎有些神伤：“这个怨灵和我们两个很有渊源，所以当初你才会感到一点亲切。这个事情以后再跟你说。当务之急是必须堵住它前往毒火雀池的道路。”

“我们不正是要它去毒火雀池吗？”

“它自己去和我们逼着它去是不一样的。”若木说，“如果我们能制住它，就有可能把九尾的灵魂从这个躯体内逼出来。但如果是它取得了主动，那么……”

江离接口说：“有莘夫人的灵魂就会被它逼出来。”

“对，就是这样。所以我们既要捉它去雀池，但在没捉到它之前又得警惕着不让它靠近，同时又怕刺激得它的元神完全觉醒——就是因为这些制约，搞得我们缚手缚脚。”若木说，“这次我们三个人分别占据三个方位，就是想捉住它。不过可惜，还是让它逃了。”

“怎么是三个人？”

若木笑道：“还有一位是重逢不久的老朋友。这个人你们在巫女峰下也见过的。”

江离猛地想到那个劈开巫女峰的神秘男子：“是他！”

若木道：“想起来了？也正是他发现九尾潜伏在有穷商队，不过他也只是在三天子鄣山那一次察觉到车队里面竟然有九尾的气息——虽然那气息只是一闪而过，但后来联想到有莘不破有意前往毒火雀池，便猜想到九尾可能是想借助你们掩人耳目地偷过我们的围堵。”

江离闻言不由一阵惭愧。若木辨言察色，安慰说：“其实我们也没法确定它的准确位置。九尾把气息隐藏得非常好，就是刚才我和它面对面，也没法完全确定这头小九尾灵狐就是九尾的幻化。那一招三分是攻击，倒有七分是试探。”

“不管怎么样，我都被它骗过了。”江离说，“让我们帮你，好不好？我们功力虽浅，但替你们打打下手总可以的。”

若木笑道：“不必这么谦虚。虽然你的功力尚未大成，但早已足够独当一面。”

“师兄，我还有一个问题想问你。”江离说，“那个人到底是谁？劈开巫女峰的那个男人。”

“难道你们还猜不出来？”

“我们猜了，”江离说，“但不确定。”

“你们认为他是谁？”

“我们猜他就是和剑宗、箭神齐名的那位。”

若木笑了：“你们猜得没错，他就是防守力天下第一的季丹洛明！”

有莘不破在乐都城的时候，自发护体的先天真气已经连靖歆都感到难以攻破。在巫女峰下经季丹洛明点破，悟到了真气运转的法门，将先天真气化作一层淡淡的气甲以后，就连雷旭的骨刺对他也无可奈何。可是让桑谷隽揍了一百零八拳以后，他的脸终于也肿成一个猪头。桑谷隽得意地看着自己的杰作，哈哈一笑，坐倒在地上，指着有莘不破的脸指指点点。有莘不破怒道：“笑什么？暗算偷袭，算什么英雄好汉！”

桑谷隽冷笑道：“就是堂堂正正动手，你也斗不过我。”

有莘不破也冷笑道："好了伤疤忘了疼。说这话也不摸摸自己的猪头——不知道是给谁打成这样的哩！"

桑谷隽怒道："若不是你使诈，有那么容易的事吗？"

"这叫斗智！"一向崇尚斗力的有莘不破不知羞耻地说。

"嘿嘿，斗智啊！这会儿再把你的智慧使一点出来瞧瞧。"桑谷隽正得意，突然见有莘不破整个人从泥潭里蹿了出来，大喝道："那我就跟你斗力！"

桑谷隽一凛，知道有莘不破终于割断了缠住他的天蚕丝。但觉劲风扑面而来，他可不想再和这个蛮力无穷的家伙近身搏斗，身子往下一沉，消失了。

"缩头乌龟！滚出来！"

"哼！"桑谷隽现身在十丈外一块岩石上，周围沙石飞走。有莘不破也不敢怠慢，全身真气川流不息，右手气刀恍若有质。

眼见一场生死搏斗一触即发，远处的有莘羖突然说："你们两个闹够没有？"

桑谷隽道："有莘伯伯，您别怪我无礼。等我教训完这小子，再和您说话，我有很多话要跟你说。"

有莘不破一愣，突然记起有莘羖也是认识桑谷隽的，骂道："凭你这个猪头也想来教训我！待会儿被我揍疼了不用向我舅公求救。向我求饶两声，我便放过你了。"

桑谷隽大怒，脚下岩石爆裂成数十块尖锐的石棱，向有莘不破砸了过来。有莘不破凝神待敌，却见那些巨石到了半空突然掉了下来，似乎是因力道不足，半途而废。桑谷隽一惊，有莘不破却已经大笑起来："桑小子，没力气了吧。"说着气刀发出，劲风余威所及，地面也被撕开一道深深的刀痕。有莘不破正得意，那些跌落下来的巨石突然飞起向无形的气刀撞去，两股力量相撞，发出石破天惊的巨响，巨石粉碎，气刀也消于无形。

两个年轻人同时一愣，猜想是有莘羖出手干预，同时向他望去，不由大吃一惊：只见有莘羖背后一头巨大的怪兽悄无声息地掩来，一个巨头，两个蛇身，四翼六腿。桑谷隽惊呼道："肥遗[①]！"有莘羖蓦地回头，似乎还没来得及反应，已被一口吞下。

有莘不破怒吼一声，纵身扑上，拔出鬼王刀，劈头就斩，人与刀还在十余丈外，刀风已经劈到了肥遗的巨头。肥遗头一摆，用角挡住了这凌空一刀，巨口一张，喷出一片淡绿色的毒雾。毒雾过处，连石头也被腐蚀得七零八落。

有莘不破仗着气甲护身，仍然冲了过去。桑谷隽叫道："小心！"手一引，有莘不破脚下十丈方圆的泥沙土石倒卷上来，形成一个巨大的圆球，把有莘不破裹在里面，滚过了毒雾，把肥遗撞了一个跟斗。那石球虽然穿过毒雾，但表面也已被腐蚀得斑斑驳驳。石球爆开，有莘不破飞身而出，手中鬼王刀竟然变成一柄三四丈长的巨刀，刀锋白气缭绕，如云气，如电波。他大喝一声，一股气劲便如一卷旋风般向肥遗卷去，劲风过处，万物均被绞成粉碎。

肥遗见了这威势不由胆怯，便要避开，地面突然裂开，土石上裹，把肥遗一个身体牢牢扯住。

"肥遗、肥遗……"肥遗在有莘不破的"龙卷刀"中哀嚎着。十弹指过后，这头高达十丈的巨兽终于被"龙卷刀"绞成粉碎。

两个年轻人踏着巨兽的残骸，发现了一颗铜球。球上刻着两个方方正正的大字："再会"。

"师兄，跟我一起回车队吧。"江离期待地说，"我有几个很不错的朋友，他们一定很高兴能够认识你。"

若木笑了笑，道："不了。我先去和有莘他们碰面。反正有莘和季丹挺喜欢你们的，以后一定会再见面。"

若木正要离开，江离忙道："师兄，等等。"

"怎么了？"

---

①肥遗：《山海经》中长着两个蛇身、四个翅膀、六条腿的凶恶怪兽。据《山海经·西山经》记载："……六足四翼，见则天下大旱。"

江离指了指那棵扶桑树。若木一笑，手一抬，扶桑树开始收缩、变小，终于退化成一条桑枝。江离捡起桑枝，对若木说：“师兄，你还记得小扶桑园吗？”

若木笑道：“我说你怎么会有扶桑的枝叶，原来你去过桑家。”

“还记得桑谷秀吗？”

若木一怔，点头道：“她们姐妹还好吧。”

“不好。”江离道，“原来有些事情你并不知道……”说着，开始讲述那个令人伤怀的故事。

若木失神地听着。他第一次去桑家的时候，桑氏姐妹都还没出世。最后一次离开时，桑谷秀在他眼中还是个小女孩。虽然桑谷隽叫有莘羖“伯伯”，桑谷秀姐妹叫若木“哥哥”，但其实这只是图个方便的胡乱称呼。有莘羖是家族中的最小的儿子，虽然他和桑鏖望年龄相差不是很远，但有莘氏在他这一辈年纪较长的都和桑鏖望的父亲平辈论交。至于若木，尽管数十年来保持着少年时的容貌，但无论年龄还是辈分，都足以和桑鏖望称兄道弟。对于桑谷秀姐妹，他从来都只是把她们当做妹妹，甚至女儿！他从不知道，这两个和自己相处时间加起来还不到十天的女孩子会对他产生这样深厚的感情。

“唉……”若木的身影消失在那声长长的叹息中。

望着师兄消失的方向，江离有些怅然，又有些留恋。师父曾说，这个师兄很值得自己尊敬，但又不断地叮嘱自己不要学他，“因为他被人间的事情绊住了。”

“人间的事情？就是和有莘羖之间的情谊吧。”

看见桑谷隽想离开，有莘不破叫住他：“喂！你去哪？”

桑谷隽拍拍屁股，说：“回家去，暂时不和你算账了。”

有莘不破拍了拍衣服，见眼前这个好对手就这么走了，不免有些不甘心：“你回家干吗？孟涂有什么好玩的？不如和我们一起去闯闯！”

桑谷隽心里一动，道：“要闯我不会去闯啊？何必跟着你们？”

有莘不破道：“自己一个人多没意思啊！”

桑谷隽道："我有一帮好属下！不是一个人。"

"哼！"有莘不破说，"那不算！朋友也好，敌人也好，要实力相当的人在一起才闹腾得起来。像江离、羿令符这样有意思的伙伴，我打包票：全天下再找不到第二拨来！"见桑谷隽不说话，又道："我们先到毒火雀池去！到那里说不定会再遇上舅公他们。说不定还能帮上他们的忙。然后我们会去找血池，找血剑宗决斗！找到季丹洛明！找到有穷饶乌！找到血祖！晃悠一圈以后再到大夏王都去看看。我要瞧瞧这个暴君到底是什么样子！"

听有莘不破提到大夏王，桑谷隽心中一跳，一股仇恨直冲脑门。不过他背对着有莘不破，因此对方没有见到他的神情。

"怎么样？"

桑谷隽冷冷道："没兴趣！"身子沉下，霎时不见踪影。

有莘不破见桑谷隽就此离开，不由扼腕叹息道："可惜可惜。"

山雨欲来

桑谷秀独坐在小扶桑园的草地上，对着那株小扶桑发怔。她剩下的生命，是否也将空无地耗在这里？

突然，一头小九尾灵狐闯了进来，偎依在桑谷秀的膝头上。

"是你！"桑谷秀有些惊讶，这不是江离肩头上那头从不醒来的灵兽吗？

"怎么了？你的主人出什么事了吗？"

九尾灵狐低低叫了两声，吐出一块干枯的桑树皮。桑谷秀捡起一看，突然脸色大变："扶桑……他！是他！"桑谷秀把九尾灵狐抱了起来，颤声道："他出了什么事情了，是不是？"

"有莘羖出现了。"桑季的脸尽量保持平静，却不能不为自己口中所说的这个名字所动。

“哦。”桑鏖望神色淡然，眉宇间仍掠过一闪即逝的跳动。

“血门的雷旭死在有莘羖手上，云中君和东君的徒弟分别败在羿令符和江离的手下，靖歆和血门另一个弟子血晨败逃，不知所踪。”

“小隽呢？有没有他的消息？”

“好像会过了有莘不破，胜负未知。大哥不必担心，在整个大西南，小隽的功力自保绰绰有余。”

“唉，我活了一甲子，到头来最担心的仍是这对儿女。咱们看看阿秀去，今晨她的心疼病又犯了。”

桑谷秀抱着九尾灵狐，吃力地爬起来，便要呼唤侍女，到父亲那里去求援。突然想到：“若木哥哥和江离他们一定是出了什么事情了，否则江离的这头从不醒觉的灵狐不会一反常态，但父亲会相信吗？就凭这不会说话的九尾灵狐和这片桑皮。”

她扶住小桑树，思前想后，踌躇难决：“若木哥哥那么骄傲的人，却遣来九尾灵狐报讯，前方一定是危险异常，如果父亲不全力救援，只派出一些属下，根本于事无补。可我如何才能让父亲相信我，如何才能让他尽力去救援若木哥哥他们？”

她微微喘息着，心口一疼：“我为什么要这么羸弱，这么没用？枉自继承了巴国一族的血脉！如果我自己有强大的力量，不就能亲自去帮若木哥哥的忙了吗……啊，亲自，对了，父亲不一定会全力去救若木哥哥，但一定会全力来救我！只要让父亲以为我身处险境，他一定会尽力寻来。只要我先行一步找到若木哥哥，和他同处危险，父亲一定会全力来援！事后父亲和叔父纵然责怪于我，但为了若木哥哥，这些又有什么所谓！”一想起能和心上人共患难，桑谷秀心中一阵酸苦一阵甜蜜。

她抚摸着九尾灵狐，手掌中粘下几根毛发，用扶桑的枯皮压在小扶桑树底下，搂着九尾灵狐，一步步向园外走去。

突然，一个声音在她脑中响起：“你这样子，走到几时？”

“谁！谁在说话？”

“我，在你怀里。”

桑谷秀低头看了看九尾灵狐，它并没有说话，但两只眼睛却在看着她，同时桑谷秀脑中也传来那个声音：“没错，就是我。你这个走法，去到毒火雀池，什么事都耽误了。”

桑谷秀是一国公主，巴国千年血脉，对灵狐通灵也不觉十分奇怪，心中担心的却是若木：“毒火雀池？他到那里去干什么？还有，他、他们到底怎么了？遇到什么危险了？”

“我也不是很清楚，当时情况很混乱。我只在危乱中收到主人‘求援’的讯息。别问了，我们快去。”

“嗯。可我……”

“和我合体吧。你用天蚕丝吸收了我的灵力，应该可以让你的体力在短期内振作起来。”

桑谷秀犹豫了一会，终于点了点头。灵狐眼睛眨了眨，难以掩抑地露出一丝喜色。

“它为什么这么高兴？”桑谷秀想，“大概是因为找到援手了吧。”当下凝聚心神，闭了慧眼，吐出根根蚕丝。那蚕丝不比寻常蚕丝：赤如火，橙如果，黄如菊，绿如水，青如山，蓝如藻，紫如芝——七色盘成一丝，化做一缕无色的天蚕丝，千丝万缕，把蜷曲起来的九尾灵狐给裹住了。

桑谷秀吐出一口灵气，那丝球不断盘旋起来，越变越小，待丝球化做手掌一握大小，桑谷秀将它往胸腹之间一按，丝球便毫无阻碍地融了进去。片刻间，桑谷秀便觉身轻体健。而灵狐的妖气经过天蚕丝球的过滤，也变得微乎其微。

这样融妖入体，强借妖力，于身体无益，但桑谷秀一想到若木，什么都顾不得了。

“阿秀，阿秀……”桑鏖望找遍整个小扶桑，越找越是担忧，越是担忧，心神越乱。

“大哥，你看！”桑季掌中托着一块桑皮和几根狐毛。

“什么东西？”

“在小扶桑树底下找到的，是江离那九尾灵狐落下的毛发，当初我对他这头宠兽颇感怀疑，因此对它的气息留了心。”

“江离？就是有穷商队那太一宗小子？但这桑皮，却残留着若木的气息。他们师兄弟俩带走阿秀，到底要干什么？”

“只怕是不怀好意！否则若木与我们数十年交情，何至于一声不吭地把人偷偷带走。”

兄弟俩对望了一眼，同时想起了一件极可怕的事情：天蚕护体，火雀驱邪——这是能够同时拯救有莘羖妻子肉体与灵魂的唯一法门。但要取得最纯净的天蚕丝，必须将一个巴国嫡系王族抽丝剥茧！

桑季急道：“大哥，事不宜迟，虽然不知道他们是否真的要对阿秀做那惨事，但我们得快！阿秀的身体经不起折腾！”

桑鏖望望着南方，眼神空洞。

“大哥！”

桑鏖望双手猛地握紧，指节格格作响，痛声道：“川外人……有莘羖，我们是数十年的交情啊……”

府邸之外，一只幻蝶掠过，风声萧萧，那是山雨欲来的征兆么？桑鏖望仰天长啸，声如虎啸龙吟……

《山海经密码2》即将出版，精彩预告：

经过残酷决斗，有穷商队杀死了夏王朝派来的杀手，而自己却陷入了一个吞噬更多人命运的大漩涡——毒火雀池（今云南滇池）。当有莘不破死里逃生爬出来时，在我国今天的大西南、大西北，更强大的怪兽、更难对付的敌人出现在他面前，水神共工之后的险恶诱杀、大夏杀手的四面围猎、风神之子的血腥报复，这一切都将怎样影响大夏王朝和商王国的命运？敬请阅读《山海经密码2》。

《藏地密码》全套刚刚出完!

一部关于西藏的百科全书式小说
了解西藏，必读《藏地密码》!

从来没有一本小说，能像《藏地密码》这样，奇迹般地赢得专家、学者、名人、书店、媒体、全球最知名的出版机构以及成千上万普通读者的狂热追捧，《藏地密码》是当下中国数千万“西藏迷”了解西藏的首选读本，也是当下最畅销的华语小说，目前销量已达到惊人的300多万册。

《藏地密码》被广大读者誉为“一部关于西藏的百科全书式小说”。

翻开《藏地密码》，犹如进入一幅从未展开过的西藏千年隐秘历史画卷……从横穿可可西里到深入喜马拉雅雪山深处，从藏獒“紫麒麟传说”到灵獒“海蓝兽传奇”，从宁玛古经秘闻到格萨尔王史诗，从公元838年西藏最黑暗时期的“朗达玛禁佛”到1938年和1943年希特勒两次派人进藏之谜……跟随《藏地密码》的脚步，您将穿越西藏深不可测的千年历史迷雾，看尽西藏绵延万里的雪域高原风光，走遍西藏每一个传说中永不可抵达的神奇秘境。

从《藏地密码》中，您还可以了解到不可思议的古格地下倒悬空寺、西藏极乐之地香格里拉，以及西藏历史上突然消失的无尽佛教珍宝去向之谜……雪山、圣湖、墨脱、象雄、布达拉宫、密修苦僧、传唱艺人、帕巴拉神庙、古藏仪式、千年兽战、神秘戈巴族、死亡西风带……一切都如此神秘、神奇、神圣。通过《藏地密码》，您将与西藏这一千年来所有最最最隐秘的故事和传说逐一相遇。

读客|知识小说文库_011-014：读小说，学知识

《东北往事：黑道风云20年》系列

一部由亲历者向您讲述的真实黑道故事

真实黑道故事

作者孔二狗，自小成长在一个充满血腥与杀戮的环境中；犹如来自黑道社会内部的深喉，他向我们讲述了1986年至今20余年来，北方某市黑道组织触目惊心的发展历程。全书情节真实、跌宕起伏，刻画了近百个性格鲜明的黑道人物，描述他们活得怪诞、死得荒唐的悲喜人生，让读者近距离观察到一个令人震颤、黑暗而暴力的非法阶层，亲历一种极端凶险、乖戾的病态生存方式。

从八十年代古典流氓的街头火拼，到九十年代拜金流氓的金钱战争，再到如今的官商勾结，整个流氓组织的演变过程，光怪陆离、惊心动魄。经过20年的血腥洗礼，多少活泼泼的生命灰飞烟灭之后，剩下的个体与团伙，最终演化成真正具有黑社会性质的可怕犯罪组织……

这部小说一出版，就轰动了整个华语世界，引起广泛的评论和赞扬，被成千上万的忠实读者痴迷追读。上市以来，连续28周排名各大图书畅销榜，目前累计销量已突破100万册，孔二狗掀起的阅读狂潮，让任何人都难以抗拒。

翻开本书，带你直击黑道病态生存现状。

读客|知识小说文库_018：读小说，学知识

《全中国最穷的小伙子发财日记》

一部向中国3亿草根青年传授最笨发财之道的自传体小说

草根创业圣经

这是一部自传体小说，也是一本向年轻人传授发财之道的教科书。

他做的事，都没有难度；他遇到的机会，是我们天天都碰到的机会；他靠最平庸的方式，日积月累，越做越大。就这样，经过了3年的坚持，老康最终成为年入百万的富翁。

老康成功的奇特之处，在于他做的事情没有任何奇特之处。

从老康身上，你将学会那些白手起家的百万富翁都有的“特异功能”，从日常生活中认出遍地发财机会。